A HERDEIRA DA MORTE

Melinda Salisbury

A HERDEIRA DA MORTE

TRADUÇÃO
Lucas Peterson

Fantástica
ROCCO

Título original
THE SIN EATER'S DAUGHTER

Primeira publicação na Inglaterra em 2015 por
Scholastic Children's Books, um selo da Scholastic Ltd
Euston House, 24 Eversholt Street, Londres, NW1 1DB, UK

EDITORA ROCCO LTDA.
Av. Presidente Wilson, 231 – 8º andar
20030-021 – Rio de Janeiro – RJ
Tel.: (21) 3525-2000 – Fax: (21) 3525-2001
rocco@rocco.com.br | www.rocco.com.br

Printed in Brazil/Impresso no Brasil

Fantástica ROCCO

GERENTE EDITORIAL
Ana Martins Bergin

EDITORA
Lorena Piñeiro

EQUIPE EDITORIAL
Manon Bourgeade (arte)
Milena Vargas
Viviane Maurey

ASSISTENTE DE PRODUÇÃO
Silvânia Rangel

REVISÃO
Armenio Dutra
Wendell Setubal

PREPARAÇÃO DE ORIGINAIS
Nina Lopes

CIP-Brasil. Catalogação na fonte.
Sindicato Nacional dos Editores de Livros, RJ.

Salisbury, Melinda
S16h A herdeira da morte / Melinda Salisbury; tradução de Lucas Peterson.
– Primeira edição. – Rio de Janeiro: Fantástica Rocco, 2016.
(A herdeira da morte; 1)
Tradução de: The sin eater's daughter
ISBN 978-85-68263-32-7
1. Ficção inglesa. I. Peterson, Lucas. II. Título. III. Série.
16-33125 CDD - 823 CDU - 813.111-3

O texto deste livro obedece às normas do Acordo Ortográfico da Língua Portuguesa.

Para minha avó, Florence May Kiernan

Capítulo 1

Ouço os gritos, mesmo quando não há prisioneiros. Eles vivem dentro de paredes como fantasmas, ecoando entre nossos passos, sob a caserna que abriga a Sala de Narração e o dormitório dos guardas. É nas profundezas do castelo que eles esperam pelos momentos de tranquilidade.

Quando me trouxeram aqui pela primeira vez, perguntei aos meus guardas o que eles faziam com os prisioneiros para que eles gritassem tanto. Um deles, chamado Dorin, me encarou e balançou a cabeça, pressionando com força os lábios que até empalideceram, enquanto acelerava o passo em direção à Sala de Narração. Lembro que, naquela época, fiquei eufórica de medo ao imaginar algo tão petrificante, tão horrível que até mesmo o meu guarda calmo e robusto não conseguia revelar em voz alta. Prometi a mim mesma que descobriria, que decifraria esse obscuro segredo oculto no subterrâneo. No meu décimo terceiro ano de colheita, eu era ingênua. Desesperada e cegamente ingênua.

*

Quando cheguei ao castelo, há muitas e muitas luas, fiquei impressionada com tudo: a decoração, a beleza e a riqueza que havia em todos os ambientes. Aqui não há juncos no chão nem palhas embebidas em lavanda nem manjericão exalando um perfume adocicado. A rainha exigiu carpetes, tapetes e passadeiras especialmente tecidos para os seus pés, o que abafa nossos passos enquanto caminhamos.

As paredes por trás das ricas tapeçarias vermelhas e azuis são feitas de cantaria cinza, salpicada de mica, que reluzem sempre que os criados retiram as peças para lavá-las. Os candelabros pontudos acima da minha cabeça são adornados com ouro; as almofadas são de franja e veludo, e substituídas imediatamente quando ficam puídas. Tudo é impecável e imaculado, tudo é mantido lindo e em ordem. Todas as rosas nos vasos altos de cristal são podadas no mesmo comprimento, têm cor idêntica e são arranjadas da mesma maneira. Neste castelo não há lugar para imperfeições.

Meus guardas me acompanham cuidadosamente ao meu lado, mantendo os corpos eretos e uma boa distância de mim. Se eu erguesse o braço para tentar alcançar um deles, ele recuaria aterrorizado. Se eu tropeçasse ou desmaiasse e um deles tentasse me ajudar, sabotado pelo próprio reflexo, estaria condenado à morte. Teria a cabeça decepada imediatamente, como um ato de misericórdia. Se comparado à morte lenta causada pelo contato com a minha pele venenosa, ser degolado era considerado sorte.

Tyrek não teve essa mesma sorte.

Na Sala de Narração, meus guardas se afastam e param diante da porta, e o boticário da rainha, Rulf, indica secamente com a cabeça o banco onde devo me sentar, antes de se virar de costas para mim e conferir seu equipamento. As paredes estão cobertas de prateleiras com potes de substâncias turvas, pós estranhos e folhas sem classificação, todos amontoados numa desordem óbvia. Pelo que consigo ver sob a luz tênue das velas, nesta parte tão baixa do castelo onde não há janelas, nenhum dos potes está rotulado. De início, achei estranho que algo como a Narração fosse realizado aqui, escondido nas passagens labirínticas do subterrâneo, mas agora entendo. Caso eu falhasse... seria melhor que não fosse testemunhada pela corte, pelo reino. É melhor que acontecesse nesta pequena sala secreta, entre o submundo das masmorras e o relativo paraíso do Salão Nobre.

Enquanto arrumo minha saia ao redor do banco, um dos meus guardas, o mais jovem, arrasta o pé no chão. O som ressoa alto demais na câmara de pedra. Rulf se vira para ele, encarando-o com severidade, e, ao desviar os olhos, nós nos entreolhamos. Seu olhar é vazio, seu rosto parece uma máscara, e suspeito que, mesmo que não fosse mudo, não diria nada para mim agora.

Outrora, ele teria sorrido e balançado a cabeça, ao mesmo tempo que Tyrek estaria me contando sobre as árvores que escalara e os pastéis que surrupiara da cozinha. Rulf teria acenado para Tyrek, para que parasse de se exibir, enquanto o afeto que sentia por seu único filho reluziria em seus olhos. Embora a Narração dure apenas alguns instantes, eu costumava passar uma hora aqui embaixo, às vezes duas, sentada diante de Tyrek, a dois braços de distância, sempre que contávamos nossas histórias. Meus guardas ficavam por perto, mantendo um olhar curioso sobre Rulf, ocupado com seus experimentos, e outro voltado para Tyrek e eu conversando. Naquela época, eu não precisava estar em lugar algum depois da Narração, a não ser no meu templo ou no meu quarto, e nada me impedia de passar na Sala de Narração essas horas que me eram roubadas, sob o olhar atento dos meus guardas. Mas a situação é diferente agora. Hoje em dia, outras coisas tomam meu tempo.

Permaneço com os olhos abaixados no momento em que Rulf realiza a Narração, cortando meu braço e recolhendo algumas gotas de sangue em uma vasilha. Depois, ele leva a coleta até o outro lado da sala. Ele vai adicionar apenas uma gota do meu sangue à Praga-da-manhã, um veneno letal, sem qualquer antídoto terreno, antes de me trazer a mistura. Espero em silêncio, com a cabeça baixa, enquanto ele junta o sangue e o veneno, decantando-os em um frasco. Continuo imóvel. Ele se aproxima e deixa o frasco sobre o meu colo. Eu ergo o pote com o líquido oleoso e cristalino sob a luz das velas, e não há qualquer sinal de que meu sangue tenha sido misturado ali. Removo a tampa e bebo.

Todos nós fazemos uma pausa, observando e esperando para ver se, desta vez, o veneno me levará embora. E não leva. Cumpro meu papel com perfeição. Coloco o frasco sobre a mesa ao lado do banco, ajeito a saia e olho para o meu guarda.

– Está pronta, milady? – pergunta Dorin, o guarda mais velho, com o rosto sinistramente pálido sob a luz da tocha.

A Narração está encerrada, mas preciso cumprir mais uma tarefa. Sinto o olhar melancólico de Rulf nas minhas costas enquanto eu saio da Sala de Narração.

Aceno com a cabeça e caminhamos até a escadaria, com Dorin à minha direita e o outro guarda, Rivak, à minha esquerda. Descemos até as masmorras, onde os prisioneiros esperam... Eles esperam por mim.

Ao chegarmos diante da Sala Matinal, surpreendemos os criados que removiam as sobras da última refeição dos prisioneiros. Eles se espremem contra a parede quando me veem, com as cabeças baixas e as juntas dos dedos esbranquiçadas, agarrando os pratos e cálices sujos, enquanto passam por mim, apressados. Dorin acena com a cabeça para Rivak e ele entra na pequena câmara. Um instante depois, reaparece na porta e balança a cabeça, liberando nossa entrada.

Dois homens estão sentados atrás de uma pequena mesa de madeira, cobertos do pescoço ao tornozelo com túnicas pretas de manga comprida e os braços atados às cadeiras. Eles erguem lentamente os olhos e encontram os meus. Meus guardas assumem suas posições nas laterais da porta, com as espadas desembainhadas, embora eu esteja tão segura aqui quanto em qualquer outro lugar, mesmo na presença de criminosos, traidores da coroa e do reino.

– Como Daunen Encarnada, ofereço-lhes minha benção. – Tento soar majestosa e forte, justa, apesar de sentir meu estômago embrulhado. – Seus pecados não serão Devorados quando vocês se forem, mas posso oferecer-lhes a bênção dos Deuses. Eles os perdoarão com o tempo.

Nenhum dos dois homens parece grato pelas minhas palavras, mas não posso culpá-los: são palavras vazias, e todos sabemos disso. Sem serem Devorados, eles estão amaldiçoados, mesmo com a minha bênção. Aguardo uns instantes para o caso de resolverem falar algo. Outros já me amaldiçoaram, ou imploraram pela minha intervenção, por clemência. Alguns imploraram para que eu permitisse que morressem pela espada ou pela corda (uma alma desesperada até pediu pelos cachorros), mas estes homens não falam nada, apenas me encaram com olhos insípidos. Um deles está com um tique sobre o olho esquerdo, o que faz sua sobrancelha tremer, mas é o único sinal de que um dos dois se importa com a minha presença.

Como não falam nada, não fazem nada, eu curvo a cabeça e agradeço aos Deuses por me abençoarem, depois assumo minha posição atrás dos condenados, parada entre eles. Estendo os braços, pouso a face anterior das minhas mãos sobre as nucas deles e dobro meus dedos para agarrá-las, à procura do espaço oco da garganta, onde consigo sentir o sangue pulsar nas veias sob a pele. Os batimentos cardíacos dos dois estão quase sincronizados. Eu fecho os olhos e espero. Quando seus pulsos começam a acelerar, em perfeita harmonia, eu me afasto, escondendo as mãos sob as mangas da minha roupa, desejando lavá-las imediatamente.

Não demora muito.

Logo depois de tocá-los, os dois homens desabam sobre a mesa, com sangue escorrendo do nariz e formando poças na madeira, já manchada. Observo um curso vermelho e fino escorrer pela beirada da mesa, pingando nos parafusos que prendem as cadeiras ao chão. Se não fosse por esses parafusos e pelas cordas que seguram as pernas dos mortos às cadeiras, os corpos deles estariam caídos aos meus pés. Praga-da-manhã é um veneno violento. O homem dos espasmos na sobrancelha está com os olhos abertos, fixos em mim, e, quando os meus começam a arder, percebo que o estou encarando de volta. Não importa quantos homens, mulheres e crianças eu executo, ainda fico arrasada. Mas isso não me surpreende, porque toda vez que realizo uma execução, é como se estivesse matando Tyrek de novo.

Tyrek era meu único amigo, uma das duas pessoas no castelo que sempre ficavam felizes em me ver. Por causa da minha posição na corte, nunca podíamos estar na companhia um do outro fora do curto período que eu passava na Sala de Narração. Mas lá nos encontrávamos, onde podíamos conversar sobre tudo o que tínhamos visto e, no caso dele, feito. Eu nunca conhecera alguém como ele: destemido e teimoso. Naquela época, os dias entre cada Narração duravam uma eternidade. Arrastavam-se até, finalmente, meus guardas me escoltarem de volta ao subterrâneo. E lá estava ele, esperando na porta, sorrindo para mim e afastando o cabelo louro do rosto com impaciência.

– Finalmente – dizia ele. – Vamos logo. Preciso lhe mostrar algo.

Ele queria ser um dos meus guardas quando atingisse idade suficiente, e adorava desafiar os outros para lutas, apesar de só poder usar a espada de treinamento de madeira ao enfrentar os guardas com suas espadas de aço. Eu me sentava no meu banco, rindo das travessuras, enquanto o pai dele colhia meu sangue para a Narração.

– E agora, a investida. – Ele tentara golpear Dorin com a espada, mas o guarda se defendera com facilidade. – É óbvio que eu não estava tentando machucá-lo.

– Óbvio – concordou Dorin, e eu ri.

– Depois curva e investida, e curva mais uma vez, e depois... Rá! – gritou ele quando conseguiu espetar o braço de Dorin.

Bati palmas, e meu guarda estendeu a espada.

– Eu me rendo – disse ele.

– Viu, milady? – perguntou Tyrek, olhando para mim. – Vou conseguir protegê-la.

No dia em que meu mundo desabou, ele não pediu para que eu me apressasse, nem me contou como andava treinando pesado. Nem sequer olhou para mim. Pela primeira vez durante minhas duas colheitas no castelo, Tyrek não sorriu para mim, apenas fez uma reverência. Eu deveria ter percebido no mesmo instante que o perigo era iminente, mas não me dei conta. Pensei que tudo não passasse de um novo jogo, que estávamos brincando de cavalheirismo. Respondi com uma reverência, agindo como uma dama, animada de tal maneira que seria incapaz de explicar. Até o silêncio de Rulf parecia diferente. Ele afastou Tyrek de mim antes de recolher meu sangue, depois entregou a vasilha para o filho, para que ele a levasse até a mesa de Narração.

Quando a porta se abriu repentinamente e a Guarda da Rainha entrou apressada, meu primeiro pensamento foi o de que estávamos sofrendo um ataque, então ergui as mãos para me defender. Mas algo mudou quando os guardas passaram correndo por mim. Eu me virei no banco a tempo de vê-los deterem Tyrek, que estava pálido de medo. Ao seu lado, seu pai permanecia imóvel.

– O que significa isto? – gritei, mas os soldados me ignoraram, arrastando meu amigo até a porta.

Disparei entre os guardas. Minha presença bastou para fazê-los parar.

– Soltem-no e expliquem o que está acontecendo! – exigi, mas eles balançaram a cabeça.

– A rainha ordenou que ele fosse preso – disse um deles.

Soltei uma risada. A possibilidade de Tyrek ter feito algo errado não fazia sentido, era absurda demais.

– Sob qual acusação?

– Traição.

Ouvi o som de alguém engasgando atrás deles e fui involuntariamente até Rulf, que agarrava o próprio peito, apoiando-se no balcão de madeira com a outra mão. Quando me virei outra vez, os soldados tinham voltado a andar, carregando Tyrek entre eles, como se fosse um boneco de palha, com a cabeça balançando de um lado para outro.

Tentei segui-los, mas Dorin bloqueou meu caminho já na porta, estendendo sua espada.

– Milady – disse ele, lançando um olhar de advertência, o que me fez parar.

– Leve-me até a rainha – ordenei, e ele assentiu.

Mas não foi necessário, porque, assim que deixamos a Sala de Narração, ela apareceu no corredor, sozinha, como se meu pedido a houvesse convocado. Seu rosto, sobre o vestido de seda branca e dourada, estava beatífico e ordenado. Parecia uma noiva da Chama de Maio, inocente e angelical, e fiquei aliviada em vê-la. Com certeza ela havia percebido que tudo aquilo não passava de um equívoco, e viera se desculpar com Tyrek pessoalmente.

Quando abri a boca para agradecê-la por ter vindo, ela ergueu bruscamente a mão. Seu movimento cortou o ar e me silenciou.

– Siga-me – disse, passando apressada por nós, e fomos obrigados a fazer isso, correndo para alcançá-la. Assim que chegamos ao final da escada, ela parou de repente e eu quase esbarrei nela. Ouvi o arquejo ríspido do meu guarda, atrás de mim, ao parar repentinamente também.

– Deixem-nos a sós – determinou ela aos meus guardas, que imediatamente se viraram e bateram em retirada, subindo os degraus que havíamos acabado de descer.

Olhei para ela, esperando, com um arrepio subindo pela coluna, alertando-me do perigo.

– Durante duas colheitas, escondi parte da sua função, Twylla. Queria ter certeza de que você compreendia a dádiva que lhe foi concedida e de que conseguiria suportar seu fardo. – Ela fez uma pausa, se fixando nos meus olhos antes de prosseguir. – Porque essa dádiva tem um custo. Um preço, por assim dizer, do que significa ser especial, ser escolhida. Mas você está se tornando rapidamente uma mulher, e não posso mais protegê-la disso. Você realmente precisa agir como a Daunen Encarnada agora.

Mantive os olhos fixos nela, sem entender o que ela queria dizer com custos e preços. Eu bebia o veneno como ela havia pedido e fazia todos os seus desejos. O que mais queria?

– O menino na sala no final deste corredor cometeu traição – afirmou ela, erguendo a mão para me impedir de interrompê-la. – Sei que você não vai querer acreditar, mas confie em mim quando digo que investiguei minuciosamente, e não tenho nenhuma dúvida. Além disso, você participou de tudo.

Ela permitiu que eu absorvesse suas palavras.

– Ele investigou você para descobrir seus segredos, nossos segredos, cortejou sua amizade, enquanto contava suas palavras aos nossos inimigos.

– Ele não faria isso! Não é possível! Não contei nada para ele... Não sei nenhum segredo.

– Você foi o disfarce e a informante dele, Twylla. Felizmente, tem razão: você não sabe muita coisa importante. Mas é verdade que contou a ele coisas sobre sua vida e suas funções aqui, sobre rituais secretos e sagrados, o que nos deixa muito preocupados. Então você deve ser a responsável por oferecer a ele a punição. Ser a Daunen Encarnada significa mais do que cantar, mais do que rezar. Para provar seu potencial, você precisa fazer mais do que apenas beber a Praga-da-manhã. Tanto o veneno quanto você servem a outro propósito.

Eu a encarei, tentando entender. O que mais poderia ser? Que tipo de punição eu poderia fornecer?

De repente, tomada por um terror claro e límpido, percebi que ela queria que eu encostasse no meu amigo.

Desde que chegara ao castelo, eu bebia a Praga-da-manhã uma vez a cada lua de forma que pudesse provar para o reino que eu era a Daunen Encarnada, que era realmente a escolhida dos Deuses. Era a combinação do meu sangue com o ato de beber o veneno e sobreviver que de fato provava que eu era divina, muito além de uma garota.

Pensei que o preço pago pela minha vida nova no castelo fosse nunca mais poder encostar em ninguém, porque o veneno que eu bebia voluntariamente permanecia na minha pele e mataria qualquer pessoa que entrasse em contato comigo, exceto os abençoados pelo direito divino: a rainha, o rei e o príncipe. Não poder tocar nem ser tocada não parecia um preço tão terrível assim. Afinal, eu deixara para trás a única pessoa que já demonstrara amor e afeto por mim. Mas a verdade é que esse não era o verdadeiro preço.

O preço era que eu encostaria *de fato* nas pessoas, e faria isso de propósito. Tocaria nos outros sob ordens, sabendo muito bem que mataria. Não existe antídoto para a Praga-da-manhã, e o menor contato com a minha pele é capaz de matar um homem adulto em segundos. Essa era a dimensão do meu papel ali, e o preço que eu deveria pagar por ser favorecida pelos Deuses era me tornar uma carrasca. Uma assassina. Uma arma.

– Não posso – falei, por fim.

– Mas é o que deve fazer, Twylla. Porque não posso garantir sua imunidade ao veneno que corre nas suas veias caso você negue sua obrigação aos Deuses. É a vontade deles que a mantém imune. É vontade dos Deuses que você faça isso por eles.

– Mas com certeza eles...

– Basta, Twylla! – interrompeu a rainha, rispidamente. – É isso que significa ser a Daunen. Toda encarnação de Daunen até hoje representou tanto a esperança quanto a justiça. Você está aqui para mostrar ao reino que vivemos uma era abençoada. E também está aqui para aniquilar aqueles que pretendem nos machucar. Você cumprirá a sua obrigação. Não quer provocar a ira dos Deuses, quer?

– Não.

A rainha assentiu.

– Sua dedicação é admirável, Twylla.

– Não, o que quero dizer é que não posso. – Eu me ouvi dizer. – Não posso matar uma pessoa.

– Como assim?

– Acho que não posso ser a Daunen Encarnada, se é isso que significa. Não sou a pessoa certa para isso.

A rainha riu, um som frágil e irônico.

– Você acha que os Deuses fizeram a escolha errada? Acredita que é um erro ter sobrevivido à Praga-da-manhã durante a Narração? E quanto à sua família, sua irmãzinha? Você pretende mesmo sacrificar a comida e as moedas que envio para eles porque não gosta do caminho que os Deuses traçaram para você? – Ela balançou a cabeça, olhando para mim. – Sabe que não pode voltar atrás – acrescentou ela, baixinho. – Os Deuses nunca permitiriam isso. Você foi dada a mim e a Lormere por eles, e eu aceitei. Você chegou aqui sem qualquer dote, sem qualquer oportunidade de aliança que pudéssemos fazer. Mesmo assim, a aceitei, porque foi para isso que você nasceu, Twylla. Nós obedecemos aos Deuses. Assim como você deve fazer.

– Mas...

Os olhos dela roubaram minhas palavras.

– Vou esquecer que você tentou questionar minhas ordens – murmurou ela. – Vou esquecer que você desdenhou da minha generosidade e do meu apoio. Vou esquecer que foi ingrata. Serei misericordiosa. Reze para que os Deuses também sejam.

*

Fiz o que ela mandou. Entrei na sala pouco mobiliada, onde meu amigo estava amarrado a uma cadeira, com a boca cruelmente amordaçada por um tecido escuro enfiado em suas bochechas, e com lágrimas escorrendo dos olhos. Os pulsos já estavam vermelhos por causa do esforço para se livrar das cordas que o prendiam. Ele havia se molhado. Na parte da frente da sua calça havia manchas escuras de urina, e isso me fez corar, envergonhada por ele. Ao me aproximar, ele balançou violentamente a cabeça de um lado para outro. Tyrek tinha quinze anos, assim como eu. A rainha ficou parada na porta e me observou colocar as mãos no pescoço dele, a única pele exposta que eu conseguia ver. Quando nada aconteceu, achei que os Deuses tinham intervindo, provando a inocência dele. Mas, de repente, meu amigo estremeceu, teve uma convulsão e um espasmo. Afastei as mãos, porém já era tarde demais. O sangue escorreu do seu nariz e da sua boca, e ele morreu diante dos meus olhos. Levou menos de um minuto para que meu toque o matasse.

Eu ainda o encarava com olhos arregalados e perdidos, quando a rainha pigarreou e disse:

– Era você quem deveria ter feito isso. Para entender o que significa ser a escolhida. Já não pode mais voltar atrás. Este é o seu destino.

Duas colheitas se passaram desde que executei meu melhor amigo. Vinte e quatro Narrações. Vinte e quatro vezes em que fui obrigada a entrar na sala de onde Tyrek foi arrastado e tomar o veneno que permitiu que meu toque o matasse. Durante vinte e quatro luas, matei treze traidores, incluindo os homens que executei hoje e Tyrek. Por Lormere. Por meu povo. Por meus Deuses.

Porque sou a Daunen Encarnada, a filha renascida dos Deuses. O mundo sempre foi regido por dois Deuses: Dæg, Senhor do Sol, que reina durante o dia, e sua mulher, Næht, Imperadora da Escuridão, que comanda as noites. E, certa vez, inúmeros milênios atrás, quando Lormere não passava de alguns povoados guerreando entre si, a ávida

Næht decidiu que reger a noite já não era mais o bastante para ela. Então bolou um plano e seduziu o marido, levando-o a exaustão tão intensa que ele não conseguiu mais se erguer. Dessa forma, ela dominou os céus e passou a reinar sozinha, mergulhando o mundo inteiro na escuridão. Nada vivia, nada prosperava e a morte estava por toda parte sem o Senhor do Sol para iluminar o mundo e oferecer calor e alegria às pessoas.

Mas, ao seduzir Dæg, Næht concebeu uma filha: Daunen. E durante seu nascimento, Daunen surgiu no mundo cantando uma música que acordou Dæg do seu sono profundo, e assim ele retomou seu lugar no céu. O retorno de Dæg trouxe luz e vida de volta a Lormere, e, para expressar sua gratidão, ele jurou que, sempre que Lormere mais precisasse, ele traria de volta ao mundo o espírito da sua filha, como um símbolo de esperança. Eles a reconheceriam pelo cabelo vermelho, da cor do nascer do sol, e por sua voz, que era tão linda a ponto de despertar um Deus. Quando retornasse, a chamariam de Daunen Encarnada, e ela seria uma bênção para a Terra.

Daunen, no entanto, era filha de dois Deuses, da luz e da escuridão, da vida e da morte. Quando Dæg jurou que sua filha voltaria ao mundo, Næht insistiu que a Daunen Encarnada também a representasse. Por isso, Daunen existe como o equilíbrio entre Deus e Deusa. Em nome da sua mãe, precisa ser a morte, e, em nome do pai, é a vida. A cada lua, a Daunen Encarnada precisa provar que é a escolhida ao beber a Praga-da-manhã e sobreviver. E também deve manter o veneno na pele, para que seu toque mate os traidores, assim como o toque da sua mãe.

Um dos dois guardas que estavam comigo no dia em que a rainha me obrigou a matar Tyrek decidiu deixar seu cargo quase imediatamente. Mas, antes de fazê-lo, ele me contou por que os prisioneiros gritavam tão alto. Ele esperou até Dorin sair para buscar meu jantar, depois se inclinou na minha direção, chegando o mais perto que se atrevia, com um sorriso malicioso.

– Quer saber por que eles gritam? – Mas não esperou minha resposta. – Os guardas da rainha os cortam. Pegam a faca mais cega que encontram e cortam a parte do corpo do prisioneiro que mais lhe agradar. – Ele abriu outro sorriso. – Depois, derramam conhaque em cima dos cortes, que começam a arder. Pelos Deuses, como arde. O conhaque queima, garotinha. É como fogo líquido descendo pela garganta. Em um corte, um corte profundo e feio, o conhaque é mais quente do que o próprio Dæg. Não é agradável. Nada agradável. Às vezes, com os prisioneiros mais problemáticos, repetem o processo.

Ele fez uma pausa, lambendo os lábios ao olhar meu rosto, percebendo como suas palavras me abalaram.

– Mas não é por isso que eles gritam, é por sua causa. Porque toda a dor das torturas não é nada se comparada ao que você fará. Então, me conte, garotinha, está entendendo por que eles gritam?

Nunca contei a ninguém o que ele me disse. Eu já presenciara mortes demais por minha causa. Às vezes, posso ser misericordiosa. Como a rainha.

Capítulo 2

Estou no meu solar, esfregando minhas mãos, lavando-as, repetindo continuamente o movimento em uma pequena bacia, até que ouço alguém bater à porta.

– Entre.

Pego um pano para secar as mãos, embora sinta que ainda não estão totalmente limpas, e me viro para receber a visita.

Dorin surge diante de mim, fazendo uma reverência discreta.

– Perdoe minha interrupção. Uma caçada foi convocada, milady.

– Agora?

Eu o encaro. Não consigo imaginar algo que nesse momento eu queira fazer menos do que perseguir uma criatura inocente pela floresta. Continuo a secar minhas mãos no pano, esperando que as próximas palavras do meu guarda sejam para dizer que não preciso ir, que está apenas me comunicando os planos da rainha para hoje.

– A rainha insistiu que você compareça, milady.

Eu me viro, fechando os olhos e os abrindo outra vez quando os homens mortos me encaram de volta. Por que marcar uma caçada para hoje? Quase nunca fazemos isso, mas hoje...? Quero visitar meu templo, fechar as portas e não pensar em nada. Quero sentir minhas mãos limpas.

– Vou deixá-la se preparar, milady – diz Dorin, antes de sair do meu quarto.

Eu o observo ir embora, com um nó se formando no meu estômago. Não adianta tentar enviar uma mensagem implorando pela minha ausência, suplicando que ela me permita visitar meu templo. Ela sabe que eu irei. Eu poderia ter matado um ou cem homens esta manhã, e iria mesmo assim, porque ela ordenou. Minha família não pode se dar o luxo de perder o dinheiro e a comida que ela manda a cada lua, e ela não os enviaria caso eu a desagradasse. Ela já fez isso. Sabe que não arriscarei que minha irmã sofra mais do que o necessário por minha causa, sabe que sinto culpa por ter deixado Maryl para trás. Ela *me* conhece, e sou uma marionete obediente, fácil de controlar para quem sabe quais cordas precisa puxar, e o cordel ligado à minha irmã é o que deve ser manuseado se quiserem garantir minha obediência. Mas, mesmo que isso não fosse verdade, ela fala com a autoridade dos Deuses. Se acabo com uma vida, é pela vontade deles. E, se esta é a vontade deles, não posso reivindicá-la.

Quando saio do quarto com meu manto sobre os ombros, encontro apenas Dorin esperando por mim.

– Onde está Rivak? – pergunto, procurando o outro guarda.

Dorin contrai os lábios.

– Ele foi transferido, milady.

O dia só melhora, penso, embora eu não esteja surpresa. Quase todos os meus guardas deixaram o cargo algumas luas depois de terem assumido. Por mais que os homens que a rainha escolhe sejam treinados para matar de maneira rápida e impiedosa, conheço apenas um que é forte o bastante para acompanhar uma menina capaz de assassinar com um único toque... Todos os outros solicitam transferências, e seus pedidos são sempre aceitos. Acredito que a rainha prefira assim. Afinal, se um guarda passasse tempo demais comigo, poderia perder o medo de mim, e talvez passasse até a gostar e ser leal a mim, e não a ela. E a rainha nunca permitiria isso.

A não ser uma vez. Em um único caso ela permitiu, mas duvido que tenha se dado conta disso.

Dorin está comigo desde o início. Ele é mais velho que o rei, é grisalho e tem riscos cinza nas têmporas e na barba cuidadosamente aparada. Ele mantém o cabelo comprido, prendendo-o na altura da nuca, e seus olhos são castanhos e atentos. É o guarda perfeito, carrancudo e profissional, e sei que não somos amigos, mas somos alguma coisa. Temo o dia em que também vão tirá-lo de mim. Já conhecemos os movimentos um do outro, então seria muito difícil enganá-lo. Como se fôssemos casados há muito tempo, conhecemos um ao outro muito bem, e não preciso ter medo de que ele cometa um erro.

– Então, somos só eu e você? – pergunto.

– Temporariamente, milady. Fizeram testes ontem, e acredito que o novo guarda vai se juntar a nós hoje, mais tarde. Estou encarregado de explicar para ele suas funções enquanto você participa da caçada. A Guarda da Rainha vai acompanhá-la, como sempre.

– Rivak foi transferido depois da Narração? – questiono, tentando manter um tom de voz estável.

– Ele solicitou a transferência há algum tempo, milady, mas a rainha ainda não havia aprovado o novo guarda. Acredito que agora ela já tenha escolhido um.

– Quanto tempo você acha que este vai durar? – Dou um sorriso pesaroso.

– Não tanto quanto você merece, milady. Ande, não queremos deixar Suas Majestades esperando.

Ele dá um breve sorriso gentil, e sinto o nó no meu estômago apertar. Dorin lidera o caminho, descendo a escada, e me mantenho afastada, com as mãos ao lado do corpo, rezando aos Deuses para que ele também não vá embora.

O grupo está reunido, com as damas vestidas de verde e prata e os homens com roupas de caça azuis e douradas, enquanto visto meu manto escarlate. A rainha gosta que eu use vermelho, porque acredita que isso enfatiza meu papel, e, por essa razão, a maioria dos meus vestidos e mantos é vermelha. Os cães trotam ao redor do rei, estalando os maxilares, com os olhos treinados a encará-lo, esperando por um comando. Odeio estes cachorros mais do que quase tudo no mundo.

São diferentes dos cachorros do vilarejo onde cresci: não se acovardam ao serem reprimidos, nem exibem a barriga ao ouvirem uma palavra gentil. Estes cães têm pernas compridas e musculosas, e enormes cabeças chatas e largas. São uma cruza de alano com mastiff, e com algo mais selvagem e mortal. Têm um pelo áspero, mosqueado e malhado de marrom e dourado. Não me agradaria nada acariciá-los, mesmo que permitissem. Sorriem maliciosamente e possuem olhares vazios. Encará-los é como fitar os olhos do homem que executei esta manhã: são inexpressivos, sem consciência, sem alma.

E, se há algo do qual entendo, é de almas. Antes de me tornar a Daunen Encarnada, eu era a filha da Devoradora de Pecados.

O cheiro dos cães preenche o salão, almiscarado e pútrido, junto ao odor de carne e morte, e vejo a rainha cobrir o rosto com um xale delicado. Os cachorros não gostam de carne morta, preferem devorar a vida de suas vítimas ao derrubá-las, e estão sempre ansiosos para caçar. Sabem o que significa estarem reunidos aqui, e sua animação, seu andar em círculos, deixa um gosto amargo na minha boca. Espero que hoje eles não cacem um homem ou uma mulher. Quero que decidam ir atrás de um animal.

Quando vi, pela primeira vez, a rainha soltar os cachorros atrás de um prisioneiro – um ladrão que havia saqueado uma das casas de campo do seu senhor –, quase vomitei meu café da manhã no piso do salão. Eu sabia que ela fazia esse tipo de coisa, o reino inteiro sabia que os castigos da rainha eram especialmente cruéis, mas testemunhar, sentir o cheiro e ouvir, enquanto os cães despedaçavam o homem, foi demais para mim. Até mesmo para alguém como eu foi demais. Dorin me protegeu, contando para a rainha que eu reclamara estar passando mal a manhã inteira. Então me mandou voltar para a cama e descansar, um curandeiro foi despachado para me cutucar com uma vara de vidro e me medicar com chá de raízes fétidas. Desde então, tenho sido atormentada por pesadelos com cães me perseguindo, indo atrás da minha irmã, de Tyrek, de Dorin. Acordo encharcada de suor, tremendo, convencida de que estou sentindo o cheiro deles no meu quarto. Nenhum crime merece tal destino, não importa o que a rainha diga. Sei, no entanto, que as pessoas dizem o mesmo sobre o que eu faço, por mais que os condenados que eu execute sejam traidores do reino.

– Twylla – chama a voz fria e entrecortada da rainha.

Faço uma reverência exagerada, uma reação que vem do mesmo instinto que leva um rato a achar uma fenda no chão ao ouvir o pio de uma coruja.

– Abençoada Narração – diz ela, e a corte repete em um murmúrio. – Você pode visitar o templo depois da caçada.

Baixo ainda mais a cabeça, em agradecimento.

– Obrigada, Vossa Majestade.

Dois dos guardas dela vêm até o meu lado, mantendo uma distância constrangedora. Quando as grandes portas de madeira se abrem, descemos a escada até os cavalos que estão selados e à nossa espera. Primeiro a rainha e sua guarda, seguidos por mim e pela minha guarda, e depois o restante da corte.

Subo sem ajuda no dorso largo da minha égua. A Guarda da Rainha fica parada em silêncio, apenas observando meu esforço. Depois, incito minha égua a seguir em frente e se juntar ao comboio da rainha. Cavalos são imunes a Praga-da-manhã, então corro os dedos pelas pontas da sua crina, que se derrama sobre a minha saia. É agradável tocar algo morno, algo vivo, sabendo que ela não sofrerá com o meu toque.

Olhos inexpressivos me encaram e sangue pinga na madeira manchada.

Estremeço e aperto a crina da égua, mas isso chama a atenção da rainha, então afasto os pelos e enrosco os dedos na rédea.

Ela segue na dianteira, à frente do rei, e tanto eu quanto os cães soltamos suspiros suaves de alívio. Suspeito que sou a única que fica feliz porque hoje vamos cavalgar separado e não seguiremos os homens na caçada. A risada dos cães perturba os cavalos, até mais do que os cavaleiros. E já houve situações em que eles se cansaram da caça e atacaram um cavalo ou um cavaleiro.

Enquanto cavalgamos, fixo os olhos nos cumes das montanhas. Estamos cercados por elas por três lados. Os morros aninham o reino como uma mulher aninharia o filho recém-nascido. A cidade de Lortune e o castelo de Lormere estão situados no ponto mais ao leste de Lormere, e partes do castelo foram construídas incrustadas nas pedras, dando a impressão de que os largos anexos saem da própria montanha, numa tentativa de escapar dela.

– Uma fortaleza natural – disse minha mãe certa vez. – Por causa das montanhas, Lormere nunca será derrotada.

A geografia é favorável ao reino, ou, pelo menos, é o que me disseram. As montanhas impedem que qualquer um invada nosso território, e a vasta e densa Floresta do Oeste serve de escudo. Sempre estamos no ponto mais alto, com a floresta crescendo em uma inclinação que leva ao planalto onde Lormere prospera, então temos essa vantagem sobre nossos inimigos.

Além da Floresta do Oeste fica o reino de Tregellan, que, durante algum tempo, foi nosso pior inimigo. Cem colheitas atrás, travamos uma guerra sangrenta com eles, uma batalha iniciada por eles, mas da qual Lormere saiu vitoriosa, e um tratado de paz foi assinado por nossa família real e pelo conselho tregelliano.

Atravessando a extensão mais ao norte das montanhas, onde as rochas marcam os limites de Tregellan, e estendendo-se para o norte e oeste, até encontrar o mar, fica o reino perdido de Tallith, que está praticamente abandonado há meio milênio. Tudo o que resta dele são pequenos vilarejos envolvidos em batalhas perpétuas por territórios com seus vizinhos. Outrora, Tallith foi o mais rico entre os reinos, quando Lormere não passava de um punhado de povoados feudais nas montanhas, governados pelos ancestrais da rainha. Mas, com a decadência da dinastia real, Tallith caiu em ruína e seu povo partiu, a princípio em pequenas ondas migratórias, depois em grande número. Alguns se fixaram em Tregellan, outros foram mais longe, encarando a floresta e a altitude, e chegaram a Lormere. Dizem que o sangue tallithiano corre nas veias de um quarto dos lormerianos, e, às vezes, é possível identificar esses traços, quando, por exemplo, uma criança nasce com o Olho-de-Deus ou com o cabelo louro-acinzentado pelos quais eram conhecidos os tallithianos.

Cavalgamos em silêncio e a floresta ao redor aquieta enquanto nosso cortejo segue pelo meio das árvores. Lormere é fértil, mas, por causa da altitude, grande parte da terra é mais produtiva se usada como pasto. Podemos cultivar nossos próprios nabos, batatas, chirívias, centeio e feijão, mas grãos não crescem bem na região. Precisamos importá-los do norte de Tregellan, onde agricultores dispõem de uma abundância de terras cultiváveis próximo ao rio que separa Tregellan de Tallith. Todos os peixes e frutos do mar que comemos também vêm de Tregellan, pescados do rio ou trazidos pelos pescadores que se aventuram no Mar de Tallith. Isso faz com que esses alimentos sejam artigos de luxo. Antes de chegar ao castelo, eu nunca tinha comido pão branco.

Há um farfalhar nas árvores à nossa esquerda e todo mundo se vira. A Guarda da Rainha ergue suas espadas. Um instante depois, uma marta salta de um arbusto, rugindo de raiva enquanto sobe correndo um abeto antigo. Uma das ladies dá uma risadinha, e os guardas voltam a embainhar suas espadas, visivelmente constrangidos. A rainha cavalga à minha frente e nossos guardas formam um círculo ao nosso redor. Seu longo cabelo castanho reluz ao brilho mosqueado do sol que atravessa os carvalhos, tílias e abetos.

Ela é linda e, ao se virar para conferir se seu comboio está em ordem, exibe um perfil orgulhoso. Sua tez é pálida e imaculada, as maçãs do rosto são saltadas e tem olhos escuros, como os de toda sua família. A linhagem real gera uma beleza morena, e o sangue deles permanece puro. A última moda da corte são as ladies imitarem a coloração real, por isso as que têm cabelo claro tentam tingi-los, usando tinturas feitas de cascas de árvores e frutas, obtendo resultados variados. Algumas ladies, inclusive, já ficaram quase cegas ao colocar atropa nos olhos, tentando obscurecer as íris azuis ou castanhas. Comparada a elas, pareço um ser de outro mundo, com meu cabelo vermelho, olhos verdes e pele sardenta. Aliás, acho que realmente sou de outro mundo.

Nas profundezas da mata ao norte do castelo, um pavilhão dourado nos espera, com as lufadas de vento estalando flâmulas sobre cada uma das cristas. Sob os picos, uma longa mesa resiste ao peso de mais comida do que o grupo inteiro seria capaz de consumir: javali assado, pato caramelizado, bolinhos de gengibre, gulache grosso, pães e pudins. Carpetes de seda importados de lugares estranhos e exóticos cobrem o chão da floresta e há sandálias dispostas nas beiradas para nós. Quando a rainha desce do cavalo, fazemos o mesmo, depois trocamos nossas botas de cavalgada pelas sandálias e ocupamos nossos lugares. Quando me sento à direita da elaborada cadeira da rainha, me mantendo o mais afastada possível dela, duas das criadas me olham de relance, trocando sussurros furiosos, antes da maior delas empurrar a outra na minha direção. Desvio o olhar, mas antes percebo que a amiga vitoriosa sorri com satisfação.

– Vinho, milady? – A garota que foi forçada a me servir paira a uma distância segura de mim, com um jarro nas mãos.

– Não – respondo. – Gostaria de um pouco de água.

A garota faz uma reverência delicada, depois sai apressada e volta com água. Quando ela se aproxima, enrijeço, me mantendo totalmente imóvel. Ela se inclina de tão longe para me servir, que derrama um pouco na mesa, e observo o líquido ser absorvido pela toalha de mesa dourada, estragando a seda. Ela ignora a mancha escura, correndo para a amiga e reiniciando os sussurros.

Assim que cheguei ao castelo e fui informada sobre o que aconteceria a quem encostasse em mim, me senti especial e poderosa, como uma rainha. Ninguém poderia mais me agredir, me beliscar ou tomar coisas de mim. Também me tornei maliciosa. Quando eu não conseguia o que queria, balançava os dedos para os criados, adorando vê-los empalidecer e se apressar de forma estabanada para realizar meus pedidos. Naquela época, no entanto, eu acreditava que o propósito da Praga-da-manhã era apenas provar meu valor. Os criados, no entanto, já haviam percebido que eu era uma arma. Não posso mais culpá-los por seu ódio. Se eu não fosse tão ingênua, talvez não tivesse sido tão cruel. Mas é melhor mesmo que mantenham distância de mim, para não correrem o risco de sofrerem as mesmas consequências que Tyrek.

A rainha brinca ociosamente com um leque, abrindo-o e fechando-o, enquanto observa a floresta em busca de algum vislumbre azul, inclinando a cabeça para tentar ouvir as trompas que costumam anunciar a chegada do seu marido. Não é comum ela se preocupar tanto com o paradeiro do rei, e isso deixa o restante do grupo nervoso. Todos estamos sentados perfeitamente eretos e imóveis, respirando o mais baixo possível. Olho de forma sutil de um lado para outro, observando a rainha aguardar, inquieta, depois conferindo se há algum movimento na floresta.

Nunca sabemos quando os caçadores se juntarão a nós. Eles não farão uma pausa enquanto os cães não tiverem matado alguma coisa, e, se estiverem caçando animais selvagens, nunca se sabe quando isso acontecerá. Nossa tarefa é esperar a chegada deles aqui, recebendo-os com uma aparência agradável e pitoresca. Quando os escribas registrarem os dias desta corte, a rainha quer ter certeza de que escreverão sobre elegância, beleza e tradição. Ela está determinada a governar a sua própria Idade de Ouro de Lormere, e, por isso, tudo deve estar perfeito.

– Twylla, o que você cantará hoje?

A rainha se vira para mim e indica um pajem.

– "A Balada de Lormere", "A Corça Azul" e "Carac e Cedany" agradam Vossa Majestade?

– Muito bem – responde ela.

Por mais que a maneira como ela apresenta a questão faça parecer que a escolha das canções é minha, isso é pura ilusão. Se eu tivesse escolhido "Digno e Distante" ou "Uma Donzela Que Ri", ela teria me encarado com um olhar frio e sombrio.

– E por que considera essas músicas apropriadas? – diria ela, com um tom de voz traiçoeiramente suave. – Para uma caçada, Twylla? Essas canções?

Escolhi as que pela tradição são cantadas em excursões de caça, já sei disso. "A Balada de Lormere" narra a história de como o avô do avô do avô do tataravô da rainha fundou o reino. "A Corça Azul" é uma canção mais recente, que recorda a história de como a mãe da rainha, com sua bata azul, foi confundida com uma corça mágica e caçada pelo rei da época, mas acabou sendo salva por ele antes que os cães salivantes conseguissem pegá-la.

"Carac e Cedany" é uma canção de batalha, composta para os avós da rainha. É ao reinado deles que hoje nos referimos como Idade de

Ouro de Lormere, época em que a última Daunen Encarnada esteve entre nós. E é a música preferida da rainha. Ela adora ouvir o conto de como nós lormerianos derrotamos a invasão tregelliana e dizimamos seu povo, mesmo depois de eles se entregarem e esvaziarem temporariamente seus cofres de ouro.

O rei Carac e a rainha Cedany queriam que Tregellan nos entregasse seus alquimistas, para que pudéssemos produzir nosso próprio ouro, como eles fazem, mas Tregellan recusou, ameaçando matar os alquimistas de forma que pudesse proteger os segredos deles. Para não perder toda a riqueza, Carac e Cedany aceitaram receber uma grande quantia de ouro alquímico, e é por isso que hoje chamamos essa era de "Idade de Ouro". Dizem que os alquimistas de Tregellan hoje vivem escondidos, para que não sejam raptados e forçados a trabalhar para nós.

Antes de morar no castelo, eu podia cantar o que bem entendesse, e inventava canções sobre o céu, o rio e os martins-pescadores. Quando cantei para o rei e a rainha pela primeira vez como Daunen Encarnada, escolhi uma dessas músicas criadas por mim, mas a rainha não ficou muito satisfeita.

– Quem ensinou isso para você?

– Eu inventei, Vossa Majestade. A música é minha.

– Então, sugiro que esqueça. Entendo que era aceitável que a filha da Devoradora de Pecados cantasse tais disparates, mas a Daunen Encarnada não deve fazê-lo. Isso não agradaria aos Deuses.

Assenti com a cabeça. Naquela época, eu ainda estava desesperada para impressioná-la, desesperada para provar meu valor. Isso foi antes de eu descobrir o que tudo aquilo significava.

Um grito horrível vem da floresta e nos viramos todos juntos. Tento não imaginar a violência com que os cães abatem a presa. Espero que tenha sido rápido.

– Eles estão chegando. – A rainha se levanta e bate palmas. – Preparem o banquete.

É uma ordem desnecessária, pois os pajens prepararam tudo muito antes da nossa chegada, mas, ao ouvir o comando dela, eles se movimentam com um pouco mais de rapidez, enchendo jarros de vinho, trazendo mais tortas e pássaros para a mesa, que já está cercada de barrigas roncando. Relaxamos a postura, nos esforçando para sorrir, com as sobrancelhas erguidas, enquanto nos voltamos atentamente para a rainha, como se ela tivesse murmurado algum gracejo.

A trompa sopra e os homens surgem, suados mas exultantes, saltando dos cavalos, e os cachorros arrastam os restos da carcaça atrás de si. Os quatro maiores brigam pela ossada, rangendo os dentes e preenchendo a clareira com rosnados. Eu desvio o olhar. A caça não renderá espólios, não sobrará troféu algum. Os cachorros vão devorar até os ossos. Para os homens, a emoção está na perseguição, e eles parecem muito satisfeitos com o trabalho que fizeram.

Nós nos levantamos quando o rei se aproxima, e, de repente, meu estômago fica embrulhado. Ele está acompanhado do príncipe.

Capítulo 3

Fico boquiaberta, pois não esperava que ele estivesse aqui, nem que tivesse crescido tanto, ou que parecesse um príncipe, e não o menino desengonçado e carrancudo que eu costumava observar entrar e sair do meu templo. Seus ombros são largos, e os cachos escuros de seu cabelo roçam o topo da túnica quando ele inclina a cabeça para a mãe. Noto, chocada, como ele é verdadeiramente bonito. Meu prometido é belo, apesar de exibir os mesmos traços cruéis da mãe e os mesmos olhos castanhos e atentos.

De repente, sinto muita raiva. Ninguém me avisou que ele tinha voltado, nem que planejava retornar. Quando a rainha me trouxe para o castelo, me contou que Næht a visitara em um sonho, e que a Deusa ofereceu a encarnação da própria filha, que no caso seria eu, no lugar da princesa perdida, para ser a noiva do filho da rainha. Só meu casamento com o príncipe será capaz de encerrar meu papel como Daunen Encarnada, e isso só é possível porque é a vontade de Næht. Quando eu estiver casada, não serei mais pura o bastante para ser a Daunen. Mas um dia serei a rainha de Lormere, e me sentarei no mesmo trono em que a rainha está sentada agora.

Toda a corte reverencia, ao mesmo tempo, primeiro o rei e depois o Príncipe Merek. Ele passou duas colheitas fora, em uma viagem de progresso, visitando distritos menores e passando tempo com pequenos lordes, aprendendo os meandros do reino e sua história, e consolidando amizades e alianças. Sei que ele passou algum tempo em Tregellan, como hóspede de honra, e acho que ouvi duas criadas mencionarem certa vez que ele esteve em Tallith. Ninguém jamais me disse diretamente aonde ele tinha ido ou quando voltaria, e meu orgulho me impedia de perguntar.

O Príncipe Merek se senta na minha frente, e espero que ele me note, com o coração disparado sob meu manto. Quando ele não me nota, meu estômago fica embrulhado e encaro a mesa, magoada, mas a verdade é que isso não me surpreende. Há quatro colheitas, durante uma cerimônia, o príncipe colocou a mão em cima da minha, e uma fita vermelha foi posicionada sobre elas, selando o fato de que estávamos prometidos um ao outro. Foi a última vez que alguém me tocou. Eu esperava que, depois disso, passássemos algum tempo juntos e nos tornássemos amigos antes do nosso casamento, mas isso jamais aconteceu. Ele nunca falava comigo, e depois foi embora, sem sequer mandar um bilhete para perguntar sobre mim. Mas não posso culpá-lo por isso, afinal, se certas partes da minha função como Daunen me enojam, imagine o que um príncipe deve pensar delas. Imagine como seria a obrigação de se deitar com uma noiva cujo toque só não te mata pela graça dos Deuses.

– A caçada foi boa? – pergunta a rainha ao rei, enquanto nos sentamos.

O rei e a rainha se acomodam à cabeceira da mesa, eu fico à direita dela, e o príncipe, à minha frente, à esquerda do rei. Os outros cortesãos se sentam de acordo com a quantidade de terra que controlam e o quanto são favorecidos atualmente.

– Certamente, certamente – responde o rei. – Uma fera diabólica nos envolveu em uma perseguição e tanto. Suas galhadas pareciam ter o dobro da altura de Merek. – Ele inclina a cabeça na direção do seu enteado. – Mas nós a abatemos, e os cães se esbaldaram.

Quando ele para de falar, um ruído nítido ecoa do local onde os cães estão fazendo seu banquete, e eu faço uma careta.

A rainha assente.

– Fico feliz em ouvir isso. – Ela desvia o olhar do marido, suavizando a expressão ao encarar o filho. – Merek, o que achou da caçada?

– Gostei muito, mãe – responde ele, sem o mesmo tom caloroso dela. Sua voz é grave e suave, agradável de ouvir. Eu o observo discretamente enquanto fala, notando a curva que se forma em seu lábio quando ele responde e a maneira como se esparrama na cadeira. – Foi uma agradável distração. Eu não me importaria em repetir a experiência. Quando estávamos em Tregellan, caçamos javalis em algumas ocasiões. Por mais que não façam parte de uma corte, eles ainda apreciam alguns velhos esportes e passatempos corteses.

– Fico surpresa que encontrem tempo para isso – diz a rainha com frieza. – Eu tinha a impressão de que, para chegar a qualquer acordo, eles demorassem quase uma lua inteira.

Merek ergue uma sobrancelha.

– É verdade. Mas imagino que esse seja o preço que se paga por uma democracia. Todas as vozes precisam ser ouvidas. Poderia ser mais eficiente, mas não posso negar que o sistema funciona. Para eles, pelo menos.

– Para eles – enfatiza a rainha, com um tom conclusivo, e Merek encara o próprio prato, me fazendo lembrar do garoto desajeitado para quem fui prometida em casamento. – O Salão de Vidro ficará pronto em breve – acrescenta ela com mais tranquilidade, sem notar o tique de irritação na boca do filho. – O projeto foi inspirado no original, que fica em Tallith. Também temos muitos passatempos à disposição aqui.

– Vi as ruínas do original quando estive lá. Tenho certeza de que era uma construção impressionante. Quando ainda estava de pé, é claro.

– Acredito que você vá achar nossa versão ainda mais surpreendente. Embora ela seja inspirada no projeto tallithiano, eu mesma fiz algumas modificações – diz a rainha. – Não será nenhuma relíquia.

– Mas não será a mesma coisa que um torneio ou um esporte, certo? – pergunta Merek.

– É um entretenimento mais refinado. – A voz da rainha soa amável. – Não somos selvagens como os tregellianos. Podemos apreciar coisas mais delicadas. – Merek não responde, então ela se vira para nós. – Meu filho, o viajante. Só espero que Lormere ainda consiga deixá-lo ocupado o suficiente com o que oferece.

Ela abre um sorriso afetuoso para o filho, e se aproxima para segurar a mão dele. Mas o menino se afasta rispidamente, erguendo as sobrancelhas para ela, sacando sua faca e fincando-a no peito de um faisão. Merek observa a mãe enquanto leva o pedaço de faisão à boca e o morde com ferocidade. A rainha desvia o olhar, e faço o mesmo, fingindo que não vi o pequeno ato de rebelião, mas feliz por tê-lo visto.

A rainha observa a corte sentada à mesa, e todos nos ocupamos com nossa comida. Depois de um instante, ela puxa de dentro do corpete do vestido um pequeno disco de metal preso a uma corrente, e começa a brincar com o objeto. Merek baixa sua faca e olha para a mãe.

– Você transformou em um colar – diz ele baixinho, indicando com a cabeça o pingente que a rainha segura entre os dedos.

– Eu não poderia incluí-lo no tesouro. – Ela sorri, exibindo o cordão.

Ele franze a testa.

– O que aconteceu com a imagem? O flautista e as estrelas que apareciam na frente da moeda? – Ele semicerra os olhos para enxergar melhor o pingente. – Você lixou?

– Claro. Por que eu ia querer usar uma velha moeda com a imagem de um músico tallithiano? Fica muito melhor assim. Está vendo? Agora não há mais marcas no meio, e parece a lua de Næht. E o ouro na beirada é o sol de Dæg. Eu a tornei lormeriana.

Merek balança a cabeça.

– Esta possivelmente era a última moeda tallithiana do mundo criada por alquimistas. Ela foi feita há mais de quinhentas colheitas, é uma peça histórica inestimável.

– Mas essa não é a nossa história, Merek. A única história que me interessa é a nossa. Além disso, não é como se tivesse o poder de nos revelar os segredos da alquimia, não é mesmo? Não passa de uma velha moeda de um sistema monetário obsoleto.

Enquanto ela guarda de volta o pingente, Lorde Bennel grita do lugar mais distante na mesa:

– Vossa Alteza encontrou o Príncipe Adormecido, por acaso?

Alguns dos cortesãos riem, embora eu demore um pouco para recordar quem é o Príncipe Adormecido. Lembro-me vagamente da lenda sobre um príncipe preso em um sonho encantado, e então noto o silêncio absoluto e traiçoeiro das pessoas ao redor da mesa. O Príncipe Merek está paralisado, com a boca comicamente entreaberta em uma resposta que não sai. Já a rainha... A rainha encara Lorde Bennel com olhos selvagens e ferozes. O ar ao seu redor está carregado de malícia, como se a pergunta de Lorde Bennel sobre um antigo conto infantil tivesse insultado Merek gravemente, e agora ela se visse obrigada a defendê-lo. Em comparação a ela, todos na mesa parecem imóveis e pálidos, até o rei passa a impressão de estar nervoso, enquanto esperamos que algo acabe com a tensão.

– Perdão, Vossas Majestades, e Vossa Alteza – diz Lorde Bennel apressadamente. – Não quis interrompê-los.

A rainha não responde, mas consigo sentir a raiva brotando dela, e percebo que está parada, pronta para dar o bote. Depois de um instante, ela encosta novamente na cadeira e a tensão na corte se dissipa. As pessoas levam as taças aos lábios, facas arranham pratos e os criados se aproximam da mesa, para retirar ou reabastecer as bandejas. Mas, pelo canto do olho, percebo que os movimentos da rainha estão tensos e calculados. Ela afasta o prato, com um olhar ainda selvagem.

– Twylla, cante para nós agora – ordena ela.

Eu me levanto no mesmo instante, ladeada por meus guardas temporários, tentando não correr enquanto sigo até o outro lado da mesa, onde ela e o rei conseguirão me assistir melhor. Sinto um instinto quase inexorável de fugir da rainha.

– Você recebeu uma dádiva, pequena Twylla – disse a rainha, depois da minha primeira Narração. – Foi escolhida para representar a Daunen aqui no mundo, e hoje dedicamos sua vida a ela. Lormere esperou seu retorno por muito tempo. Agora você foi consagrada como um receptáculo sagrado, assim como eu. Este é o seu destino. Aos olhos de Deus, você é minha filha.

Enquanto canto "Carac e Cedany" e a minha voz ressoa pelo pavilhão, narrando a história de guerra, derramamento de sangue, honra e glória, ouço algo ao fundo, um som suave, chiado e sussurrado. Noto que Lorde Bennel sussurra baixinho para Lady Lorelle. Ela está sentada, com o rosto pálido e impassível, enquanto tenta desesperadamente ignorar o tagarelar do homem ao seu lado, e seu marido, Lorde Lammos, se afasta o máximo que consegue deles. Desvio os olhos, ignorando-o, e o suor começa a escorrer pelos meus ombros. Quando chego no refrão, canto mais alto, tentando abafar a voz dele, e jogo a cabeça para trás, para que meu cabelo rebata a luz do sol.

Lorde Bennel se aproxima mais de Lady Lorelle, sem parar de cochichar, por mais que ela balance a cabeça com força e acene na minha direção. As bochechas dele estão coradas e o olhar está embaçado, e meu peito pesa quando percebo que ele está bêbado e que a sua embriaguez o faz deixar a cautela de lado. Sim, ele só pode estar embriagado. Em que outro estado ele seria tolo o bastante para interromper a conversa da rainha com o príncipe? Levanto a voz outra vez, jogando os braços para os lados e voltando o rosto para o céu enquanto canto, esforçando-me ao máximo para manter a atenção do público focada em mim.

O som de vidro estilhaçando silencia a todos. Minha voz desaparece subitamente na garganta. Na cabeceira da mesa, a rainha segura a haste de um cálice, mas todo o resto da taça quebrada está espalhado pela toalha dourada.

– Twylla o deixa entediado, Lorde Bennel?

Sinto a náusea se assomando no meu estômago e meu coração acelera quando todos os olhares se voltam para Lorde Bennel.

– A Daunen Encarnada o deixa entediado, milorde?

Noto manchas de suor se formando na altura do pescoço largo de Lorde Bennel, e ele balbucia uma resposta, arrastando as palavras:

– Perdão, Vossa Majestade. Eu estava apenas comentando com Lady Lorelle o quão afortunados somos por viver nestes tempos, e por ter a Daunen Encarnada conosco mais uma vez. Minha intenção era apenas fazer um elogio.

Ele estende bruscamente a mão com a intenção de apontar para mim, mas derruba seu cálice, derramando vinho tinto na seda.

– Que estranho. Tenho certeza de que apenas ouvir e apreciar a canção, como fazíamos todos, seria um elogio muito melhor. Parece que Lorelle não teve dificuldade alguma em simplesmente apreciar a canção sem falar ao mesmo tempo, não acha?

De onde estou, consigo ver Lady Lorelle agarrando as pregas do vestido com tanta força que os nós dos seus dedos ficam brancos. De repente noto que estou fazendo a mesma coisa, e o suor das palmas das minhas mãos mancham a seda da minha roupa.

– Tem razão, Vossa Majestade.

– Não acha que esses supostos elogios foram inoportunos?

– Sim, Vossa Majestade.

– Não gostaria de se retirar e nos permitir aproveitar as dádivas dos Deuses sem sua presença?

– Helewys... – começa a dizer o rei, mas ela faz um movimento brusco com a mão para silenciá-lo.

O rei a encara, cerrando o maxilar. Está com uma expressão sombria, mas não fala mais nada, virando o rosto e encarando as árvores.

– Eu... Vossa Majestade? – diz Lorde Bennel.

– Saia. Você interrompeu a Daunen Encarnada com seus cochichos e atrapalhou uma conversa particular entre meu filho e eu com suas tolices. Não se atreva a ficar na minha presença até que tenha aprendido a ter bons modos.

A rainha solta a haste do cálice quebrado no chão e se vira para pedir uma nova taça.

Parte da tensão que estou sentindo se dissipa. Por um instante terrível, achei que ela o consideraria um traidor do reino, ordenando que eu encostasse nele. Ergo os olhos novamente, esperando minha deixa para prosseguir, e vejo Lorde Bennel gesticulando para que um pajem traga seu cavalo.

– Não, Lorde Bennel. Quero que você caminhe e reflita sobre sua ignorância.

Meu coração dispara. Todos observamos enquanto ele se levanta, tenso, depois se esforça para retirar as sandálias e calçar as botas de cavalgada. Uma delas prende no seu pé, e suas bochechas ficam roxas.

– Pode continuar. – Ela acena para mim.

– *Nas Florestas do Oeste de Lormere, lá estava a Formosa Cedany, altiva. Ela clamou...* – Engasgo quando vejo a rainha chamar o Mestre dos Cães.

– Continue, Twylla – grita ela, e não tenho opção senão tentar, por mais que minha voz saia trêmula enquanto canto para um público que daria tudo para estar em qualquer outro lugar.

– *Nas Florestas do Oeste de Lormere, lá estava a Formosa Cedany, altiva. Ela clamou: "Avante, por Lormere! Os pagãos hão de perder o embate..."*

Desvio os olhos depois de ver o Mestre dos Cães afastar dois dos cachorros menores das parcas sobras da refeição deles e conduzi-los até a cadeira de Bennel. Lorelle se encolhe, com medo, quando os animais passam por ela, raspando os pelos ásperos no seu vestido, captando o odor do homem que sentava ali antes. De repente, os cães desaparecem na mata, e todo mundo parece prender a respiração.

– *Carac cavalgou para a batalha, com sede de sangue na espada. Tregellan foi derrotada, como sua amada profetizara.*

Em instantes, o ambiente é tomado por gritos e rosnados.

– Comece novamente, Twylla. – A rainha sorri. – Não consegui ouvir muito bem com todo esse barulho da natureza. Mas cante com menos teatralidade desta vez, por favor. Você é a Daunen Encarnada, e não uma intérprete campesina.

Lorde Bennel não era um traidor. Eu só mato traidores. Mas considerando que ele morreu por me insultar, é como se eu mesma o tivesse matado. Basta olhar para a corte para perceber que eles também me julgam responsável.

Os aplausos no final da minha apresentação são dolorosamente entusiasmados. A corte inteira se esforça ao máximo para mostrar a apreciação que tem por mim, com medo de que a rainha se ofenda com qualquer falta de zelo. Isso me deixa enjoada.

– Pode se sentar, Twylla – diz a rainha, de forma agradável.

Olho para ela quando faço uma reverência, e é então que encaro o príncipe.

Ele curva o corpo em minha direção, com a cabeça inclinada, como se me visse pela primeira vez. Seu rosto, que antes parecia impenetrável, ilumina-se ao olhar para mim, e minhas pernas ficam bambas, como se ele estivesse roubando minha força para abastecer a tempestade por trás dos seus olhos. Mais cedo, quis que me desse atenção, mas ao conseguir isso, fico paralisada.

Ao voltar para o meu assento, minhas bochechas queimam, e sinto os olhos dele me acompanhando ao longo da mesa. Ninguém mais se atreveria a me encarar por tanto tempo assim, pois teria medo de que a rainha pudesse considerar o olhar ofensivo. Mas o príncipe não precisa se preocupar em perder a vida. É a única pessoa no mundo que a rainha não mataria por capricho, e ele deve saber disso.

A sobremesa é servida, mas não sinto vontade de comer o pudim de rosas que colocam diante de mim. As pétalas em cima são vermelhas, então remexo o doce para cobri-las. O clima na mesa está soturno agora. Não parece que estamos em um banquete, e sim em uma Devoração, como se precisássemos consumir os pecados de Bennel e esperar que nossos atos sejam suficientes para aplacar a rainha.

Quando baixo a colher, percebo que o príncipe continua a me encarar, e tenho a impressão de que ele não parou de olhar para mim desde que terminei a minha canção. O pior é que a rainha observa o que ele está fazendo, com a boca contraída e taciturna, e os dedos mexendo nervosamente no medalhão pendurado em seu pescoço. O sol desaparece atrás de uma nuvem, e o tom verde vivo da floresta fica mais cinza. Quando a rainha se levanta, todos ficamos de pé também.

– Preparem os cavalos – ordena ela. – Está na hora de retornar ao castelo.

Em instantes, trocamos nossas sandálias por botas. Os cavalos são guiados pelo local de forma tão ligeira que imagino que os criados já pressentiam que partiríamos apressadamente. Montamos nos animais em silêncio, e iniciamos a procissão de retorno. Sinto-me grata por cavalgar atrás da família real, por não ter que me preocupar com o olhar deles, e enrosco os dedos na crina da minha égua, pressionando o corpo contra ela e aproveitando ao máximo o contato.

A rainha e a realeza mantêm certa velocidade na cavalgada durante boa parte do trajeto, embora eu não entenda como ela consegue fazer isso montada em uma sela, e fico aliviada por ela não exigir que eu acompanhe seu ritmo. Quando chego, por fim, no pátio real, freando minha égua em meio aos flancos suados dos outros cavalos, a rainha já desmontou e sobe obstinadamente os degraus que levam ao castelo, enquanto o marido e o filho saltam das selas e a seguem.

No último instante, antes de atravessar o portão, o príncipe se vira e olha para mim. Mais uma vez seu olhar me deixa paralisada. Durante três batimentos cardíacos subitamente violentos, nos entreolhamos, depois ele se volta para o castelo, me deixando trêmula por dentro.

Dorin se aproxima para me escoltar, acompanhado de um homem que não conheço. Eu me recomponho, cravando as unhas nas palmas das mãos, com os punhos fortemente cerrados.

– Boa tarde, milady. – Dorin faz uma reverência. – Apresento-lhe Lief, que, a partir de hoje, integrará a sua guarda particular.

Olho brevemente para o novo guarda.

– Boa tarde, Lief.

– Milady – responde ele.

Sua voz é melódica e grave, e há alguma coisa exótica nela, uma leve inclinação no tom ao final das palavras, o que me faz observá-lo com mais atenção. Seus olhos são verdes, em um tom mais escuro que os meus, e o cabelo castanho-claro está preso com firmeza, contrariando a moda atual; se ele o soltasse, chegaria à altura dos ombros. Ele não parece muito mais velho do que eu. Sou tomada pelo impulso de alertá-lo para que fuja agora mesmo, enquanto ainda pode, mas apenas aceno com a cabeça, me voltando em seguida para Dorin.

Dorin olha fixamente para algo atrás de mim, e me viro para descobrir o que é. Trouxeram de volta o cavalo de Lorde Bennel, sem cavaleiro, e Dorin me encara, com a boca contraída.

– Para o templo, milady? – pergunta ele, afastando uma abelha que zune ao redor de nossas cabeças.

Assinto.

– Sim. Mas, primeiro, posso ter um momento a sós com você?

– Espere ali – diz ao novo guarda, que faz uma reverência e depois abre um largo sorriso para mim, deixando à mostra uma pequena parte rosada da língua, apoiada maliciosamente nos dentes. Seu sorriso me desarma e contagia, e, sem perceber, sorrio de volta, mas Dorin pigarreia, e Lief nos deixa sozinhos.

Quando tenho certeza de que ele já está longe o bastante para ouvir o que digo, me dirijo ao meu acompanhante mais antigo.

– Ele não é lormeriano – afirmo, baixinho.

Dorin confirma com a cabeça, me encarando com uma expressão de orgulho quase paternal.

– Muito bem observado, milady. Ele é tregelliano.

– A rainha contratou um tregelliano? Para ser meu guarda? – Eu nem sequer tento esconder o espanto na minha voz. Embora Lormere tenha vencido a guerra e hoje esteja em paz com Tregellan, o desprezo da rainha por esse povo é notório, e já a ouvi se referindo a eles como preguiçosos, dissimulados e débeis.

– Sim, ela contratou. Ele é...

Dorin afasta a abelha outra vez, e ela investe contra ele, ferroando seu antebraço. Ele grita, depois morde o lábio para não xingar o inseto.

– Você está bem? – pergunto.

Ele dá de ombros, estudando a ferida.

– Não se preocupe, milady.

– O ferrão saiu? Você precisa tirar o ferrão, e rápido.

Ele dá mais uma olhada no ferimento, o círculo avermelhado na pele em torno do furo, depois pinça o ferrão com as unhas, largando-o no chão, com desgosto.

– É melhor você colocar um unguento – sugiro.

– Vou ficar bem, milady. Vou cuidar disso.

Tento protestar, mas ele não fica quieto:

– Como eu estava dizendo, ele é bom – continua, muito obstinado. – Apesar de suas origens. Ele se saiu melhor do que todos os guardas da rainha... – ele faz uma pausa – ... e do que eu, milady. O rapaz é ágil. E jura que não sente qualquer simpatia por Tregellan. A rainha acha que ele é competente o bastante para protegê-la, milady, e isso vai ajudá-la a dormir mais tranquila, mesmo ele sendo um tregelliano.

– Durmo tranquila com você escoltando minha porta – digo, ressabiada.

Ele dá um pequeno sorriso, depois assume novamente sua habitual seriedade profissional.

– Obrigado, milady. – Ele faz uma reverência, esfregando distraidamente o braço. – Venha, Lief – chama ele, e o rapaz vem correndo, como um cãozinho ansioso.

Isso me entristece, porque me lembra de como eu era quando cheguei aqui.

Capítulo 4

Ao chegar ao meu templo, fecho as portas, mas em vez de me ajoelhar diante do altar, ando de um lado para outro, incitada pela ansiedade. Lorde Bennel, que idiota ele foi. Por que se permitiu ficar tão bêbado? Por que não se manteve calado? No que estava pensando quando resolveu cometer um deslize desses, depois de já ter irritado a rainha com suas perguntas idiotas sobre contos de fada? E quanto ao príncipe? Por que está prestando atenção em mim agora? Por que não para de me encarar?

Quando as sombras começam a se movimentar pelas paredes, acendo o incenso e me ajoelho diante do altar para pedir auxílio a Næht e Dæg, para que me ajudem a compreender o que tudo isso significa.

Deixo claro que não quero parecer ingrata. Juro que não. Sei que me abençoaram. E, afinal, não era exatamente isso que eu queria deles? Eu queria vir aqui, e aqui estou. Queria me casar com alguém importante, e me casarei com um príncipe. Eles ouviram minhas preces, e agora estou vivendo a vida que sempre sonhei. Sou uma sortuda, uma privilegiada.

Sou uma ferramenta, uma faca.

Ergo os olhos e encaro o totem dos Deuses, a vasta escultura metálica do sol eclipsando a lua, ou da lua eclipsando o sol, dependendo da luminosidade no recinto. Durante metade do dia, o ouro ofusca a prata, mas, à medida que a luz muda, a prata passa a dominar o ouro.

– Terei a oportunidade de ajudar os aldeões? – perguntei para a rainha assim que fui consagrada. Eu alimentava visões de ficar em pé sobre um pódio, cantando diante do reino, enquanto a multidão lançava flores aos meus pés e eu abençoava a todos, e ao mesmo tempo minha irmã me encarava com olhos brilhantes e orgulhosos. – Vou visitá-los e cantar para eles?

– Por que você faria isso? – questionou ela.

– Para que saibam que são abençoados.

– Twylla, assim como você é a Daunen Encarnada, o rei e eu somos os representantes terrenos de Næht e Dæg. Os aldeões sabem que são abençoados pelo simples fato de existirmos. Sua dádiva só deve ser apreciada pelos poucos escolhidos, porque apenas alguns são capazes de compreender. Além disso... – ela fez uma pausa, me encarando com um olhar de piedade – ... precisamos protegê-la. Eles ficariam ressentidos com sua boa fortuna, pelo fato de que você foi escolhida pelos Deuses para representar a Daunen e para se tornar nossa filha algum dia. É melhor você ficar no castelo, onde nossos guardas e eu podemos protegê-la deles.

O tempo passa e eu me levanto, com os joelhos rígidos de tanto rezar. Acendo as velas, depois volto a andar de um lado para outro, desta vez para me aquecer, pois já está escurecendo. Faz mais frio no templo do que no castelo, e aqui as paredes são caiadas e limpas. Há bancos ao redor do templo, para que as pessoas possam se sentar, mas ninguém além de mim jamais vem aqui. As paredes são decoradas com telas. Sou uma péssima costureira, mas às vezes tento bordar alguma coisa, e, por isso, há várias cenas de luas e sóis penduradas nas pedras caiadas. Eu adoraria bordar flores, flores silvestres, mas a rainha não aprovaria. Se eu quisesse bordar flores caras plantadas em um jardim, talvez ela até aceitasse, mas nunca as considerei tão bonitas quanto as que cresciam perto da minha antiga casa, e essas ela nunca toleraria.

Há dois anos, estávamos cavalgando para um piquenique que fazia parte das celebrações de dezessete colheitas do príncipe, a última vez que o vi antes que ele saísse em viagem. Era um lindo dia de fim de primavera, e estava tão quente que deixamos nossos pesados mantos de lado e vestimos roupas leves de verão. Enquanto cavalgávamos pelos jardins, fomos subitamente envolvidos por uma nuvem de flocos brancos: eram sementes de dente-de-leão, milhares delas, bagunçadas pelos cascos dos cavalos, rodopiando ao nosso redor. Foi mágico, como neve fora de época, uma tempestade em um dia ensolarado, e gargalhei pelo que pareceu ser a primeira vez em muito tempo, por sentir aquela maciez no meu rosto, só por enxergar a brancura diante de mim e ao meu redor. Quando a nuvem se dissipou, vi o rosto do príncipe, brilhando e voltado para cima, na direção do sol. Por um instante, nossos olhos se encontraram, e sorrimos um para o outro, felizes por estarmos em um lugar como aquele, por termos visto aquilo.

Mais tarde, cada jardineiro perdeu o indicador da mão que mais usavam por permitir que dentes-de-leão crescessem de forma descontrolada e em quantidade tão grande no jardim. Já a cozinheira perdeu os dois dedinhos do pé por sugerir à rainha que as folhas e raízes das ervas daninhas eram comestíveis e que poderia usá-las para preparar saladas ou chás. A rainha quisera cortar os dois dedões das suas mãos, mas isso a impossibilitaria de exercer seu trabalho. A rainha chamou isso de misericórdia. Mais uma vez.

*

Ouço sussurros do lado de fora do templo, através da porta aberta, enquanto Dorin treina o novo guarda para sua função.

– Quem é a milady?

– Ela é a Daunen Encarnada, a encarnação da filha dos Deuses.

– Quando será a Narração? – Dorin tosse com catarro.

– Está se sentindo bem?

– Responda à pergunta, Lief. Quando será a Narração?

– No último dia da lua cheia – responde o novo guarda.

– O que é a Narração?

– Uma antiga cerimônia que comprova a disposição da milady em trabalhar para os Deuses e que ela é o receptáculo escolhido por eles. Milady oferece uma gota de sangue que deve ser misturada com a Praga-da-manhã, depois bebe a mistura como um ato de fé, para provar que tem as boas graças dos Deuses.

– Quando você tem a permissão para encostar na milady?

– Nunca. Eu morreria se fizesse isso.

– Quem tem permissão para tocar na milady?

– A rainha, o rei e o príncipe, por direito divino.

– E quem mais?

– Ninguém. Apenas os consagrados podem ser tocados por milady sem serem condenados à morte.

– Por ora, isso já é bom o bastante – diz Dorin, relutante.

Sorrio e depois torço o nariz. A fumaça do incenso serpenteia ao meu redor, exalando cheiro de jasmim. Tiro o incenso do braseiro, amassando-o com o pé. Alguém deve ter entregado o incenso errado, porque costumo usar jasmim-manga aqui, e não apenas jasmim. Nunca jasmim.

– Twylla.

Eu me viro abruptamente, surpresa em encontrar o príncipe na porta do meu templo, me observando pisotear ferozmente o incenso. Faço uma reverência, me sentindo tonta enquanto ele entra, andando na minha direção.

– Eu a perturbo?

De início, fico chocada demais com a presença dele no meu templo, conversando comigo, e não consigo responder de imediato.

– Não, Vossa Alteza. De maneira alguma – falo, por fim, depois de um instante.

– Então não interrompi suas preces?

– Não, Vossa Alteza, eu não estava rezando propriamente. Eu estava... – Mas perco o raciocínio.

Ele assente e seus lábios tentam reprimir um sorriso, antes de olhar ao redor do templo.

– Você fez tudo isto? – Ele indica as telas.

– Sim, Vossa Alteza.

– Não se cansa de sempre criar as mesmas imagens?

Desvio os olhos do príncipe para as telas e ele me observa, com um olhar sombrio e astuto. Antes que eu consiga decidir o que responder, ele volta a falar:

– Gostei da sua apresentação ontem.

– Obrigada, Vossa Alteza.

– Também queria dizer que gostei da sua... *teatralidade*. – Ele enfatiza a última palavra e sinto um aperto no peito. – Por mais que não tenha terminado da maneira que eu esperava, ainda assim foi animador perceber que algumas coisas mudaram desde que fui embora. Não há muitas pessoas aqui que sejam corajosas o bastante para serem *teatrais* quando a situação exige. Fico feliz por você ser uma delas.

Mais uma vez, fico sem palavras. Ele usa a palavra *teatralidade*, a mesma palavra que a rainha usou para me atacar, mas ele a usa em tom de aprovação. Por quê? Ele não fez nada para salvar Lorde Bennel, então por que ficaria satisfeito com o fato de eu ter tentado? Quando olho para ele, suas sobrancelhas estão erguidas, à espera de uma resposta, mas não faço a menor a ideia do que dizer, para que não soe acusatório ou como uma traição.

– Quando cantará novamente? – pergunta ele, por fim.

– Amanhã, Vossa Alteza. Será minha audiência quinzenal com o rei.

– E depois disso?

– Quando assim me ordenarem, Vossa Alteza – respondo, percebendo tarde demais como minhas palavras pareceram grosseiras.

Antes que eu possa acrescentar algo mais cortês, ele volta a falar:

– Então quer dizer que a Daunen Encarnada só canta quando o rei manda?

Não entendo a pergunta dele.

– Canto de acordo com a vontade do rei e da rainha.

Ele assente, depois olha para as paredes novamente e franze a testa.

– Você deveria bordar flores. Sempre gostei de dentes-de-leão – comenta, me deixando perplexa outra vez.

Em seguida, ele se vira bruscamente de costas para mim e vai embora. Não tenho tempo de fazer uma reverência antes que ele saia do templo.

Eu o observo se afastar, boquiaberta. Ele me procurou. Veio até o templo. Mas, por quê? Por causa de Lorde Bennel? E para dizer que eu deveria bordar dentes-de-leão? Será que ele se lembra? Olho para o totem, tentando em vão encontrar uma resposta, mas não é o que acontece.

Descontente e confusa, me sento em um dos bancos, tentando organizar meus pensamentos. Quando percebo que já anoiteceu, desisto, sussurrando depressa um agradecimento aos Deuses antes de chamar meus guardas e retornar à minha torre.

Mas no instante em que passo pelo portão, sei que também não encontrarei nenhum refúgio ali.

Paro na soleira da porta e tenho um sobressalto. É um susto passageiro, mas evidente o bastante para chamar a atenção de Dorin.

– Afaste-se, milady. Lief, vigie a porta da torre.

Lief desce a escada e Dorin saca a espada e circunda o quarto, olhando atrás das cortinas compridas e douradas e embaixo da cama, conferindo atrás do biombo da área em que tomo banho e no meu vaso sanitário. Meu pequeno guarda-roupa não esconde nenhuma ameaça. Ele não encontra nenhum sinal do que pode ter me perturbado.

Não encontra porque o intruso já se foi há muito tempo, deixando seu cartão de visita sobre a minha escrivaninha.

Dorin ergue as sobrancelhas quando volto a entrar no quarto, exibindo um sorriso tranquilo.

– Perdão, pensei... acreditei ter visto uma sombra na janela... talvez tenha sido apenas um pássaro. Uma coruja – digo.

Ele não se convence, assumindo uma expressão pensativa ao se aproximar para examinar o vidro. Meu solar fica no segundo e mais alto andar de uma pequena torre na ala oeste. Moro sozinha aqui, e não há a possibilidade de que alguém tenha escalado até o meu quarto, afinal as paredes do lado de fora são lisas e escorregadias.

– Milady... – da janela, Dorin olha para mim, com uma leve camada de suor na testa – ... você está bem?

Aceno com a cabeça, abrindo o maior sorriso que consigo, mas ele faz uma expressão sombria. Sabe que estou mentindo, mas nunca me pressionaria para descobrir a verdade, então apenas assente em resposta.

– Estarei aqui fora, milady, caso precise de alguma coisa. Qualquer coisa.

– Obrigada – respondo baixinho.

Depois que a porta se fecha, espero cinco batimentos cardíacos antes de atravessar o quarto até a escrivaninha, levantando a pasta para abri-la, com o coração disparado. A pessoa não deixou nenhum bilhete, nada que indique a identidade do meu benfeitor misterioso. Mas eu sei quem é.

Você deveria bordar flores, disse ele.

A pasta está cheia de desenhos de flores, as preferidas da mãe dele: rosas, papoulas, lírios, e todas as outras que crescem nos jardins podados do castelo. Mas, no fundo da pasta, há um esboço pequeno e pouco nítido de sementes de dente-de-leão, em um pedaço de papel um pouco maior do que a palma da minha mão. Eu o estudo, alisando os vincos da folha. Parece que ela foi dobrada e desdobrada inúmeras vezes. Eu não fazia ideia de que ele sabia desenhar tão bem assim. Mas a verdade é que não sei quase nada sobre meu futuro marido. Fico me perguntando se isso é uma ordem ou um teste e o que devo fazer.

Pego os desenhos e os coloco em cima da cama, impressionada com os detalhes. Será que ele quer que eu fique com eles, ou só me emprestou? Levo-os de volta à escrivaninha, posicionando uma folha fina sobre eles, e começo a delineá-los da melhor maneira possível, tomando ainda mais cuidado com o dente-de-leão. Vou deixar a pasta na escrivaninha. Ele pode buscá-la quando quiser.

Mais tarde naquela noite, depois do jantar, pego meus fios de seda e começo a organizá-los. Vou usar um tom suave de rosa para as rosas, como a cor das unhas da minha irmã quando ela tinha apenas um dia de idade. Anil brilhante para o lírio. Um vermelho apagado para as papoulas, nada de vermelho-sangue ou vermelho-terror. E branco, como a neve, para as sementes de dente-de-leão. Um branco tão pálido que, para ver as flores, seria preciso segurá-las contra o sol ou a luz de uma vela.

Organizo as cores lado a lado, alisando-as. Farei uma tela com essas flores, como se tivessem crescido juntas na natureza, todas entrelaçadas e livres, escalando juntas, como raramente têm permissão para fazer. E, entre cada haste, esconderei uma semente de dente-de-leão. Esse é um detalhe que a rainha odiaria, e, mesmo sabendo que ela nunca vai reparar nas sementes, isso me satisfaz. Por algum milagre, durmo bem aquela noite, sonhando com flores e olhos escuros.

*

Na manhã seguinte, me preparo para visitar o rei. A Narração acontece no último dia da lua minguante, uma época de fins naturais e morte. No dia seguinte, o primeiro da lua nova, a rainha conduz seus cortesãos mais próximos por uma breve peregrinação até o lago sagrado ao pé das Montanhas do Leste, onde passa o dia inteiro, do nascer do sol ao nascer da lua. A água brota quente da base das montanhas até o lago que dá nome a Lormere, e isso supostamente ajuda as mulheres a gerarem filhos, por mais que nunca seja dito com muita clareza. Lua nova é tempo de vida nova. De recomeços.

Durante o dia que a rainha passa fora, visito o rei e canto para ele, assim como fiz quando o conheci. A rainha já deixou bem claro que considera isso um simples capricho, e se recusa a participar, alegando que é um uso frívolo dos meus dons. Mas o rei não pede muito dela, e, por essa razão, a rainha decidiu lhe permitir isso. Pelo que sei, esse é o único favor que ela já fez ao seu segundo marido.

Seu primeiro marido, o antigo rei, era o próprio irmão dela. O casamento deles foi pautado em tradição. Lormere deve ser reinada tanto por um rei quanto por uma rainha. Ninguém deve reinar sozinho, e esse decreto nunca foi desrespeitado. Durante gerações, irmãos foram casados com irmãs, com o objetivo de manter a linhagem pura. Não existe lei alguma decretando que rei e rainha devem ser irmãos, mas o desespero para manter a linhagem puramente real significa que cada casal de pais deve gerar pelo menos um filho e uma filha, se quiser ser considerado bem-sucedido.

Nos vilarejos, nós sabíamos dos riscos decorrentes disso. Tínhamos visto os filhotes de gatos e porcos que nasceram de uniões como essa: alguns deformados e cegos, outros deteriorados e desmiolados. Embora preservar a linhagem seja fundamental, é algo que custa caro. Para se evitar a morte e a loucura, é preciso misturar o sangue.

A rainha e o primeiro rei perderam a filha, a futura esposa do príncipe. A princesa Alianor faleceu antes do seu terceiro aniversário. E, como sempre acontece, seja o falecido nobre ou plebeu, chamaram minha mãe, a Devoradora de Pecados de Lormere, para Devorar os pecados da princesa.

Minha mãe é uma mulher obesa, engordada pelos pecados dos mortos, a refeição preparada e servida para ela, como se fosse rainha por um dia. Ao se preparar para a Devoração, os enlutados cobrem a superfície do caixão com pães, carnes, cervejas e outras comidas, e cada pedaço representa um pecado que se sabe ou suspeita que o falecido tenha cometido. Ela Devora tudo, afinal é obrigada a fazer isso. É a única maneira de purgar a alma do falecido, fazendo-a ascender ao Reino Eterno. Se minha mãe não terminar a refeição, condena a alma do morto a vagar pelo mundo para sempre. Todos já ouvimos histórias de espíritos que assombram as Florestas do Oeste porque pessoas menos dedicadas do que minha mãe não conseguiram terminar a Devoração.

Ela se sentou diante do pequeno caixão da princesa e devorou seus pecados, condimentados com romã, noz-moscada e açúcar, pecados ricos e decadentes demais para pertencerem a uma menininha. Minha mãe comeu tudo e o primeiro rei e a rainha sofreram pela filha perdida, enquanto já tentavam gerar outra para substituí-la, porque o príncipe de oito anos de idade ainda precisava de uma noiva com quem assumir o trono. Mas, duas luas depois da morte de Alianor, o primeiro rei também adoeceu e morreu.

Quando a rainha se tornou viúva, com um príncipe sem noiva e jovem demais para assumir o trono, o reino foi tomado por caos e incerteza. Eu me lembro de que minha mãe contratou dois homens da região, armados com foices e espadas curtas, para nos escoltar nas idas e vindas das Devorações. Até ela ficou assustada com a rapidez com a qual a ilegalidade dominou a região, e minha mãe não se assusta à toa. Mas acabaram encontrando uma solução: a rainha se casou com seu primo de primeiro grau, que se tornou o rei. Apesar de não ser uma solução convencional, ele também era membro da família real, seus pais eram irmãos dos pais da rainha, portanto a segurança da linhagem estava garantida. A união deles, no entanto, não é considerada totalmente pura. Embora tenham crescido no mesmo infantário, não compartilharam o mesmo útero, e, dessa forma, o sangue não é puro o bastante. Dizem que é por isso que a rainha ainda não conseguiu gerar outra filha para seu príncipe, apesar das inúmeras viagens que fez ao lago.

Conheci o atual rei na Devoração do falecido, e simpatizei com ele imediatamente. Como aprendiz da minha mãe, meu papel era observar a performance dela durante a Devoração e aprender a ordem na qual os pecados deviam ser consumidos e o tempo que devia ser gasto ingerindo cada um, de acordo com a gravidade. Não demorou muito para que eu ficasse entediada de observá-la consumindo uma refeição que parecia interminável. Então, quando ela foi acometida pelo arrebatamento em consequência de uma grande Devoração, entrei no castelo, cantarolando para mim mesma. O que eu não sabia era que o futuro rei havia me seguido e estava me escutando. Quando ele bateu palmas, tentei correr de volta para minha mãe, mas ele me deteve e me pediu para cantar outra canção. Fiquei feliz com a atenção que estava recebendo e cantei para ele com toda a minha alma, deleitando-me com os aplausos, até que ele me pegou pela mão e me levou de volta para a Devoração.

Depois de sairmos do castelo, perguntei para minha mãe se ele era meu pai. Nunca conheci meu pai, nem o pai dos meus irmãos e irmãs, e eu já desconfiava que não fossem a mesma pessoa. Quando descobri como as crianças eram geradas, não conseguia mais ir na Devoração de um homem sem me perguntar se ele era meu pai, se algum dos pecados devorados por minha mãe tinha sido cometido por minha causa. Eu observava os rostos dos familiares à procura dos mesmos olhos e cabelo que os meus, mas nunca encontrava semelhança alguma. Também não encontrei nada parecido comigo no rosto do futuro rei, mas, mesmo assim, queria que ele fosse meu pai. Imaginava ele descobrindo que eu era sua filha há muito perdida, sendo levada para o castelo e me tornando princesa, no lugar da falecida, e me via contribuindo para que a rainha recuperasse a alegria no olhar. Minha mãe me bateu, com força o suficiente para arrancar um dos meus dentes de leite, e me disse para nunca mais repetir as palavras "meu pai".

Há quatro colheitas, uma enorme carruagem parou do lado de fora do nosso chalé, cercada por guardas altos montados em cavalos negros como azeviche. Era a própria rainha de Lormere, vestindo um traje azul, na nossa porta, procurando por *mim*. Achei que todos os meus sonhos estavam se tornando realidade ao mesmo tempo.

Porque eu não queria ser a próxima Devoradora de Pecados. Eu queria crescer, me casar e ser feliz. Não queria ser arredia, reservada e pensar apenas na função que tinha que desempenhar. Eu não queria morar sozinha, isolada de todos ao meu redor por ser quem eu era. Queria uma vida normal.

Anos depois de termos participado da Devoração do primeiro rei, eu não conseguia parar de pensar no castelo. Era um lugar tão iluminado e lindo, completamente diferente do chalé deprimente e escuro onde cresci. Eu imaginava que no castelo todos tinham os próprios quartos e camas, e não era preciso apertar quatro crianças em um único quarto, enquanto a sua mãe se isolava no outro. No castelo certamente todos passavam os dias rindo juntos antes de fazerem banquetes suntuosos usando vestidos cobertos de joias.

Ser convocada para o castelo pela própria rainha, para me tornar uma lady, parecia algo impossível. Mas ali estava ela, me convidando para ficar sob sua tutela.

– E quanto aos deveres dela como Devoradora de Pecados? – perguntou minha mãe para a rainha, enquanto eu encarava embasbacada os guardas uniformizados, com armaduras tão polidas que dava para enxergar meu reflexo nelas. Eu conseguia ver meus dedos tremendo de vontade de acariciar os ricos mantos de veludo que fluíam dos ombros deles. – E quanto às responsabilidades que ela tem com o reino?

– Ela tem uma responsabilidade maior com o reino agora – respondeu a rainha, pousando a mão no meu cabelo.

– Preciso dela aqui – retrucou minha mãe. – Ela tem que aprender sua função e manter os outros na linha. Será a próxima Devoradora de Pecados. Ela nasceu para isso.

– Pois eu digo que ela nasceu para outro propósito – insistiu ela delicadamente. – Sua rainha e seu país exigem outro dever dela. Você será compensada por isso, é claro. Aliás, por que não perguntamos a Twylla o que ela quer?

Desviei os olhos da rainha e sua carruagem dourada para minha mãe. Vi o pequeno rosto de Maryl atrás dela, encarando Vossa Majestade com olhos redondos e brilhantes, e eu sabia que provavelmente a expressão dela refletia a minha. Observei minha irmã, com suas roupas remendadas, e depois voltei a notar a renda delicada do xale da rainha.

Ela deve ter seguido meu olhar, porque tirou o xale, como se só então tivesse se lembrado de fazer isso, e o ofereceu a Maryl, sem sequer piscar quando minha irmã saltou e o arrancou da sua mão feito um animal. A imagem da minha irmã, com o cabelo emaranhado, toda alegre por estar envolta por uma renda delicada e diáfana, era tudo de que eu precisava para decidir.

– Meu dever é com a minha rainha e meu país – respondi, ganhando um sorriso de Vossa Majestade.

Minha mãe bateu a porta da casa na minha cara.

Fiquei encarando a porta, estupefata, depois a rainha segurou minha mão e me guiou até a carruagem.

– Vamos ter que mandar fazer novos vestidos para você. – A rainha retorceu os lábios ao examinar minha bata simples e preta. – Você precisará de algo mais adequado para o que está prestes a se tornar. Gosta de vermelho, Twylla?

Eu gostava muito de vermelho naquela época. Hoje, não aguento mais essa cor. Desde que cheguei ao castelo, a lista de coisas das quais não gosto aumentou consideravelmente. Agora, não gosto de algumas coisas que nem sabia que existiam quatro colheitas atrás.

Mas a única coisa que realmente odeio é a rainha.

Capítulo 5

Eu me visto e prendo o cabelo com um grampo, antes de Dorin e Lief chegarem para me acompanhar até minha audiência com o rei. Ele e a rainha ocupam toda a torre sul, transformando-a em seu domínio privado. Do mesmo modo, a torre oeste é minha, mas o único acesso a ela é por meio de um corredor. O solar sul pode ser acessado pelas portas reais do Salão Nobre ou pelo caminho que seguimos hoje, percorrendo o longo salão e a galeria de pedestres, onde os cortesãos passam o tempo fofocando e discutindo política. Eles se calam quando passamos, afinal, todos sabem que hoje a Daunen Encarnada deve cumprir seu compromisso real, portanto me reverenciam com muito mais vigor do que de costume. Ninguém quer ser o próximo Lorde Bennel.

Os guardas do rei anunciam minha presença quando abrem a porta do solar real, e o rei se levanta do seu sofá de dois lugares com almofadas cor de damasco para me cumprimentar.

– Twylla.

Ele sorri enquanto meus guardas se dirigem para as poucas horas de descanso às quais têm direito, me deixando sozinha com o rei na sala dourada. O cômodo é redondo, assim como a torre onde está localizado, e habilmente mobiliado com pequenos sofás acolchoados e largos bancos de carvalho, além de tamboretes borlados e mesas laterais com decantadores de cristal e cálices. Há também uma mesa de jantar com quatro cadeiras entalhadas, como as que levamos para as caçadas, e prateleiras repletas de caixas feitas de pedras preciosas e livros encadernados em couro tingido de todas as cores imagináveis. É um local que exala privilégio, luxo e, acima de tudo, privacidade. Em um castelo onde nunca me senti em casa, esta sala é a que mais me faz sentir deslocada. Este é o santuário secreto da rainha, e retratos dela e do primeiro rei mantêm uma vigília severa ali. Caminho até o rei, afundando os pés até os tornozelos nos espessos tapetes que cobrem o chão.

– Vossa Majestade.

Faço uma reverência e sorrio de volta para ele. Gosto do rei, sempre gostei, e, no fundo, acho que ele parece tão deslocado nesta sala quanto eu devo parecer.

– Como está hoje? Você me parece bem.

– Estou bem, *Sire*, obrigada. Posso perguntar como anda sua saúde?

– Eu me sinto bem-disposto, Twylla. Estou ansioso pelos prazeres de hoje. Ouvir você cantar é o ponto alto dos meus dias.

Para nós, esta conversa é como seguir um roteiro: interpretamos mecanicamente nossos papéis em cada encontro. Para alguém que é reverenciada, em parte, por sua voz, não tenho muitas chances de usar a minha, por isso é um prazer vir aqui, uma chance de falar, não só cantar. Além do mais, o rei é uma gentil e alegre companhia quando estamos sozinhos.

Assumo minha posição diante da janela, com as costas voltadas para o vitral e emoldurada pelo pesado brocado das cortinas, então começo a cantar "A balada de Lormere". Minha voz preenche a sala, e não sou mais o receptáculo de Daunen. Sou Twylla. A rainha, o castelo e o horror se dissipam. Esta é a única parte da minha vida que amo, quando posso cantar e esquecer tudo. Quando canto, posso ser qualquer pessoa, em qualquer lugar. Quando canto, sou livre.

Estou prestes a começar "Digno e Distante", quando abrem a porta de supetão e o príncipe entra sem ser anunciado. Os guardas se apressam para fechar a porta atrás dele e meu coração vai parar na boca. Então é por isso que ele estava tão ansioso para saber quando seria a próxima vez que eu ia cantar. Ele queria assistir.

– Merek, meu rapaz. Que bom que você pôde se juntar a nós. Twylla estava prestes a começar "Digno e Distante".

Os olhos do garoto se voltam para mim, semicerrados, e ele franze a testa.

– Não conheço essa música.

– Um dos meus professores me ensinou a cantá-la quando eu era mais jovem do que você, e eu ensinei à nossa Twylla.

– Entendi – diz Merek, olhando novamente para mim. – Será que você poderia se afastar da janela, Twylla? Essa luz está escondendo você.

Olho para o rei. Ele assente, então me mexo, parando entre as janelas, com as costas voltadas para a pequena parte da parede que há entre as vidraças.

– Assim está melhor – afirma Merek, se acomodando em um dos sofás, estendendo as longas pernas diante de si, com os tornozelos entrelaçados, e os braços cruzados relaxadamente sobre o peito. – Por favor, continue.

Temo que titubearei sob o escrutínio dele. Mas minha voz fica estável e não olho para nenhum dos dois, mantendo os olhos fixos na parede acima de suas cabeças, cantando como se minha vida dependesse disso. Assim que termino a canção, o rei pede outra, e Merek não tem tempo de comentar nem de aplaudir. Quando fazemos uma pausa para almoçar, estou exausta. Merek se levanta e sai sem falar com nenhum de nós, o que parece fazer a sala se encher de ar. Não tinha percebido que estava prendendo a respiração até ele fechar a porta ao sair.

– A presença dele aqui não distrai você? – A voz do rei é suave. – Eu não sabia que ele se juntaria a nós.

– Fico feliz que ele tenha vindo, *Sire*.

– Acho que devemos nos sentir lisonjeados por ele ter considerado nossa companhia digna de sua presença, não é mesmo? – O rei dá risada, mas é um som vazio. – Ele é um bom garoto. Na verdade, já é um homem. Peço perdão pela minha sinceridade, mas temo que o castelo seja como uma gaiola para ele, depois do tempo que passou viajando pelo reino. Talvez fosse diferente se ele tivesse pessoas da mesma idade para lhe fazer companhia. Crianças precisam de irmãos, não é mesmo? Você tinha irmãos e irmãs?

– Sim, *Sire*. Eu tinha dois irmãos e uma irmã.

Sinto uma pontada aguda sob as costelas quando penso na minha irmã. Eu daria quase qualquer coisa para saber como ela está, e se ela se lembra de mim. Eu me lembro novamente dela, de quando se envolveu naquele xale delicado que certamente já está puído. Para me tornar a Daunen, tive que abrir mão completamente da minha vida antiga, incluindo minha família, uma escolha que não percebi muito bem estar fazendo na época. Quando minha mãe bateu a porta na minha cara, imaginei que estivesse satisfeita em se livrar de mim, e que nossa relação tinha chegado ao fim, mas Maryl... Achei que poderia mantê-la por perto. Pensei que, de alguma maneira, ainda faríamos parte da vida uma da outra, que poderíamos nos visitar, passar algumas horas juntas, mesmo que em raras ocasiões. Mas a rainha disse que manter contato com minha família seria inapropriado, que os Deuses se irritariam se eu desprezasse minha nova vida e ficasse apegada à antiga. Além disso, a rainha, assim como o restante do reino, claramente despreza minha mãe. Mas as mulheres da minha família têm exercido a função de Devoradoras de Pecados há muito mais tempo do que esta família real está no poder, e, por isso, ela a tolera. Afinal de contas, minha mãe guarda as chaves para o Reino Eterno em suas mãos gorduchas. Por enquanto. Um dia, Maryl vai se tornar a Devoradora de Pecados e eu serei a rainha, e ninguém mais vai poder nos impedir de ser irmãs.

Meus pensamentos vão e voltam no tempo, se esquecendo do presente até perceberem que o rei havia me perguntado alguma coisa e esperava minha resposta. Fico vermelha, envergonhada por ser tão mal-educada com uma das poucas pessoas que são gentis comigo.

– Perdão, Vossa Majestade, me distraí por um instante.

O rei me olha preocupado.

– Você está bem? Posso chamar alguma ajuda?

– Não, Vossa Majestade. Estou bem. Só me distraí com meus pensamentos por um instante. Perdão, foi falta de educação permitir que eu me distraísse assim.

– Acontece com as melhores pessoas – Ele sorri. – Perguntei se você se lembra de muita coisa sobre o príncipe Merek antes da viagem dele.

– Muito pouco, Vossa Majestade.

– Foi o que eu disse para Helewys, sabe. Que você e ele deveriam passar mais tempo juntos. Ela esquece que eu e ela, assim como Rohese, fomos criados no mesmo infantário, e você e Merek, não. Eu... – Então fica em silêncio, se controlando antes de continuar. – Mas, pelo menos, ele se mantém ocupado. Vai se tornar um bom rei.

– Se os Deuses quiserem, você e a rainha ainda servirão o país por muito tempo – digo com delicadeza.

– Se os Deuses quiserem.

Quando estamos prestes a recomeçar, Merek retorna. Sua expressão continua indecifrável, e preciso desviar o olhar, por temer que a minha própria expressão não seja tão discreta assim. Não entendo este príncipe, que mal usa palavras, mas cujos olhos se comunicam em um idioma que desconheço. Não sei o que ele espera de mim.

– Twylla cantará mais três canções. – A voz do rei é firme, e sei que ele notou o quanto o escrutínio do enteado me deixa desconfortável.

– Que pena – diz Merek. – Esperava ensinar para ela algumas das canções que aprendi na viagem.

– Outro dia – responde o rei. – Ela já se esforçou demais hoje.

Merek olha de mim para o rei e vice-versa.

– Será que Twylla não gostaria de decidir por conta própria?

O rei olha ansioso para mim, e eu hesito. Como escolher entre o homem com quem vou me casar e meu rei soberano?

– Aprender novas canções leva tempo – murmuro. – Não vou conseguir dominar as músicas no tempo que ainda nos resta. Mas, outro dia, quando eu puder dedicar toda a minha atenção a isso, será um prazer. Um enorme prazer.

– É uma solução perfeita – diz o rei.

Merek não fala nada, e também não dá qualquer atenção ao padrasto. Mantém os olhos fixos em mim. Por fim, ele assente.

– Outro dia – concorda ele, e percebo tarde demais que tanto as palavras dele quanto as minhas apenas ecoaram a decisão do rei.

Respiro fundo e canto as últimas músicas, com os olhos fixos na parede acima das cabeças da minha plateia. Quando meu concerto chega ao fim, Merek se levanta, balançando bruscamente a cabeça para mim.

– Muito bem, Twylla. Muito bonito. Como é agradável passar uma tarde sem a necessidade de teatralidade, não acha?

Ele sai da sala de forma tão abrupta como chegou, deixando o rei ali, me encarando, confuso. Minhas mãos estão úmidas de suor, o mesmo suor que gela minhas costas, e, apesar das palavras dele, não consigo me livrar da sensação de que fui testada, e falhei.

No dia seguinte, fico tentada a não sair do meu quarto, envergonhada em admitir que estou com medo de ir ao templo e receber novamente a visita do príncipe, me fazendo mais perguntas estranhas. Mas sou sua prometida, então me recomponho e vou até lá, cantando baixinho para o totem, tirando a poeira da seda acima do Poço de Næht e reorganizando as telas.

Quando chega a hora de voltar para minha torre e almoçar, aviso a Dorin e Lief que quero passar pelos jardins. Quando os raios de sol conseguem atravessar as nuvens, o jardim se ilumina, mas há outro lado, onde delicados toques de outono acariciam as extremidades das sombras. Em pouco tempo, todas as mãos se voltarão para os campos para iniciar a colheita, e, mais uma vez, acabo me perguntando o que deve estar acontecendo na minha antiga casa, como estão meus irmãos e até minha mãe. E, como sempre, penso mais em Maryl do que em qualquer outra pessoa. Como é possível que já faça quatro anos desde que a vi pela última vez? Ela está com onze anos agora, talvez seu cabelo tenha escurecido, passando de louro-claro para um tom de milho. Imagino-a crescida, sem a mesma delicadeza infantil, mais alta; pode ser que já esteja tão alta quanto eu, magra como um caniço e graciosa, seguindo minha mãe pelo reino, como eu costumava fazer, aprendendo a ser uma Devoradora de Pecados.

Em Lormere, só mulheres se tornam Devoradoras de Pecados, porque foi uma mulher que cometeu o primeiro. Næht seduziu Dæg e roubou o céu, mas levou morte à terra. Para consertar a tolice de Næht, Dæg decretou que uma mortal deveria carregar o fardo dos pecados dos mortos, geração após geração de filhas sustentando um peso cada vez maior. O pecado é uma herança da nossa família, tão hereditário quanto as enfermidades da linhagem real. Por isso, quando minha mãe falecer, é Maryl quem assumirá essa função, e sua primeira tarefa será consumir os pecados da minha mãe. Imagino que não será uma refeição muito farta.

*

O jardim está tranquilo, e me perco em pensamentos até que um barulho abafado no chão empoeirado me faz virar. Dorin desabou, agarrando o próprio braço, e, quando ele tira a luva, noto que sua pele está avermelhada. Uma bolha grande e agressiva se formou no meio do seu antebraço.

– Por que não me contou? – pergunto. – Por que não me disse que estava com dor?

– Estou bem, milady – diz ele, embora claramente não esteja.

Pequenos pontos de sangue sob a superfície da sua pele circundam o ferimento e seu rosto ganha um tom pálido e doentio.

– Vá colocar um unguento nessa ferida – digo, mas ele balança a cabeça. – Você precisa colocar, de lavanda e oximel. Venha, vou te levar agora. Por favor. – Certa vez, no meu vilarejo, uma criança foi picada por uma abelha e teve má reação, então acabou morrendo. – Dorin, temos que ir. Você já esperou tempo demais. Precisa visitar os curandeiros, e isso é uma ordem. Agora. – Olho para Lief. – Ajude aqui.

Quando o novo guarda se aproxima para segurar o braço bom de Dorin, o mais velho o levanta.

– Não. Vou sozinho, milady. Lief pode ficar. Você... – ele se vira para o outro guarda – ... precisa abater qualquer um que tente machucá-la. Não saia de perto dela e não deixe que corra risco nenhum. – Lief assente de maneira solene. – Milady, voltarei assim que puder.

– Eu sei. – Tento sorrir. – Agora, vá logo. Se eles mandarem, descanse. Vejo você em breve.

Ele me reverencia, fazendo uma careta, depois vai embora, me deixando sozinha com o novo guarda. Nós dois observamos Dorin passar pela porta do castelo. Por um instante, sinto vontade de segui-lo, ajudá-lo, mantê-lo ao meu lado. A culpa me consome. Eu deveria ter percebido antes, deveria tê-lo obrigado a visitar os curandeiros imediatamente. Será que os Deuses estão tentando me avisar que não devo bordar uma tela de flores? Será que isto é um alerta?

Eu me viro para ir para casa, mas Lief não me segue. Quando olho novamente para ele, descubro que está encarando uma coluna de fumaça preta e opaca que surge por trás dos estábulos, e estremeço. Sei o que essa fumaça significa.

Ele olha para mim, confuso, antes de fazer uma breve reverência.

– Perdão pela minha impertinência, milady, mas será que é um incêndio?

– Não. É uma pira funerária. Lorde Bennel... faleceu recentemente.

– Ah, perdão, milady. Não sabia que os mortos eram incinerados em Lormere.

Balanço a cabeça.

– Costumávamos enterrá-los, mas houve... Os invernos aqui são rigorosos. Endurecem o solo, e seria crueldade ter que esperar até a primavera para que as pessoas pudessem enterrar seus entes amados.

Lief assente e eu fico aguardando, sem saber se ele vai fazer mais perguntas. Não contei nenhuma mentira. É mesmo impossível cavar uma cova no inverno, o solo fica completamente congelado, como se as montanhas estivessem tentando retomar a terra, se esgueirando sob nossos pés enquanto dormimos. A mãe da rainha faleceu durante o inverno, quando ainda enterrávamos os mortos. Depois da Devoração, o caixão dela foi transferido para um anexo, com o intuito de afastar o fedor do cadáver, enquanto esperavam o solo descongelar e fosse possível enterrá-la.

Mas os cães a encontraram muito antes da primavera. Apesar de preferirem presas vivas, abriram uma exceção para a própria dona. A corte só percebeu o que havia acontecido quando o Rei Kyras encontrou a aliança da sua esposa no pátio, com o dedo ainda dentro. O que restou dela foi incinerado, assim como todos os mortos desde então, em qualquer estação do ano.

– Espero que ele não tenha sofrido, milady.

Faço uma breve pausa, e meu estômago se revira antes que eu consiga responder.

– Ele sofreu um acidente. Foi rápido.

– Sinto muito por sua perda, milady.

Assinto, depois me viro e continuo seguindo até minha torre, pensando em Dorin. *Ele ficará bem; ele ficará bem. Vou ao templo pedir isso aos Deuses. Vou implorar perdão aos meus pecados. Mostrarei minha gratidão e confiarei neles.* Fico repetindo esse mantra, até Lief voltar a falar comigo.

– Perdão, milady, mas que tipo de acidente ele sofreu?

Paro mais uma vez e olho para ele, que me encara de volta, com a cabeça inclinada de curiosidade.

– Ele desobedeceu a rainha – respondo, depois de bastante tempo.

Ele me observa com as sobrancelhas erguidas, e espero a próxima pergunta. Mas ela não vem; ele apenas encara a fumaça pensativamente, antes de curvar a cabeça e retomar os passos.

Mais tarde, estou sentada diante da minha tela, tentando esboçar um contorno para as flores. Ainda não recebi nenhuma notícia sobre o estado de saúde de Dorin, então, quando ouço a porta se abrindo de repente, torço para ser Lief trazendo novidades. Realmente *é* Lief, pálido, mas ele é logo obscurecido pelo rosto soturno e vestido verde-floresta da rainha. Faço uma reverência exagerada, e o carvão com o qual eu desenhava cai no chão, rolando para longe.

– Pode se levantar, Twylla – diz ela, fechando a porta, e isolando Lief do lado de fora, nos deixando sozinhas.

Faço o que ela pede, com as pernas tremendo tanto que preciso manter os joelhos flexionados sob meu vestido para não cair. Ela nunca me visitou. Quando quer me ver, sou convocada a visitá-la, ela nunca vem até aqui. Primeiro o príncipe, agora ela.

Mantenho o pescoço curvado enquanto a observo examinando meu solar, seus olhos de marfim analisando a colcha dourada da cama, depois as estacas de madeira que sustentam o dossel. Ela vai até a escrivaninha e dá uma olhada nos esboços espalhados ali em cima. Ela os encara, com os lábios contraídos.

– O que é isto?

– Estou planejando bordar uma tela, Vossa Majestade.

– Com flores? Não o sol e a lua? – pergunta ela, com a cabeça inclinada inquisitivamente, embora seu olhar continue severo.

– Foi... foi ideia do príncipe, Vossa Majestade.

Ela fixa o olhar penetrante em mim.

– Quando foi que você conversou com o príncipe?

– Dois dias atrás, Vossa Majestade. – Não conto sobre ele ter aparecido durante minha apresentação para o rei. – Ele visitou o templo.

– É mesmo? Estes desenhos são dele, não são?

– São, Vossa Majestade. Ele os enviou para mim, para me ajudar.

A rainha me encara.

– Ótimo. Já está na hora de vocês começarem a se conhecer. Seu casamento vai ser mais fácil se vocês não forem completos estranhos. – Ela dá um sorriso torto. – Vamos nos sentar, Twylla. Vim conversar sobre o seu guarda.

Espero ela se sentar na minha cadeira, com o coração disparando outra vez, depois me ajoelho diante dela e aguardo.

– Sempre tratei você bem, não tratei? – diz ela.

Meu estômago se embrulha.

– Vossa Majestade?

– Sempre fiz o melhor por você, não foi? Não trouxe você até aqui e a guiei no seu papel de servir aos Deuses? Não cuido da sua antiga família? Não convidei você a se juntar à minha família e ofereci meu filho?

– Sim, Vossa Majestade. Você foi imensamente gentil comigo.

Tento não tremer, por mais que cada palavra que ela diga pareça tão ruim como alguém pisando no meu túmulo. Quando ela começa a me lembrar do quanto se importa comigo, sei que estou correndo perigo.

– Não posso permitir que você circule pelo castelo só com um guarda, Twylla. Não seria seguro.

– Entendo, Vossa Majestade. Não irei a lugar nenhum no castelo, além do meu templo – respondo de forma obediente.

– Não, Twylla, você não está me compreendendo. Não quero que você saia deste quarto até que o outro guarda esteja pronto para voltar.

– Mas, Vossa Majestade... Os Deuses... O templo... Meus deveres...

– Os Deuses vão entender. Você não precisa reverenciá-los lá para receber a bênção. Você é a Daunen Encarnada. Pode reverenciá-los exatamente de onde está. O rei e eu não passamos todos os nossos dias no templo, não é? Já disse isto antes: ao me agradar, você os está reverenciando, assim como a filha deles deve agradá-los.

– Perdão, Vossa Majestade, mas não pode ordenar que outro guarda me acompanhe enquanto Dorin se recupera? Não há nenhum guarda disponível para me proteger?

A rainha me olha com piedade.

– Ah, Twylla, sei que você não é tão ingênua assim. Seus guardas abandonam o cargo tão rápido que está ficando cada vez mais difícil encontrar homens aptos para o serviço. Por que acha que permiti que um tregelliano se tornasse seu guarda? Ele era o único disposto a assumir essa posição, embora, felizmente, seja habilidoso o bastante para me garantir que é capaz de protegê-la. Mas eu não confiaria essa tarefa a nenhum homem sozinho. Sabe o apreço que tenho por você e tudo o que faço para garantir sua segurança. Então vai permanecer aqui, onde está segura, como eu quero. E ponto final.

O tom dela é tão sincero que chego a sentir um calafrio na espinha. Às vezes, fico assustada com o quanto ela lembra minha mãe. As duas preferem a manipulação como forma de controle. No caso da rainha, é um lembrete de que tudo o que ela faz é por mim, e que eu seria muito ingrata se desprezasse isso. Minha mãe fazia a mesma coisa, citando culpa e gratidão para conseguir o que queria. Talvez ela não tenha o poder absoluto da rainha, mas tem uma autoridade própria, e estava sempre disposta a usar isso como uma faca se precisasse.

Como se sabe, a alma vaga perto do corpo durante três dias e três noites depois da morte. A Devoração deve ocorrer durante esse período, para que a alma possa ascender, caso contrário vai vagar até a Floresta do Oeste para se juntar aos irmãos e irmãs amaldiçoados que rondam entre as árvores. Embora nenhum lugar de Lormere fique a mais de um dia de distância a cavalo, de alvorada a alvorada, às vezes minha mãe se atrasava de propósito, para retribuir uma suposta ofensa contra ela. Certa vez, quando uma mulher pariu uma criança adormecida, minha mãe foi para a Devoração, mas ficou irritada com o único copo de cerveja que lhe foi oferecido.

– Ele nunca esteve no mundo – implorou o pai da criança. – Nunca conheceu o pecado ou o erro.

Minha mãe aceitou uma moeda de prata como pagamento simbólico, com um olhar frio de desprezo, depois foi embora. No dia seguinte, o homem nos enviou uma mensagem, nos chamando para voltar à sua casa. Sua pobre esposa, indisposta ou incapaz de permanecer no mundo sem o filho, morrera durante a noite. Minha mãe ouviu o recado e agradeceu.

Depois, foi para o quarto e fechou a porta.

Ela permaneceu lá dentro durante duas noites e dois dias, me ignorando quando eu batia à porta, me deixando cada vez mais ansiosa. No último minuto possível, deixamos o chalé e fomos até a fazenda.

Daquela vez, o banquete foi muito maior.

Capítulo 6

Portanto, sim, sei até onde a rainha é capaz de ir. Assim como minha mãe, ela joga para ganhar. Mas o tempo me ensinou a suportar as duas, essa é minha especialidade.

– Entendo, Vossa Majestade – respondo. – Você tem razão. Agradeço a sua preocupação.

– Você é minha filha, ou o mais perto que tenho de uma filha, Twylla. Não poderia ser diferente, não é?

As palavras dela, parecidas demais com meus pensamentos, fazem minha pele esticar.

– Obrigada, Vossa Majestade.

Ela assente e se levanta, depois de aceitar e desconsiderar meu agradecimento. Faço uma reverência exagerada para esconder a raiva estampada no meu rosto, permanecendo abaixada até a porta se fechar.

Assim que ela sai, corro até minha cama para ajeitar a colcha e alisar o amassado deixado pelo seu dedo. Quando alguém bate à porta, entro em pânico, passando o dedo depressa, para que ela não perceba que tentei ajeitar a colcha.

– Entre.

Respiro aliviada ao ver que é só Lief, apesar de, mais uma vez, seu rosto refletir minhas emoções: tanto o medo quanto a preocupação são exibidos em seus belos traços.

– A rainha disse que Dorin vai passar um tempo fora, e que o posto agora é minha total responsabilidade.

– Sim.

Lief olha para mim, depois balança lentamente a cabeça. Sua boca abre e fecha, e ele desiste do que estava prestes a dizer. Por fim, resolve falar:

– Muito bem, milady. Devo acender suas velas agora? Preciso buscar seu jantar na cozinha?

– Não, alguma criada vai trazer até a porta da torre para você. Vai trazer o seu e o meu. Você vai ouvir uma batida na porta. Mas pode acender as velas.

Ele assente mais uma vez e faz uma reverência. Eu me afasto bruscamente quando meu guarda passa por mim sem esperar que eu saia do caminho.

– Milady?

– Você não deve... Você não deve se aproximar tanto de mim.

Ele sorri.

– Não estou tão perto, milady.

– Está, sim – respondo, trêmula. – Você deve sempre manter um braço de distância entre nós. Sempre.

Quando dou mais um passo para trás, ele confirma com a cabeça.

– É claro. Perdão.

Quando ele vira as costas para mim, sinto seu cheiro, ligeiramente lancinante e cítrico, remetendo a couro, com um toque de fumaça. De alguma maneira, isso me acalma, e respiro fundo, enchendo os pulmões com o odor dele e prendendo o ar, enquanto observo Lief caminhar pelo quarto. Ele pega um graveto acima da lareira e o acende, carregando-o com cuidado de uma vela a outra, até que o quarto resplandece com luz, muito mais claro do que costumo deixar. O graveto queima depressa, e ele é obrigado a balançar a mão para impedir que as chamas alcancem sua pele. Ele volta até a porta e para diante de mim, dando dois passos para trás e estendendo um braço entre nós. Quando me retraio, ele franze a testa e baixa o braço.

– Vou trazer o jantar quando me entregarem, então. Isso é tudo?

Confirmo com a cabeça e ele sorri para mim, aquele sorriso largo com a língua espreitando entre os dentes, enquanto ele faz uma reverência. Assim que fecha a porta, corro até o espelho e tento imitá-lo. Pareço uma tola.

Meu jantar permanece intocado, e a gordura coagulada na carne ensopada não desperta nem um pouco meu apetite. A antiga vida que eu levava com minha mãe encheu algumas comidas de significado, e, por mais que eu saiba a diferença entre comer e Devorar, quando é algum alimento que me lembro de ter visto na Devoração, a única coisa que consigo fazer é encarar as porções em silêncio. A maior parte do que consumo aqui é comida de castelo. A rainha nunca comeria o mesmo que os plebeus. Mas, de vez em quando, aparece algo que conheço há bastante tempo. Um pedaço de pão com sementes representa a mentira, uma fatia de queijo de pasta dura é uma dívida não paga. Ensopado de carne é para teimosia, e me pergunto se a rainha me mandou este prato de propósito.

Lief me repreende quando vem buscar a tigela.

– Você não comeu, milady.

– Não.

– Há outra coisa que eu possa trazer?

– Não estou com fome.

– Mas... é um tremendo desperdício.

Olho para ele, surpresa.

– Vão dar os restos para os porcos. A comida não vai para o lixo.

Ele para de repente, depois, com os olhos vidrados, faz uma reverência com o corpo rígido e pega a bandeja. Não fala mais nada, esquadrinhando o quarto com um desdém que impressionaria até mesmo a rainha. Em seguida, puxa a porta com o pé e a fecha, e a brisa em consequência do seu movimento apaga algumas velas. Encaro a porta boquiaberta, pois a esta altura, achei que já estivesse imune a desaprovação.

Minha pele parece apertada, e memórias da minha mãe me invadem. As sombras sob seus olhos a deixavam com a aparência de um dos cadáveres que supostamente expiava. O som da voz dela me intimando para o seu quarto, sempre na escuridão. As janelas tampadas com grossos cobertores de lã, tornando o ar pesado, enjoativo e carregado com o fedor dela. Ela passava horas se lavando, em um banho tão ritualístico quanto obsessivo, espalhando óleo de jasmim nas axilas, na virilha e no pescoço. Ela mantinha um fogo aceso no quarto, queimando noite e dia, independentemente da estação do ano, e eu me sentava no banquinho, sufocada pelo calor, enquanto ela me instruía, deitada na cama, sobre as palavras e os ritos que tínhamos que realizar. O cheiro de jasmim me sufocava, e ela se sentava, suada, em seu próprio inferno particular, me mostrando como algum dia eu faria o mesmo. Ela me observava por detrás do nariz, com um olhar frio, como se já soubesse com antecedência como eu a desapontaria.

Vou até a janela e debruço o corpo para fora, respirando fundo o ar limpo e gelado, agarrando a pedra fria com os dedos. Agora sou a Daunen. Sou a Daunen Encarnada.

Deixo as cortinas da janela abertas a noite inteira.

*

Meu sono vem em explosões de luz, enquanto meu corpo descansa e vejo fogos de artifício atrás dos olhos, seguidos de acessos mais profundos, que me fazem acordar esbaforida e enroscada nos lençóis. Demora muito para amanhecer, e estou ansiosa para deixar a noite para trás. Tomo um banho e me visto, esperando o café da manhã. Estou considerando a possibilidade de devolver a refeição imediatamente, para provar a Lief que ele não pode me intimidar. Mas, de repente, ele bate à porta.

Todos os meus pensamentos de mandar ele ou a comida embora desaparecem assim que ele entra, equilibrando cuidadosamente a bandeja no braço. O café da manhã que ele traz não é composto de mingau, pão e queijo, e sim de salgados folhados e amanteigados, recheados com brilhantes geleias vermelhas e doce de figo, além de um pequeno pote de mel dourado e viscoso e pão macio, fresco e branco, completamente diferente do pão com sementes que eu costumava comer na minha antiga casa. Aquelas são todas as minhas comidas preferidas. Ele deixa a bandeja em cima dos desenhos de Merek, sem qualquer cerimônia, depois se vira para mim, com um sorriso tímido, tirando um buquê de flores um pouco amassado de dentro da túnica, que oferece para mim.

– Perdão, milady. Eu me comportei de maneira inapropriada ontem.

Ele faz uma reverência, mostrando as flores.

Por um instante, a única coisa que consigo fazer é piscar, surpresa. Depois, trato de me recompor.

– Então, isto é um pedido de desculpa?

Ele assente e indica a bandeja. Finalmente noto o papel ao lado da minha faca.

– Minha mãe sempre me dizia que um cavalheiro deve se desculpar por escrito – diz ele. – Para que a dama saiba que ele não tem a intenção de voltar atrás.

Pego o bilhete da bandeja e dou uma olhada, envergonhada por não saber ler, mas determinada a não deixar que ele note isso. Finjo que estou examinando as marcações, passando os olhos pelos longos riscos e curvas, que não significam nada para mim. Pela expressão presunçosa e ansiosa dele, imagino que o que estou segurando é um bilhete eloquente sobre os males do desperdício, disfarçado de pedido de desculpa. O tipo de perdão que não admite nada. Quando meu rosto começa a esquentar, largo o papel na bandeja, notando com indiferença que caiu em cima da geleia.

– Belas palavras. Tenho certeza de que sua mãe ficaria orgulhosa. – Deixo a irritação que sinto de mim mesma se refletir na minha voz, direcionando-a contra ele para tentar exorcizá-la. – Mas não preciso do seu pedido de desculpa, guarda. Você tem todo o direito de ter sua opinião sobre desperdício. Mas não preciso que ela seja detalhada para mim, em voz alta ou por escrito. Obedeço aos Deuses, não a você.

Ele abre a boca, formulando um argumento, mas algo brilha em seus olhos. Ele olha do bilhete para mim, e fala gentilmente:

– Será que me dá permissão para ler a carta para você? Às vezes, é difícil expressar o que se quer por escrito, e é preciso usar o tom da palavra... milady.

Sou tomada mais uma vez pela vergonha. Julguei mal o conteúdo do bilhete, e ele sabe que não li, que não sei ler. Quando hesito, ele dá um passo à frente, com a mão estendida para pegar o bilhete, e eu me retraio, me encostando na parede. Ele para, estendendo a mão diante de si, depois se aproxima de mim muito lentamente, e fico paralisada, prendendo a respiração, incapaz de desviar os olhos dele. De repente, ele está a trinta centímetros de distância, depois a quinze, ao meu lado, esticando o braço por trás de mim para pegar o bilhete, e sinto meu coração parar. O momento se estende, depois chega ao fim, até que ele dá um passo exagerado para trás e me encara ao abrir o papel.

– Para a Lady Twylla, imploro pelo seu perdão. Minha atitude com você na noite passada foi indelicada, inoportuna e injusta. Sei que não tenho o direito de te questionar, e peço sinceras desculpas pela minha ofensa. Sei que isto não será suficiente para reparar o que fiz, mas permita que este seja o primeiro de muitos gestos que vão comprovar minha lealdade a você. Não passo de um humilde servo. Lief.

Lief dobra o bilhete e o deixa em cima da escrivaninha antes de se afastar. Ele me observa com atenção, e preciso virar a cabeça por um instante, para evitar seu olhar minucioso. Minha pulsação ainda vibra nos meus ouvidos, enquanto me recupero da sua proximidade. O bilhete não continha nada de mais, no fim das contas.

– Por quê? – pergunto, enfim, consciente de que ele continua me observando, esperando.

– Por que o quê, milady?

– Por que você ficou tão incomodado por eu não ter jantado? Você está aqui como meu guarda, não meu guardião. Por que se incomoda se eu não comer?

Ele fica corado.

– Eu...

– Sim?

– Perdão de novo, milady. A questão não foi seu apetite, e sim o desperdício.

Essa palavra outra vez. Franzo a testa ao olhar para ele, que prossegue:

– Fiquei irritado. Não, irritado não... triste. Triste em ver uma ótima comida sendo mandada para o chiqueiro. Eu não deveria ter me comportado daquela maneira, foi errado, mas minha irmã... Na minha casa, não temos muita coisa. É por isso que estou trabalhando aqui. Por esse motivo, quando você disse... – Ele perde o fio da meada, com um olhar muito triste, e eu compreendo.

Também já tive uma irmã que não desfrutava de muita coisa em casa, e, embora saiba que agora ela tem o suficiente para comer, ainda passa horas em banquetes dos quais não pode participar por minha causa. Mesmo assim, nem pensei nela quando mandei minha comida embora, segura de que sempre teria mais. Esqueci que não preciso mais me preocupar com a fome. Eu me esqueci dela.

– Perdão – sussurro.

Ele balança a cabeça, presumindo que meu pedido de desculpa foi para ele.

– Não, não. Por favor. Eu é que peço perdão. A culpa não é sua. Por isso eu precisava me desculpar, milady. – Ele estende o braço. – Por favor, aceite as flores.

Ergo as mãos para detê-lo.

– Por favor, coloque em cima da mesa.

– Por que você não pega da minha mão, milady?

– Lief, você sabe que não posso...

– Não vou deixar que encoste em mim, milady.

– Você não entende...

– Estenda as mãos, e eu solto as flores em cima.

Nego com a cabeça.

– Por favor, não faça isso, Lief. Deixe em cima da mesa.

Ele parece tão triste, tão derrotado, e não consigo suportar. Quero oferecer algo em retorno pela sua confissão.

– Também tenho uma irmã – digo, de repente, e ele para, olhando para mim. –Maryl. O nome dela é Maryl.

– Qual é a idade dela? – pergunta ele, depois de um instante.

– Ela já tem onze colheitas – respondo. – Mas não a vejo desde que tinha sete. Desde que vim para cá.

– Nenhuma vez?

– Não posso. Isso enfureceria os Deuses – justifico. – Para me tornar a Daunen Encarnada, fui obrigada a deixar todo o resto da minha vida para trás.

– Mas você sente saudade dela? – pergunta ele baixinho, e eu assinto. – Tenho certeza de que ela também sente saudade sua.

– Se é que ela se lembra de mim – digo, tão baixinho quanto ele. – Uma criança de sete colheitas ainda é muito pequena. E imagino que não falem muito de mim na minha antiga casa. Acho que não haveria muito o que lembrar.

Lief me encara.

– As pessoas não esquecem o que é ser amado – fala ele, por fim. – Não importa quão jovem ou velho você seja, ou quanto tempo durou esse amor, você sempre se lembra do sentimento de ser amado. Ela vai se lembrar de você.

Ele faz uma reverência, se preparando para ir embora, mas algo brota no meu peito.

– Espere.

Engulo em seco. Junto as mãos debaixo das dele, tentando mantê-las estáveis e disfarçar que estou tremendo. Ele encara meus olhos ao soltar as flores nas minhas mãos, e os brotos de malvas-rosas, anêmonas e lavandas caem suavemente, até que tudo o que resta na mão dele é um único broto de lavanda com o talo lenhoso. Seus olhos verdes se voltam para o broto de lavanda, depois retornam para os meus, e ele o estende para mim, segurando a base do talo entre o dedão e o indicador.

E eu o pego.

Passo todas as outras flores para a minha mão esquerda e seguro o talo de lavanda como se fosse uma corda de salvamento. É uma coisa idiota e perigosa a se fazer, e meu coração acelera, como um pássaro preso em um punho cerrado. Porém, por mais que eu saiba como isso é errado, sinto que é a coisa certa a se fazer. Ele me ofereceu uma redenção pelo seu pecado de raiva. Já minha confissão e o fato de ter pegado a flor da mão dele são a redenção pela minha arrogância e ingratidão. É preciso haver um equilíbrio, todo pecado deve ser redimido. Agora somos iguais.

Quando ele finalmente solta o broto de lavanda, largando-o na minha mão, encaro a flor, perplexa, enquanto ele faz uma reverência e se prepara para me deixar sozinha para tomar o café da manhã.

– Você não vai me machucar – afirma ele baixinho, ao abrir a porta.

– Sei que não.

Quando ele fecha a porta, penso em Tyrek.

Capítulo 7

Minha primeira semana de confinamento é tolerável. Estou acostumada a me manter ocupada, e preencho bem meu tempo cantando, desenhando o esboço da minha tela e rezando. Enquanto eu conseguir ficar de costas para a janela e manter minha cabeça abaixada, me concentrando ao máximo nas minhas tarefas, consigo fingir que está tudo bem.

Mas, depois da primeira semana, o tédio se infiltra no meu tranquilo solar, me puxando, e sinto dificuldade em focar minha mente em qualquer coisa que não esteja do lado de fora da torre. Sinto falta de passear pelos jardins. Sinto saudade de caminhar pelos corredores. Sinto falta do templo, da sua paz e simplicidade, e, mais do que qualquer coisa, de como parecia um lugar separado do castelo. Pedi que trouxessem o totem para mim, que agora está pendurado na minha parede, de frente para a cama. Mas a luz aqui não se movimenta da mesma maneira, e o sol está sempre tapando a lua. Eu gostaria de acreditar que isso é um sinal, um bom sinal, mas sei que não passa de um efeito da luz. Não consigo rezar direito aqui, não dá para me concentrar e tenho medo de que, apesar do que falei para a rainha, os Deuses fiquem com raiva porque eu os negligenciei.

Lief e eu travamos uma trégua, embora essa não seja a palavra certa para descrever isso. Existe algo tácito entre nós desde que peguei a flor da mão dele. Não é exatamente uma amizade, está mais para camaradagem, como imagino que companheiros de batalha se sintam em relação aos seus colegas de farda. Como se nós dois soubéssemos que corremos um risco enorme e sobrevivemos, e isso nos une.

Todo dia pergunto a ele sobre o estado de saúde de Dorin, e todo dia ele me relata a mesma coisa, que ele não está nem melhor nem pior. O curandeiro parece acreditar que a ferroada desequilibrou completamente o humor dele. Estão dizendo que é por isso que ele continua fraco e debilitado, por mais que a área machucada pareça estar melhorando bastante. Quero visitá-lo, mas é óbvio que isso é impossível, então apenas mando recados por Lief, dizendo que estou rezando por uma recuperação rápida. E estou mesmo rezando por isso, até porque o retorno de Dorin encerraria meu cativeiro. No entanto, depois me sinto egoísta e sou obrigada a rezar novamente por perdão.

A primeira vez que notei isso foi na noite em que ele me repreendeu por desperdiçar comida, mas agora está muito claro que Lief nunca trabalhou como guarda real, e não tem a menor ideia de como deve se comportar sem Dorin aqui para servir de exemplo. Ele não tem nenhuma noção de protocolo, muitas vezes se esquece de me chamar de "milady", e fica ansioso demais para falar comigo de uma forma que Dorin nunca falaria, apesar de me conhecer há quatro colheitas.

– Como produzem esta cor? É tão bonita.

Ele fica parado na porta, apontando para os fios de seda anil que desenrolo certa manhã, depois que desisto de esboçar o desenho e passo a bordar à mão livre.

– Não sei. Nunca perguntei – respondo, com um tom irritado que ele parece não notar, dando de ombros e me observando separar os fios.

Eu o ignoro, mas, como sei que está me olhando, me atrapalho com a agulha e embolo os fios. Ele só se dá conta e me deixa sozinha quando resmungo alto.

Mais tarde, ao trazer minha janta, ele comenta:

– É feito com caramujos marinhos, milady.

– O quê?

Derrubo a colher no pote de caldo e ele ri.

– Seus fios roxos, milady. A tinta é produzida com conchas de caramujos marinhos.

– Como sabe disso? – pergunto, atiçada pela curiosidade.

– Eu perguntei. – Ele sorri, fazendo uma reverência debochada antes de sair com um passo gingado.

E assim os dias se passam. A primeira semana dá lugar à segunda, e ele passa cada vez mais tempo à porta, aproveitando minhas perguntas sobre Dorin como uma deixa para fazer as suas próprias perguntas sobre as flores que estou bordando, sobre quais gosto mais, e se já as vi com os próprios olhos ou só em imagens. Ele me conta como as tintas dos outros fios que tenho são produzidas, e se pergunta em voz alta o que aconteceria se, de alguma maneira, se misturassem. Ele me descreve detalhadamente as flores e plantas tregellianas, e acabo perguntando se ele tem algum treinamento como herborista, dado o seu conhecimento. Isso, no entanto, o silencia, e ele franze a testa e inventa uma desculpa para deixar o quarto. Não cometo mais o erro de questionar sua antiga vida, muito assustada com o silêncio ensurdecedor que domina o quarto depois que ele vai embora.

– Dorin disse que devo mandar as segundas espadas ao ferreiro para serem afiadas, milady – anuncia ele certa manhã, permanecendo no meu quarto, como costuma fazer, depois de substituir os tocos das velas usadas por novas.

– Está bem – respondo, com metade da atenção voltada para os jardins ali embaixo e a outra para suas palavras.

– Não está nada bem, milady. O ferreiro se foi.

Isso chama minha atenção.

– Se foi?

– Pelo que parece, a rainha o acusou de deixar seu cavalo doente depois de colocar a ferradura.

Dedico uma reza silenciosa para o ferreiro.

– Minhas palavras a incomodam, milady? – pergunta ele da porta, onde está limpando as unhas da mão com uma pequena adaga.

– Não, de jeito nenhum.

– Precisa me avisar se a incomodarem. Não vou ficar ofendido.

– Você não me incomoda, Lief.

Ele sorri.

– Fico feliz. Então para onde devo levar as segundas espadas?

Meus dias caem em uma rotina composta de café da manhã, conversas com Lief, nas quais ouço mais do que falo, cantos, almoço, rezas, jantar e o trabalho na minha tela, até que seja uma hora razoável para ir para a cama. Mas nem estabelecer uma rotina basta. À tarde, quando mando Lief sair para que eu possa rezar, noto que isso não me proporciona mais a mesma paz que antes eu costumava sentir. À noite, pego a agulha, mas depois a abaixo, encarando Lief, que se senta na porta, lendo o mesmo livro esfarrapado toda noite. Depois de duas semanas, ordeno que ele leia para mim, e é o que ele passa a fazer, recitando as palavras do que agora sei se tratar de um almanaque obsoleto, me relatando as previsões do tempo de vinte colheitas atrás. O pior é que isso logo se torna minha parte preferida do dia, quando fico com a agulha pendendo da mão e ele lê para mim com sua voz cantarolada.

Imagino se as coisas seriam assim se Tyrek tivesse se tornado meu guarda, e esse pensamento me incomoda. Lief me lembra de Tyrek, de como ele se esquecia do que eu sou, ou não se importava com isso. Ele é tão destemido quanto Tyrek era, e igualmente impetuoso, e sei que eu não deveria incentivar isso, não deveria ter contado para ele sobre Maryl, ou ter aceitado as flores direto da sua mão. Não quero terminar tendo que encostar as mãos no pescoço de Lief porque, de alguma maneira, falei demais, especialmente para um tregelliano, mesmo que ele não seja leal ao seu país.

Repito para mim mesma continuamente que não pode haver mal algum no que estou fazendo. Desde que o assunto das nossas conversas não aborde o reino ou o castelo, não tenho como trair a rainha ou o país, e assim ele e eu ficamos seguros. Apesar disso, não sei por qual motivo exatamente, mas não consigo ficar tranquila. Tem alguma coisa me incomodando, sinto uma irritação, e quero coçar, mas não dá. Quando Lief volta para o quarto, ele acha graça ao me ver andando de um lado para outro.

– Você vai abrir um buraco no chão, milady.

Ele abre aquele sorriso largo, fingindo examinar a pedra fria enquanto eu reviro os olhos para ele. Lief sorri com tanta facilidade, como se seu rosto fosse feito para se dividir ao meio, exibindo todos os seus dentes para o mundo.

Três semanas depois do decreto da rainha, quando Lief entra no quarto com meu café da manhã, ainda não me levantei da cama e estou encostada nos travesseiros que empilhei atrás das minhas costas. Tenho tentado ler o bilhete que ele escreveu, mas a única palavra que consigo decifrar é o meu nome. Procuro lentamente as letras do meu nome em outras palavras, mas não sei o que significam as outras letras ao redor, e fico frustrada. Quando Lief bate à porta, enfio o papel debaixo do travesseiro.

– Vai tomar café da manhã na cama hoje, milady?

– Devo ter dormido demais – respondo. – Se me der um momento, vou me vestir.

– Perdão, milady, mas você tem tempo para ficar na cama e comer, se quiser. Não precisa ir a lugar nenhum nos próximos dias.

– Os Deuses não agradeceriam pela minha preguiça.

– Até os Deuses precisam descansar de vez em quando. – Lief sorri.

Noto, surpresa, que estou sorrindo de volta para ele.

Ele faz uma pausa, inclinando a cabeça para o lado.

– Deveria sorrir mais, milady. Você fica bem assim.

Meu estômago revira, e desvio o olhar.

– Desculpe, fui longe demais. É melhor eu ficar quieto agora.

Ele coloca a bandeja diante de mim, se movendo lentamente, e fico imóvel enquanto ele a equilibra com cuidado em cima do meu colo. Meu guarda olha para mim e eu assinto. Passo queijo de pasta mole num pão, e, assim que ele vai embora, remexo embaixo do travesseiro em busca do bilhete, estudando-o enquanto como.

A porta se abre outra vez, e imagino que Lief tenha vindo buscar a bandeja. Escondo o bilhete e depois cruzo os braços.

Mas o rosto que espreita por trás das cortinas da cama não é o de Lief, e sim o do príncipe.

Salto imediatamente da cama para fazer uma reverência, derrubando a bandeja, e, para piorar a situação, acabo me enrolando nos lençóis e caindo de cara no chão.

O Príncipe Merek para na minha frente, com um sorriso se formando nos lábios, antes de mordê-los, para impedir que o riso se espalhe.

– Twylla – diz ele, acenando com a cabeça para mim e recuperando a seriedade. – Devo chamar seu guarda?

– Não – respondo no mesmo instante, puxando o manto sobre os ombros e parando na frente dele. – Perdão, Vossa Alteza. Eu não estava preparada.

Minhas bochechas queimam de vergonha.

O príncipe me olha de cima a baixo, com os olhos brilhando de divertimento.

– Não precisa fazer uma reverência tão exagerada para mim, sabe. Basta acenar com a cabeça. Você se machucou?

– Não, Vossa Alteza – respondo com firmeza, por mais que minha expressão me traia. Ele fez mesmo um gracejo? – Estou bem.

Ele se vira e contorce os lábios.

– Vim conferir o progresso da sua tela. Minha mãe disse que você estava planejando bordar uma. Como anda isso?

Aperto o manto ao redor do corpo, desejando que meu cabelo não estivesse solto sobre as costas, desejando que eu tivesse me levantado direito, que eu não tivesse caído de cara no chão. Ele dá uma olhada na tela esparsamente bordada, depois me encara com a sobrancelha erguida.

– Não tive tempo de trabalhar na tela, Vossa Alteza.

Ele contorce os lábios outra vez, sugerindo outro sorriso.

– Entendo. Que pena. Então você não precisou dos meus desenhos?

– Precisei. É claro que sim. Obrigada.

Hesito, mas depois atravesso o quarto, vou até a escrivaninha e pego a pasta com os desenhos dele. Quando os ofereço para o príncipe, ele franze a testa.

– São para você, Twylla. É um presente.

Fico corada outra vez, e me afasto, imaginando como seria bom se eu conseguisse controlar meu corpo.

– É muita gentileza sua, Vossa Alteza.

– Jante comigo mais tarde – sugere ele, de repente, falando tão rápido que não tenho certeza se ouvi direito.

– Perdão, Vossa Alteza?

– Hoje à noite. Venha jantar comigo. Ou melhor, posso vir jantar com você. Sei que minha mãe ordenou que você ficasse aqui até que sua guarda esteja completa novamente.

Fico boquiaberta, o que me faz parecer ainda mais idiota do que antes. Eu me atrapalho procurando as palavras para agradecer e aceitar, mas não consigo encontrá-las. Meu coração está muito acelerado, e os dedos dos meus pés e os lóbulos das orelhas pulsam junto.

– Então, voltarei ao anoitecer – avisa ele, como se eu tivesse respondido.

Quando o príncipe assente e dá um passo para trás, automaticamente faço uma reverência, aproveitando mais esta chance para esconder meu rosto confuso. Ao chegar na porta, ele se volta para mim, com um olhar malicioso.

– Você não precisa se arrumar para o jantar, se não quiser – diz ele, se virando. Noto que o canto da sua boca se curva para o alto.

Fico encarando a porta, boquiaberta. Em uma questão de segundos, Lief entra no quarto, franzindo de leve a testa. Dá uma rápida olhada em mim, antes de se voltar para a porta.

– Está tudo bem, milady?

– Sim. Tudo bem.

– Você parece um pouco... – Fica sem palavras, balançando as mãos.

– Eu não esperava por ele.

– Acho que ele percebeu. – O guarda indica meu estado desgrenhado.

– Lief! – protesto, antes de me dar conta de que ele é o segundo homem que está me vendo toda desarrumada naquela manhã. – Vire-se! Não, vá embora. Chame as criadas, por favor. Preciso de água quente. Muita. E pode procurar meu vestido vermelho, aquele de tecido grosso? E meus pentes de prata, que estavam sendo polidos.

– Vamos para algum lugar? – pergunta Lief.

Nego com a cabeça.

– Não, vou jantar com o príncipe à noite. Aqui.

– Dorin me disse que vocês vão se casar.

– Isso mesmo.

– Ele costuma jantar aqui, milady?

– Não – respondo devagar.

O príncipe sabia que eu estava confinada aqui, mas demorou quase uma lua inteira para me visitar. Por que veio justo agora?

Lief me encara de um jeito estranho, e sua expressão também está me fazendo essa mesma pergunta.

– O príncipe é ocupado – justifico. Mas não tenho a menor ideia se isso é verdade, ou por que estou defendendo ele.

Lief continua me encarando com os lábios contraídos, depois indica a cama coberta de comida.

– Quer que eu traga mais alguma coisa? Se não gostou da comida, era só falar. Não precisava espalhá-la por todo lado. – Ele ri da própria piada.

Reviro os olhos.

– Fui surpreendida pelo príncipe – digo. – E, não, obrigada. Consegui comer um pouco de pão e queijo antes que ele chegasse. Pode levar a bandeja e pedir para as criadas virem aqui trocar os lençóis enquanto tomo banho.

– Como quiser.

Por mais que ele esteja sorrindo ao pegar a bandeja, seus olhos não refletem isso, e eu o observo, confusa.

Durante o banho tenho tempo de pensar, e afundo na água de perfume adocicado, o que acalma meus nervos, fazendo meu cabelo flutuar ao redor da cabeça. Nunca jantamos sozinhos, nunca passamos tempo algum sozinhos. Mas em pouco mais de seis luas, ele vai completar vinte colheitas, então imagino que esteja se preparando para o nosso casamento. Esse pensamento faz com que eu me sinta vazia, por mais que eu já soubesse que isso aconteceria um dia. Nosso casamento. Serei uma esposa. Não consigo me imaginar sendo esposa de alguém. Aliás, não serei só uma esposa, mas uma rainha. A rainha de Merek. Mãe dos herdeiros do trono. Ao imaginar isso, sinto meu estômago embrulhar de um jeito estranho, então me sento depressa, derramando água por todo o chão e agarrando as laterais da banheira, arruinando o santuário do meu banho.

Passo o resto da tarde ajoelhada diante do totem, encarando-o inexpressivamente, até que o sol se põe e eu me arrumo, colocando o vestido vermelho e prendendo os pentes no cabelo. Sem ter o que fazer até a chegada do príncipe, volto a bordar e, por mais estranho que seja, consigo me concentrar no trabalho.

Quando o príncipe é finalmente anunciado, estou quase calma.

– Twylla. – Ele me cumprimenta, e faço uma reverência. – Espero que esteja bem. Consegui uma permissão especial da rainha para acompanhar você até a galeria de retratos enquanto os criados preparam seu quarto. Seu guarda vai permanecer aqui para supervisionar a arrumação.

Fico boquiaberta, e o príncipe morde o lábio inferior, que começa a se curvar para cima. Pisco para ele, sem saber se ouvi direito.

– Twylla? – chama ele, pois eu continuo apenas olhando para ele, pasma. – Você está pronta?

– Estou.

Assinto, trêmula, me recompondo. Ele não me oferece o braço, em vez disso, gesticula para que eu saia do quarto antes dele. Hesito, sem querer lhe dar as costas, mas ele confirma com a cabeça.

– Está tudo bem, Twylla. Pode ir, por favor.

Só ele seria capaz de convencer a rainha a me deixar sair sem os guardas.

Sinto-me animada quando deixo o quarto à sua frente, sabendo que ele está logo atrás de mim. Os olhos de Lief encontram os meus, e, por um segundo, tenho certeza de que ele pisca para mim, antes de olhar fixo para a frente, com os ombros rígidos, enquanto Merek me segue para fora do quarto. Quando alcanço o portão da torre, percebo que estou com medo de sair. Olho para trás, e o príncipe confirma novamente com a cabeça.

– Pode ir, Twylla. A rainha deu permissão.

Abro a porta e saio para a ala oeste do castelo, acompanhada apenas pelo príncipe.

O príncipe anda à minha direita, no lugar de Dorin, e o espaço à esquerda me faz sentir exposta, como se eu não estivesse totalmente vestida. Mesmo quando não estou confinada, é raro visitar o centro do castelo, e o caminho diferente só aumenta a sensação surreal de que o que estamos fazendo não está realmente acontecendo. Meus olhos percorrem os corredores, à procura de sinais de qualquer coisa que tenha mudado durante as semanas que fiquei confinada. Mas nada mudou. Sei que é impossível, mas poderia jurar que os vasos com rosas brancas que ladeiam os corredores são os mesmos pelos quais passei no dia em que Dorin foi ferroado pela abelha. É como se o tempo houvesse parado, como se o castelo estivesse em um sono encantado. E isso me faz lembrar do Príncipe Adormecido, e o interesse de Merek por mim depois da caçada, que diminuiu depois que ele me viu cantando para seu padrasto. Será que foi por isso que ele demorou tanto para me procurar?

Olho para o príncipe e me deparo com seu olhar feroz focado nas portas diante de nós, e o seu perfil é tão imponente quanto o da sua mãe. Ele não fala nada enquanto vamos até a galeria de retratos, e eu o sigo, com os olhos fixos no nosso destino, me perguntando o que o levou a me convidar esta noite. E se foi ideia dele ou da rainha.

Demoro algum tempo para perceber que não sou a única sem a guarda. Por ser o único herdeiro natural de um trono ameaçado, a segurança do príncipe é vital. Assim como eu, ele precisa ser constantemente protegido de ameaças. Eu me viro duas vezes, à procura de guardas escondidos espiando de longe, mas não vejo nada. Estou morrendo de vontade de perguntar onde estão os guardas, que manobras ele fez para que nós dois pudéssemos caminhar desacompanhados, pelo que parece.

Nós nos viramos e entramos em uma galeria, e, imediatamente, os dois sentinelas que estão no final do corredor desaparecem pelas portas. Não consigo me conter; e me volto para o príncipe, com as sobrancelhas erguidas inquisitivamente.

– Pedi para que nos deixassem em paz – diz ele, se afastando e se virando para observar os retratos nas paredes.

Ele pediu para que nos deixassem em paz. E simplesmente aceitaram seu pedido. Sinto inveja dele, até que, finalmente, também olho para a parede.

Deve ser estranho para ele ver estes ancestrais com quem tanto se parece. E as mulheres com quem sua irmã com certeza se assemelharia, se ainda estivesse viva. Já estive aqui, nos meus primeiros dias no castelo, quando o próprio rei me mostrou o salão, exibindo cada retrato e me indicando quem era cada um. Reconheço Carac e Cedany, da canção, os dois com expressões sisudas e os queixos imponentes voltados para o céu.

Na parede do outro lado da galeria fica a maior pintura, que é do pai do príncipe, o Rei Rohese. Ele se aproxima dali, me deixando para trás enquanto observo sua família. Se houvesse quaisquer traços de deformidade nas feições deles em vida, os artistas sabiamente ignoraram isso nas obras. Cada uma é um estudo sobre orgulho e elegância. Junto-me ao príncipe, diante do retrato de seu pai.

– Você se lembra do meu pai? – pergunta ele.

– Não, Vossa Alteza. Nunca tive o prazer de conhecê-lo. – Eu me lembro da cerveja temperada, das laranjas com cravos, pimentas da guiné e truta. Eu me recordo do que minha mãe consumiu na Devoração dele: orgulho, vaidade, ira e ciúme. Mas não conheci o homem com vida. – Mas eu estava aqui. Com minha mãe. Durante a Devoração dele.

Ele assente.

– Eu me lembro. Você estava cantando... – ele faz uma pausa, se virando para olhar para mim – ... cantando, enquanto meu pai jazia, morto.

– Sinto muito, Vossa Alteza – murmuro, envergonhada.

– Você era muito pequena – acrescenta ele. – Lembro que me perguntei se Alianor seria tão baixa quanto você ou tão alta quanto nós, se fosse saudável. Seu cabelo parecia com fogo. Eu nunca tinha visto nada igual. Você foi a primeira criança que eu vi, fora minha irmã.

Pisco depressa ao entender o que ele está dizendo, que ele seguiu seu padrasto, que também me viu cantar. Eu não fazia ideia.

– Minha mãe não notou minha ausência. Acho que ela não ouviu você cantar. Mas eu ouvi. Eu ouvi você. Vi você. Você era muito diferente de mim – diz ele, antes que eu tenha tempo de responder. – Você podia cantar, sorrir e ser livre, e eu precisava lamentar a morte do meu pai e agir de maneira régia. Eu tinha oito anos, e já havia passado quase duas luas lamentando a morte da minha irmã. Eu queria brincar e correr, talvez até cantar, mas não sofrer outra vez. Eu mal conhecia meu pai. As obrigações que ele tinha com o reino o deixavam longe do nosso infantário. É difícil sofrer pela morte de alguém idealizado.

Depois de quatro anos de silêncio, seu desejo de se abrir comigo é inquietante, e não sei o que responder, ou até mesmo se devo fazê-lo. Quero dizer a ele que eu não era livre, que paguei caro pelo meu desaparecimento daquele dia quando voltamos para o nosso chalé. Mas ele não me dá chance para falar e, em vez disso, se volta para o retrato.

– Eu me pareço com ele, não? É claro que todos nos parecemos... mas você sabe o motivo. Minha irmã, Alianor – ele aponta para o retrato delicado de uma criança pequena, olhando cegamente para fora da tela –, teria ficado parecida com nossa mãe, caso tivesse sobrevivido.

Quando ele faz uma pausa, olhando do retrato do pai para o da irmã, finalmente encontro minha voz.

– Você deve sentir saudade dela, Vossa Alteza.

– A verdade é que eu mal a conhecia. Foi uma criança doente, então passava a maior parte do tempo protegida de qualquer coisa que pudesse fazer mal a ela. Tive uma infância muito solitária. Quantos anos você tinha naquela época, Twylla?

– Seis, Vossa Alteza. Foi o ano da minha sexta colheita.

– E agora você completou sua décima sétima colheita?

– Sim, Vossa Alteza.

– Twylla... – ele se vira na minha direção – ... pode fazer algo por mim?

– É claro, Vossa Alteza.

– Pare de me chamar de "Vossa Alteza" quando estamos sozinhos. Vamos nos casar. – Ele abre um meio-sorriso, e suas palavras fazem meu coração titubear. – Meu nome é Merek. Às vezes, fico achando que vou esquecer meu próprio nome, porque o escuto muito pouco. Por favor, me chame de Merek.

Concordo com a cabeça, e ele ergue as sobrancelhas no mesmo instante.

– Merek. – Experimento dizer seu nome.

Seu nome tem o mesmo gosto dos pêssegos que eu roubava na infância, do gosto do sorvete que lambi do pote quando ninguém estava olhando. Proibido.

– Melhor. – Ele balança a cabeça antes de continuar: – Como você sabe, ano que vem vou completar minha vigésima colheita. Não que a quantidade de colheitas signifique alguma coisa no castelo. Não ajudei nos trabalhos da colheita quando completei dezoito. Acho que isso significa que ainda não sou um homem de verdade.

Ele se vira outra vez, descendo novamente a galeria, e, depois de um instante, eu o sigo. O príncipe para diante de um pequeno retrato de uma jovem estranhamente parecida com Alianor.

– Essa é minha avó, a filha dos famosos Carac e Cedany. Ela teve a sorte de sobreviver à infância. Não imaginavam que conseguiria.

– Você a conheceu bem, Vossa... Merek? – Experimento falar seu nome mais uma vez.

– Não. Ela morreu antes de eu nascer. Nossa família costuma ter vida curta, apesar da posição que ocupamos. Não consigo imaginar o motivo. – Suas palavras soam amargas. – Foi ela quem trouxe os cães para a corte, sabe. Ouviu falar dos animais em algum lugar, e exigiu vê-los em ação. Foi ela quem introduziu a ideia de caçarmos nossos inimigos. Minha avó. Como ela era doce.

Penso no marido dela encontrando seu dedo depois que ela morreu, e me pergunto se nesse momento ele se arrependeu dos cachorros.

Merek franze a testa, curvando os lábios, depois assente.

– É melhor voltarmos agora. Os criados já devem ter preparado o jantar, e este não é meu lugar preferido.

Sem dizer mais nada, ele sai depressa, me forçando a correr atrás dele outra vez. Atrás de mim, ouço os guardas voltarem para a galeria, quando o príncipe passa pela porta.

Ele fica quieto no caminho de volta. Seus passos são largos e seu caminhar é ligeiro, e preciso levantar a saia para não tropeçar ao tentar manter o ritmo dele. Os corredores estão muito mais cheios agora. Parece que o boato de que o príncipe e eu estamos caminhando por aí já se espalhou, e todos querem nos ver. Mas ele anda obstinadamente, sem responder aos cumprimentos das pessoas. Eles também me cumprimentam, mas fazem isso a distância, encostados nas paredes, como de costume. Não presto muita atenção neles. Estou muito ocupada pensando por que o príncipe me levaria para a galeria de retratos se está óbvio que ele não gosta daquele lugar. Parece estranho exigir liberdade e depois ir a um lugar que você odeia. O que o levaria a escolher fazer isso?

Capítulo 8

Lief está em pé do lado de fora da minha porta, com a postura ereta e formal e o rosto como uma máscara. Ele abre a porta e Merek entra, sem prestar a menor atenção no meu guarda. Desta vez, quando passo, ele de fato me dá uma piscadela, fechando deliberadamente o olho esquerdo, e preciso contrair os lábios para evitar um sorriso.

Colocaram uma mesa ao lado da janela, e minha escrivaninha foi arrastada até a lateral da cama. As chamas das velas tremulam de leve com a brisa que entra pela porta, refletindo na prata dos talheres e dos pratos. A luz cintila sobre o totem. Há cálices e copos em cima da mesa, e um vaso de nardos e tanásias decora o centro. É adorável, e fico emocionada com a tentativa de Merek de criar um ambiente mais informal. Ele atravessa o quarto cheio de confiança, puxando uma cadeira para mim. Ao se sentar de frente para mim, ele assente para Lief, que nos serve vinho, como se fizesse isso a vida inteira. Depois de servir a bebida, ele desaparece, me deixando sozinha com Merek.

Merek fica me observando do outro lado da mesa, com a cabeça inclinada. Ele beberica o vinho enquanto isso, e tento me ocupar examinando as flores.

– Se me permite, esta cor não lhe cai bem. Parece algo que minha mãe vestiria.

– Foi a rainha quem escolheu – admito. – Cores vivas, especialmente vermelho, a agradam. De acordo com ela, esta é a cor certa para a Daunen. Além disso, ela disse que também agrada ao rei.

– Minha mãe não dá a mínima para o que agrada ao rei.

Desvio o olhar e levo a taça aos lábios.

– Minha presença te deixa desconfortável? – pergunta ele. – Imagino que sim. Afinal, se fosse outro falando algo assim, seria considerado um traidor.

– Você pode falar o que quiser.

– "Vossa Alteza." Mesmo quando você não fala em voz alta, eu consigo ouvir isso. – Seu sorriso é retorcido, e mal se parece com um sorriso. – Perdão, Twylla. Não tenho muita oportunidade de conversar com quem eu escolho. Mas você deve entender bem esse problema, afinal sua situação não é muito diferente da minha. Nenhum de nós dois tem irmãos ou amigos. Não existe ninguém como nós em toda Lormere. Acho que isso nos faz ver o mundo de maneira diferente. – Ele toma outro gole do vinho. – Não acha isso cansativo, Twylla? Viver tanto tempo dentro da própria cabeça? Sei que você tem seus Deuses, mas eles bastam? Eles têm as repostas das quais precisa?

Não sei se devo responder. Ele fala coisas com as quais não posso concordar, por mais que eu queira. Conversa comigo como se fôssemos amigos de longa data, confidentes, e isso é excessivo, é cedo demais. Queria que Lief trouxesse a comida, ou que uma das velas desabasse e começasse a pegar fogo na toalha de mesa... qualquer coisa que interrompesse nossa conversa.

– Eu não gosto – prossegue ele. – Não consigo imaginar que alguém gostaria. Ficar tão sozinho aqui, em uma corte cheia de gente. Antes de você chegar, eu era a única criança de classe aqui. Não havia mais ninguém da minha idade, ninguém com quem brincar, ninguém além de um infinito número de professores e governantas. Eu vivia cercado de gente, mas isolado... Somos iguais, eu e você.

Continuo sem falar nada, e meus olhos ardem de tanto encarar o tampo da mesa.

– Você não vai me responder? Como queira. Mas que somos iguais, somos. Até durante minha viagem, fui mantido a distância. Era de se imaginar que duas colheitas viajando juntos faria surgir uma camaradagem entre os integrantes do nosso grupo, mas, infelizmente, não foi o caso. O mesmo acontece com você... As pessoas se mantêm longe.

– Você gostou da sua viagem? – pergunto, me agarrando ao único assunto capaz de afastá-lo dessa dissecação da nossa vida.

Ele me encara, com um olhar indecifrável.

– Foi revelador – responde.

Ele ergue a mão e estala os dedos, então Lief se materializa na porta.

– Estamos prontos – afirma Merek para ele, antes de olhar novamente para mim. – E, com certeza, agora entendo melhor como um reino funciona... – Ele faz uma pausa quando Lief traz a comida e enche nossas taças. Merek o ignora, esperando que saia do quarto e feche a porta, antes de retomar: – É um sistema simples. Em Lormere, a terra é governada pelos lordes que integram o Conselho Privado. Minha mãe e meu padrasto consultam os membros do conselho, que relatam as questões de seus distritos, como possíveis ameaças e problemas com arrendatários, e são tomadas decisões sobre como lidar com tudo isso. Minha mãe emite um decreto, coloca o selo real e os lordes garantem que sua ordem será executada.

– É só isso?

– De maneira geral, sim. Cada lorde governa uma parte do território: Lortune, Monkham, Chargate, Haga, e assim por diante. Eles nomeiam padres, xerifes e as forças de paz, administram a justiça e as cortes comuns, fazem audiências com seus arrendatários, e por aí vai. Em troca, recebem um dízimo em forma de impostos e produtos das comunidades que governam, e nos pagam uma parte do seu dízimo, para garantir a permanência de suas posições e seus títulos.

Encaro meu prato, com ostras boiando em manteiga e cebolinhas. Na Devoração, as ostras representam o ciúme descontrolado. Todos os frutos do mar simbolizam algum tipo de ciúme. Decido ignorar a comida por enquanto.

– Parece um sistema organizado.

Ele assente, pegando uma ostra e derramando seu conteúdo na boca.

– É mais organizado do que o sistema tregelliano, com certeza.

– Como assim?

– Eles não têm monarquia. Ela não foi restabelecida depois da guerra. Atualmente, são governados por um conselho, que conta com um representante de cada distrito. Eles votam na emissão de decretos e leis, mas nenhum único homem ou mulher pode tomar a decisão final, e, por isso, as coisas podem levar dias. Em certas ocasiões, as questões não são resolvidas, porque não conseguem determinar um vencedor unânime, com voto majoritário. Não é nada eficiente. – Ele dá um sorriso irônico, e me lembro do comentário da rainha durante a caçada, quando ele disse a mesma coisa para ela. – No entanto – continua –, eles estão anos à nossa frente no que diz respeito à medicina, além de contarem com alquimia, um dos motivos que me levaram a tentar estabelecer boas relações por lá. Eles não vão revelar seus segredos com facilidade, mas se há algo no qual concordo com minha mãe, é que precisamos aprender a controlar essas mesmas técnicas aqui, em Lormere. Espero que Tregellan se torne um pouco mais disposta a compartilhar seus conhecimentos quando nós estivermos no poder.

Suas palavras fazem minha pele pinicar. *Quando nós estivermos no poder.*

– Você conheceu algum alquimista?

Seus olhos se iluminam e ele se inclina para a frente, quase apoiando os cotovelos no prato.

– Conheci. Um homem protegido por muitos guardas, mas permitiram que eu assistisse parte do processo. Nada que fosse muito útil para minha mãe, o que a deixou bastante desapontada. O verdadeiro trabalho foi concluído antes que permitissem minha entrada, mas assisti às transmutações finais. Vi ouro sendo produzido. O tesouro tregelliano nunca vai se esgotar. Quem dera se tivéssemos essa mesma habilidade aqui.

Ele pega outra ostra e a derrama na garganta, largando a concha na tigela.

– Somos o único reino dessas terras que não conhece os segredos da alquimia. Tregellan prospera por esse motivo. Até Tallith desfrutava disso, e seu povo era mais rico do que jamais seremos sem esse conhecimento. Em Tallith, ser um alquimista era uma vocação real. Apenas as pessoas da linhagem real podiam praticar essa arte.

– É isso que você quer? – pergunto. – Um reino rico?

– E isso é errado? É errado querer que as pessoas prosperem? É errado querer que todos os meus súditos tenham comida e remédio?

– Não, isso é bom. – Hesito.

– Você me considera ganancioso?

– Não falei...

– Uma pessoa pode dizer muito sem falar – retruca ele, tomando um grande gole da sua taça.

– As riquezas de Tallith não a salvaram da ruína – digo baixinho.

Merek fica com um olhar distante e pega mais uma ostra, antes de devolvê-la para o prato, sem comer.

– É, acho que não. Mas eu vi, sabe. O velho castelo. Foi lá que encontrei a moeda que dei para minha mãe.

– Como era? – pergunto, desesperada para acabar com a tensão entre nós.

Ele pega a mesma ostra e a encara, antes de devolvê-la ao prato outra vez.

– Ermo. Ninguém imaginaria que, quinhentas colheitas atrás, aquele era o centro do mundo. O castelo está em ruínas. Apenas uma das torres e dois Salões Nobres continuam de pé. Com a exceção do Salão de Vidro, o restante desabou no mar, ou foi tomado pelas plantas.

– Não sobrou mais nada?

Por algum motivo, isso me causa calafrios. Como é possível um reino inteiro acabar? Como os Deuses poderiam abandoná-los dessa maneira? Mais uma vez, me lembro da caçada e da pergunta de Lorde Bennel, e acabo questionando:

– Tinha alguma pista do Príncipe Adormecido?

Merek semicerra os olhos.

– Você também? Isso não passa de uma história, Twylla.

Afasto meu prato com mais força do que pretendia, derramando manteiga derretida na toalha de mesa.

– Não me referi à versão dos contos de fadas, e sim à história de Tallith. É real, não é?

Não me lembro de muita coisa, mas sei que, em parte, a lenda foi baseada em fatos reais. O último herdeiro do trono ficou doente, e o reino acabou ruindo por causa disso.

– Perdão – diz Merek no mesmo instante, se inclinando sobre a mesa, parecendo sincero. – Fui indelicado. Você tem razão, é claro, a história de Tallith realmente cita um herdeiro que sucumbiu a uma doença do sono. E é óbvio que, sem ele para reinar e reabastecer o tesouro, as guerras e o caos eclodiram e destruíram o reino. Pelo menos, é o que dizem as lendas. – Ele toma mais um gole da sua taça. – Mas não devemos prestar tanta atenção a um conto cautelar – conclui. – Nunca seremos como Tallith, Twylla. Ainda mais em relação a riquezas, infelizmente. Mas, até hoje, sobrevivemos sem alquimia, e me atrevo a dizer que, se continuássemos sem, nossa condição não pioraria. Mas quero mesmo o melhor para Lormere. Estou disposto a lutar por isso. – Ele me lança um olhar penetrante. – Agora que já relatei o que aprendi, quero saber o que você fez durante as últimas duas colheitas.

Faço uma pausa, antes de responder:

– Cantei e cumpri meus deveres como Daunen.

– E foi só isso? Você aprendeu algo cortês, como dançar ou tocar harpa? Aprendeu a ler?

– Não tive muito tempo livre – digo, e ele franze as sobrancelhas.

– Não, é claro que não. Imagino que lidar com traidores seja algo que tome muito tempo. Felizmente, não há ninguém para você executar esta lua. Pelo menos, não por enquanto.

Ele franze a testa e cerra o maxilar com raiva ou desgosto, e sinto meu rosto queimar outra vez.

Então ele suspira, afastando o próprio prato.

– Mais uma vez, peço perdão. – Ele levanta o jarro e enche seu cálice. – O que aconteceu com aquelas duas crianças que riram ao ver a nuvem de dente-de-leão? – pergunta ele baixinho. – Será que se foram para sempre?

Não consigo olhar para ele.

Depois de um instante, ele estala os dedos de novo, chamando Lief, que retira nossos pratos. Será que meu guarda vai me repreender por não ter comido as ostras? Ele volta pouco tempo depois com mais comida: pombo, erva-doce, chalota, chirivia, tudo coberto com o mesmo molho.

Merek não fala nada, nem olha para mim, limitando-se a cortar os alimentos e a comer metodicamente sua refeição, bebericando de sua taça no intervalo entre as garfadas, e sigo seu exemplo, agradecida por ter com o que me ocupar. Quando ele baixa a faca, faço o mesmo, embora ainda tenha comida no meu prato.

– Você quer que eu vá embora?

– Vossa Alteza?

– Merek! Já pedi para você me chamar de Merek. Já que está economizando palavras comigo, pelo menos tenha a dignidade de me chamar pelo nome. Você vai ser minha esposa. Então me chame de Merek.

No meio da explosão do príncipe, ouço Lief entrando no quarto, depois a porta se fechando rapidamente, e dou uma olhada, sem saber ao certo o quanto ele ouviu antes de sair.

– Perdão – digo. – Não sei como...

– Como o quê? Conversar comigo? Apenas fale. Fique à vontade, por favor. Fomos prometidos em casamento, não é? Então devíamos conversar, se abrir um com o outro. Pelos Deuses, deveríamos confortar um ao outro! Sei como funciona a função de Daunen, Twylla. Já estudei isso e sei o que você faz.

Balanço a cabeça, desejando que o tivesse mandado embora quando tive a oportunidade. Não quero falar sobre esse assunto, com ele ou com qualquer outra pessoa.

– Você odeia – afirma Merek, de forma direta, e eu ergo o olhar. – As execuções. Não a culpo por isso. Minha mãe me contou o quanto você odeia. Ela sabe.

Fico surpresa. Desde Tyrek, nunca falei nada, nunca revelei nada a ninguém, ou, pelo menos, achava que não.

– Pedi para ela parar com isso – diz ele. Fico atordoada com essa confissão e o encaro com os olhos arregalados. – Mas ela não vai parar – acrescenta. – Pelo menos, não enquanto não estivermos casados. Sei que é um dos deveres da Daunen, mas... – Ele interrompe sua fala, se inclinando para a frente com a boca aberta, e eu aguardo. Depois, ele balança a cabeça, desistindo do estava prestes a dizer. Apenas levanta novamente a taça. – Você não deve se sentir culpada. Eram traidores. Também precisaremos condenar pessoas à morte quando reinarmos.

– Eu sei – digo, por fim. – Não é isso. Não é só isso.

– Então, qual é o problema?

– É um pecado, não é? – pergunto cautelosamente. – Não é um pecado tirar uma vida, independentemente do motivo?

– Não estou entendendo.

– Quando minha mãe Devorou os pecados do antigo carrasco, foi obrigada a Devorar um corvo. O pecado de assassinato. Não quero que minha irmã... – Detenho minhas palavras, fazendo uma pausa e erguendo minha taça de vinho.

– Você não quer que sua irmã Devore corvos por você – diz ele, assentindo.

– Não quero que ela seja obrigada a fazer isso. – Não tenho certeza se estou falando de comer corvo ou da Devoração no geral.

É sempre doloroso falar sobre Maryl, ou pensar nela. Minha irmã era mais minha do que já foi de mamãe. Sempre que uma tempestade desabava sobre nosso chalé, ela procurava a mim por conforto, eu a abraçava enquanto ela tremia de medo. Eu cuidava das farpas e dos cortes que ela sofria. Esfreguei cravos na gengiva dela quando seus dentes estavam nascendo. Enrolei seu cabelo nos meus dedos, para que caíssem sobre seu rosto. Ela era linda, minha irmãzinha, de cabelo louro-claro, um sorriso amável e uma pequena fenda entre os dois dentes da frente. Ela era radiante, pura alegria e felicidade, e chorei por ela durante o primeiro ano inteiro que passei no castelo. É só por ela que suporto fazer o que a rainha pede.

– Você sente saudade da sua irmã? – pergunta Merek, e eu confirmo com a cabeça. – E da sua mãe?

Faço uma pausa enquanto procuro as palavras necessárias para exprimir o que sinto.

– Para ela, a Devoração de Pecados vinha antes de qualquer coisa. Fomos obrigados a cuidar de nós mesmos. Quando ela não estava trabalhando, se retirava para o seu quarto, e ficava em repouso, contemplando todos os pecados que carregava.

Eu me lembro dos aldeões cruzando os dedos para nós quando passávamos diante de suas casas, para evitar o azar. Recordo os olhares das crianças, quando seus pais as afastavam de nós. Penso na noite em que minha mãe deu à luz minha irmã, e de que a parteira não apareceu para ajudá-la, e fui obrigada a colaborar. Eu me lembro do sangue, do fedor de intestinos soltos e de como minha mãe urrou feito um cavalo no cio. Penso na pele de suas coxas balançando enquanto ela agachava e que estendi as mãos para segurar Maryl, quando ela deslizou da barriga da minha mãe. Meu rosto foi o primeiro que ela viu. Limpei a sujeira dos olhos dela e a coifa de sua cabeça. Agora nem sei mais se a reconheceria no meio de uma multidão. Eu a deixei, e mesmo que isso garanta o envio de comida e dinheiro para nossa casa, também significa que ela será a próxima Devoradora de Pecados. Deveria ter sido eu, mas fui embora. Pelo menos, minha mãe ficou.

– Ela tem um trabalho a fazer – concluo finalmente. – Sua função é a sua vida.

Ele me encara, balançando lentamente a cabeça.

– Eu não disse que éramos parecidos?

– *Você* é a vida da sua mãe – digo para ele. – Ela te adora, você deve saber disso. Ela vive para você.

– Ela certamente tenta viver para mim – afirma ele, distorcendo minhas palavras.

– Eu não quis dizer...

– Sei o que você quis dizer. – Ele pega a taça mais uma vez, mas franze a testa ao perceber que está vazia. – Qual o nome do seu guarda?

– Lief.

– Lief – chama ele, e meu guarda abre a porta, com as sobrancelhas erguidas em um questionamento educado. – Terminamos nossa comida. Limpe a mesa. Twylla, você aceita um prato doce?

Nego com a cabeça, envergonhada pela maneira como ele falou com Lief.

– Muito bem. Retire os pratos. Traga mais vinho.

Consigo sentir Lief se eriçar, apesar de seguir as ordens, mas Merek não parece perceber. Depois de mais vinho ser servido e dos pratos terem sido retirados da mesa, ele pega mais uma vez sua taça.

– Quais são seus sonhos, Twylla?

– Não... não tenho nenhum. Tenho tudo o que quero.

– Não acredito nisso. Você deve ter algum sonho... Todo mundo tem.

– Quero... quero ser feliz – respondo, percebendo imediatamente que é uma coisa idiota de se dizer.

Mas, para minha surpresa, ele assente, sorrindo.

– Também quero ser feliz.

Ele não demora muito ali, e não conversamos mais sobre morte e sonhos. O príncipe me conta sobre seus desenhos e as aulas que teve durante a infância. Conto que estou preocupada com Dorin e ele promete cuidar da situação e garantir que ele receba o melhor tratamento. É mais fácil quando ele fala assim, e, se nosso casamento correr dessa maneira, conseguirei suportar sem problemas. Quando ele termina o vinho, chama Lief outra vez, pedindo para que chame seus guardas e os criados para tirar a mesa e as cadeiras do meu quarto.

Ficamos em silêncio, lado a lado, observando os criados se apressarem para retirar as taças, as velas e o vaso. Dois guardas de Merek tiram a mesa e as cadeiras, depois voltam, e, com a ajuda de Lief, reposicionam minha escrivaninha perto da janela. Ao terminarem, olham para o príncipe.

– Esperem por mim lá fora – ordena ele, e todos saem, seguidos por Lief. – Gostou da noite, Twylla? – pergunta.

– Gostei, Merek – respondo.

– Mentirosa – acusa ele, baixinho. – Mas não se preocupe. Isto vai ficar mais fácil.

Ele faz uma reverência para mim, depois sai, deixando a porta aberta. Olho através dela, torcendo para que ele tenha razão.

Lief aparece, entrando e fechando as cortinas da minha cama. Ele dobra os lençóis para baixo e acende a vela no banquinho ao lado da cabeceira, mas seus movimentos são bruscos e agressivos.

– Obrigada – murmuro.

Lief grunhe.

– Milady.

– Você... você está bem? – pergunto.

– Perfeitamente bem, milady – responde ele, tenso.

Eu o observo sacudir a colcha da minha cama, como se ela o tivesse insultado terrivelmente antes de eu falar.

– Desculpe se ele pareceu grosseiro com você – digo. – Teve criados a vida inteira. Agora são invisíveis para ele.

Foi a coisa errada a dizer, e ele balança a cabeça com raiva.

– Invisíveis? Sei que ele é um príncipe e eu sou um guarda, mas também sou humano, como ele. Fora o título, não somos diferentes.

Suspiro.

– Lief, você não pode falar isso.

– Gostaria de falar muito mais – murmura ele. – Perdão, sei que vocês foram prometidos em casamento.

– Não é por isso que você não deve falar essas coisas, Lief. Ele é um príncipe ungido, e um dia vai ser rei. A rainha ficaria furiosa se ouvisse você falando isso.

– Não é traição dizer que alguém é um porco mal-educado – diz ele, e eu o encaro.

Ele vai acabar morrendo se não aprender a ficar calado. Quem quer que Devore seus pecados vai ter dor de barriga de tanta pimenta-da-guiné que vai precisar consumir por causa da raiva dele. Isso se o concederem uma Devoração.

– Você precisa aprender a controlar seu temperamento, Lief.

– Sou controlado.

– Não é, não. Você chamou o príncipe de porco.

– Mas é o que ele é – retruca.

– Lief, se a rainha...

– Ela... – diz ele, de maneira desdenhosa, e fico boquiaberta.

– Cuidado, Lief – aviso lentamente. – Muito cuidado. Eu contei que um lorde morreu porque a desobedeceu. Mas eu não disse como ele morreu. Ela soltou os cães atrás dele. Ela ordenou que ele corresse para a floresta, depois mandou os cães atrás. Pelo crime de cochichar enquanto eu cantava. E os animais o despedaçaram, enquanto nós escutávamos. Ouvimos cada grito, cada osso se quebrando, e o som úmido dos cães. E você sabe o que ela disse? Ela me mandou cantar mais alto. Para abafar os gritos com meu canto.

Sua boca se abre, depois fecha, e consigo ver sua bravata se esvaindo à medida que ele considera minhas palavras.

– E você sabe o que eu sou. O que posso fazer. Quer que eu encoste minhas mãos em você, enquanto está amarrado a uma cadeira? Quer que eu acabe com a sua vida sob as ordens dela, porque você cometeu traição? Executei o único amigo verdadeiro que já tive, depois que ele traiu o trono de Lormere. Você pode muito bem ser o próximo, se não tomar cuidado. Precisa dar um fim na sua imprudência. Sou um deles, Lief. Vou me casar com o príncipe.

Quando termino de falar, estou arfando, e minha pele está ruborizada da cabeça aos pés. Meu guarda me encara como se eu fosse um monstro, e talvez eu seja. Se é isso que preciso fazer para que ele enxergue, então que seja. Sem dizer mais nada, ele faz uma reverência e sai do quarto.

Capítulo 9

Finalmente pareço ter convencido Lief, e minha recompensa é que ele se torna o guarda que sempre deveria ter sido.

– Você ouviu alguma novidade sobre Dorin? – Tento restaurar nossa quase amizade com as velhas frases iniciais. Mas Lief fica de costas para mim, transferindo vigorosamente tocos de madeira de uma cesta para uma pilha de lenha ao lado da minha pequena lareira.

– O estado dele continua o mesmo. Estão fazendo tudo que podem, milady.

– Ele me mandou alguma mensagem?

– Não, milady.

– Peça para as criadas enviarem os meus votos de melhoras para ele. Peça para avisarem que estou perguntando por ele.

– Sim, milady. Isso é tudo?

Ele se vira e me lança um olhar inexpressivo. Eu confirmo com a cabeça, me encolhendo quando ele fecha a porta ao sair.

Isso dói. E o pior é que me sinto uma hipócrita por ter mandado ele controlar sua fúria. Sinto raiva da minha mãe, da rainha, de Dorin e de Tyrek. Tenho raiva de mim mesma. E, às vezes, até dos Deuses, porque não consigo sentir a presença deles quando estou presa neste quarto, e preciso deles. O que querem de mim? O que esperam que eu aprenda com isso?

– Nosso papel não é questionar – disse minha mãe certa vez. – Dæg dá a vida onde julga ser válido, e Næht, em sua infinita inveja, a leva segundo seu discernimento. Eles são os únicos que conhecem os segredos do equilíbrio no qual vivemos. É um círculo perfeito. Não cabe a nós compreender suas decisões, apenas aceitar a vontade dos Deuses.

Já pedi diversas vezes o perdão deles pela raiva que sinto, mas suspeito que Lief não vá ser o único a ter uma Devoração com pimenta-da-guiné. Mas, embora isso doa em mim, ele precisava entender como a corte funciona. Não vou matar outro amigo. Eu não sobreviveria a isso.

Estou no meu quarto cantando "A Balada de Lormere" enquanto me visto. Minha voz soa forçada, e a fumaça preta que entra pela janela não ajuda. Outra pira funerária. Não sei para quem, nem por que a pessoa morreu, mas espero que ela tenha mais paz agora do que tenho visto ultimamente. Quando ouço uma batida na porta, espero que seja Lief, mas não é. Há um guarda estranho na porta, com o rosto pálido e com os lábios curvados formando uma expressão de asco, e me informa que a rainha o ordenou vir me buscar e me acompanhar até ela. Dentro de mim, cresce a esperança de que ela tenha me designado este novo guarda, e que signifique que estou prestes a recuperar minha liberdade, mas, pelo seu olhar, sei que estou errada. Parece que a rainha dizia a verdade quando comentou que ninguém mais queria ser meu guarda. O que será que este homem fez? Ou com o que será que foi ameaçado para ter o azar de servir como meu guarda hoje? De repente, noto que ele está sozinho e entro em pânico. É por isso que fui convocada pela rainha: Lief também renunciou ao cargo. Ele me abandonou aqui. Eu o pressionei demais, eu o perdi.

– Onde está meu outro guarda? – pergunto, trêmula.

– Aqui – grita ele, subindo depressa os últimos degraus da escada. – Perdão, eu estava afiando minha espada.

Meu alívio ao vê-lo ali me surpreende.

Seguimos pelos corredores, em silêncio, mas não em paz. Os corredores fedem a carne queimada da pira, um odor terrivelmente parecido com o de churrasco de porco. Há alguma coisa no ar, algo pungente, que atravessa o fedor da cremação, formando um cheiro próprio. O sol está brilhando, iluminando a poeira que meu vestido levanta dos carpetes, e o céu está limpo, mas o castelo parece prender a respiração.

Automaticamente eu me viro na direção da longa galeria, mas o guarda da rainha não faz o mesmo. Tudo acontece tão depressa que não tenho tempo de parar. Mas Lief age rápido, mais rápido do que qualquer um de nós dois, e empurra o guarda, que estava a uma unha de distância de mim, para o lado. Eu me choco contra a parede, pasma, expulsando o ar dos meus pulmões. O guarda saca a espada, apontando-a raivosamente para Lief, cujo rosto está cheio de ódio.

– Como se atreve... – É tudo o que o guarda consegue falar antes que Lief responda.

– Seu idiota – resmunga. – Você quer morrer?

Com um olhar de terror, o guarda embainha sua espada, mas Lief ainda não terminou sua bronca. Com os punhos cerrados e os braços tremendo, se esforça para não atacá-lo.

– Que tipo de idiota não sabe acompanhar uma lady, especialmente esta lady? Para irmos até a torre sul, onde fica o solar real, precisamos virar para o sul. Seu erro teria custado sua vida, se eu não tivesse salvado você. Estaria no chão, tremendo, com o nariz sangrando, morrendo como uma ratazana envenenada.

O guarda olha de um lado para outro, para Lief e para mim. Meus punhos estão cerrados ao lado do corpo. Estou morrendo de medo, e não consigo recuperar o fôlego. Foi tão rápido que nem percebi o que estava acontecendo.

– Perdão. – A voz do guarda vacila.

– Por que não virou? – pergunta Lief.

O guarda balança a cabeça outra vez.

– Eu... Nós não vamos para o solar real hoje. Vamos para o Salão Nobre.

– Por quê? – Encontro minha voz, apesar da tensão na minha garganta. – Pensei que tivesse dito que a rainha queria me ver.

– E ela quer, milady. No Salão Nobre. Toda a corte está lá.

– Por quê? – questiona Lief. – Por que não disse isso antes?

– Achei que vocês soubessem – diz o guarda, encarando Lief, que balança a cabeça, confuso. – Há um julgamento em andamento. Uma das ladies foi acusada de traição.

Sinto um frio na barriga, e olho para Lief. Ele me encara de volta, e toda a formalidade se esvai dos seus olhos. Ficamos nos encarando durante muito tempo, os dois confusos, com medo. Em seguida, ele balança a cabeça, assumindo o controle da situação e se posicionando outra vez à minha esquerda.

– É melhor irmos, então – diz ele sombriamente, esperando que o outro guarda assuma seu posto à minha direita, mas ele passa a manter uma distância constrangedora de nós, ainda mais se comparada à proximidade de Lief. Eu me dou conta de que, embora Merek possa encostar em mim e não se machucar, ele se esforça muito para nunca se aproximar demais ou correr o risco de contato. Lief, por sua vez, chega perigosamente perto, às vezes deixando apenas dois ou cinco centímetros entre nós.

Fico ainda mais chocada ao perceber que gosto disso.

*

As mesas compridas do Salão Nobre foram afastadas, e a lareira está apagada. A corte se senta em bancos, fileira após fileira de rostos pálidos e rígidos, todos voltados para o estrado, onde o rei, a rainha e o príncipe se acomodam em cadeiras intricadamente entalhadas. Eles conversam entre si, e eu os observo, enquanto procuro um lugar para me sentar. O rei parece irritado. Está conversando com a rainha, que não para de balançar a cabeça. Por fim, o rei desvia bruscamente o olhar, e ela o encara, depois olha para Merek, que também se vira para o outro lado.

Lief e o outro guarda caminham até o fundo do salão e se posicionam lá. Uma fileira de camareiras, pajens, cozinheiros e criados da cozinha ladeia a parede do lado direito do salão. Vejo Rulf, e minha pele formiga de culpa. O castelo inteiro está aqui para testemunhar o julgamento.

Enquanto ando até meu lugar, Merek olha para mim e franze as sobrancelhas. Ele se inclina para perto da rainha, fala alguma coisa e ela balança a cabeça. À esquerda dela, o rei se aproxima outra vez e também fala com urgência. Mas a rainha balança a cabeça de novo, e os dois homens se sentam novamente em suas cadeiras. O rei morde o próprio lábio e parece mais irritado do que nunca. Merek olha para mim outra vez, dá de ombros sutilmente, e os abaixa antes de desviar o olhar. A rainha é a próxima a me procurar com o olhar, e eu me sento depressa, perto do fundo, em um banco ao lado de Lady Shasta.

Ela fica vermelha ao me ver e desliza pelo banco, embora coubessem seis de mim no espaço entre nós. Fecho os olhos quando ela agarra o cotovelo do seu marido e ele abraça sua cintura de maneira protetora. Quem quer que esteja sendo julgado, está aqui por traição. E, para esse tipo de crime, a carrasca sou eu. Depois da próxima Narração, dentro de duas semanas, vou matar um dos nossos.

Quando abro os olhos novamente, a rainha está de pé, encarando a todos nós de cima, e não sou a única com os ombros caídos e o olhar baixo. Depois de completar sua revista do salão, ela olha para o lado e assente. A porta é escancarada e uma mulher trêmula é arrastada para dentro, chorando baixinho. De ambos os lados, dois guardas se esforçam para controlar cães presos por grossas correntes.

Todos estremecemos juntos. Lady Shasta arqueja e noto os nós dos dedos da mão do seu marido esbranquiçarem quando ele a agarra com mais força. É Lady Lorelle.

Os olhos da pobre Lorelle parecem cavidades negras em seu rosto. As mãos estão cerradas diante do corpo, como se ela estivesse implorando à rainha. Ela não está atada, afinal, com os cães ali, nem precisam atá-la. Procuro seu marido, Lorde Lammos, em meio à multidão, mas não o encontro. Ele deve estar em algum lugar, a corte inteira está aqui. Mas nem seu amor será suficiente para que ele arrisque atiçar a ira da rainha.

A acusada é posicionada na frente da rainha, que a encara do alto sem qualquer piedade, ou reconhecimento de sua suposta amiga, e todos prendemos a respiração, esperando as acusações.

E então a rainha fala:

– Você foi trazida diante de mim sob a acusação de traição contra a coroa de Lormere. Se for considerada culpada, receberá a sentença de pena de morte, e não haverá Devoração por sua alma.

Lorelle geme de um jeito terrível, e um dos cachorros rosna, um som gutural e assustador. Olho para Merek, mas ele encara a mesa, assim como o rei.

– Eu a considero culpada – afirma a rainha suavemente, como uma menina sussurrando seus segredos para a melhor amiga.

Um tremor atravessa a multidão como uma doença, passando pelos bancos, da frente do salão até onde estou sentada, e sinto meu estômago embrulhar. Um som atrás de mim me faz olhar para o lado, e lá está Lief, parado ali perto, com a mão no punho da espada, flexionando os dedos.

Quando a rainha volta a falar, fixo os olhos para a frente, com medo de que os movimentos de Lief atraiam a atenção dela para mim e a lembrem que sua carrasca está sentada ali no salão. Mas toda a atenção dela está voltada para a antiga amiga, que treme sob o peso de acusações abomináveis demais para serem nomeadas.

– Você foi considerada culpada por traição, e por isso a condeno a uma morte de traidora. Na próxima...

– Helewys, por favor! – grita Lady Lorelle. – Nós crescemos juntas. Não fiz nada de errado... Achei que eu era velha demais... Eu não sabia...

– Na próxima Narração – continua a rainha, aumentando o tom de voz para abafar os apelos da mulher –, você será levada para a Sala Matinal, onde, por seus crimes contra o trono de Lormere, terá sua vida tomada. Que os Deuses tenham piedade da sua alma.

– Não – diz uma voz com firmeza.

Todos nós olhamos ao redor, para ver quem se pronunciou, e então, chocada, noto que foi o rei.

– Não, Helewys – diz o rei mais uma vez, se levantando, e todos os olhos do salão se voltam para ele.

Merek encara o padrasto, com uma expressão indecifrável, e a rainha também observa o marido.

– Como se atreve? – sussurra ela, mas as paredes de pedra carregam sua voz, e todo mundo escuta. – Como se atreve a me contradizer?

– Isso não é traição, Helewys – afirma o rei. – É uma dádiva dos Deuses.

A rainha e o rei se entreolham, e então me dou conta de qual foi o suposto crime de Lorelle. Ela está grávida. Ela e Lorde Lammos vão ter um filho. Alianor foi a última criança que nasceu nesta corte e, desde sua morte, ninguém mais ousou gerar filhos. Não enquanto a rainha também não fizesse isso. Tem sido um pacto tácito entre as ladies da corte: se a rainha não pode engravidar, elas também não podem.

E, por esse motivo, ela quer que eu acabe tanto com a vida da Lady Lorelle quanto com a do bebê. Eu nunca poderia... Isso, não. Eu não poderia tomar a vida de um nascituro.

– Pois estou afirmando que é traição e a condeno à morte – insiste a rainha.

– Então, eu a perdoo. Lady Lorelle, você tem meu perdão – diz o rei, com firmeza, e não consigo desviar os olhos deles.

A rainha está muito vermelha, e os ombros do rei sobem e descem com rapidez, como se ele estivesse correndo. Eu jamais apostaria que isso aconteceria, e, considerando as expressões boquiabertas das pessoas no salão, percebo que todos concordariam comigo.

– Você não pode... – começa a rainha.

– Posso, sim. Eu sou o rei – interrompe ele. Em seguida, se ajoelha diante da rainha.

O choque me faz suspirar alto, e vejo que todas as outras pessoas no salão também titubeiam. Pelo que eu saiba, isso não costuma mais acontecer, mas é um velho costume que a rainha interceda ao rei e implore por clemência pelos condenados. Mas um rei nunca tinha se ajoelhado diante de uma rainha. Estamos testemunhando um momento histórico: um rei implorando para uma rainha.

Ele encara sua mulher e estende os braços para os dois lados.

– Por favor, Helewys, eu suplico: poupe a vida dela.

– Você ousa se colocar contra mim? – pergunta ela, com um tom genuíno de curiosidade.

– Neste caso, sim. – Ele acena com a cabeça. – Eu me recuso a sancionar a morte de uma mulher pelo crime de gravidez.

A rainha o encara, e, com o rosto retorcido por um asco absoluto, passa marchando pela porta real e entra no corredor que leva ao seu solar. O rei se levanta devagar e se volta para o salão.

– Levem os cachorros embora – ordena ele ao Mestre dos Cães, que hesita e olha para a porta por onde a rainha acabou de sair, antes de obedecer. O rei então encara Lady Lorelle, que está aos prantos, finalmente nos braços do marido. – Lorde Lammos, por favor, tire Lady Lorelle do castelo. Esta noite. Vamos disponibilizar cavalos para que voltem para seu salão em Haga.

Lorde Lammos balbucia um agradecimento e Lorelle soluça, agarrando o marido com as mãos trêmulas. Os dois saem do salão, com os braços entrelaçados.

O rei ignora a surpresa da corte e segue a rainha para fora do Salão Nobre, com os ombros caídos devido ao cansaço, mas ao passar segura o braço de Merek. Os olhos do príncipe encontram os meus quando ele se levanta, e ele ergue as sobrancelhas uma vez, antes de seguir o padrasto e a mãe para fora do salão.

Assim que a porta se fecha atrás dele, os múrmuros começam.

Lief se agacha atrás de mim, sussurrando com urgência:

– Milady, se me permite, acho melhor sairmos daqui imediatamente.

Assinto, completamente embasbacada, e me levanto para seguir meu guarda. O rei a confrontou. E saiu vitorioso. Olho para Lief para tentar compreender o que ele está pensando, e seus olhos estão brilhantes e agitados enquanto caminhamos. Seus passos são ligeiros, e me esforço para acompanhá-lo.

– O outro guarda – começo a dizer, mas ele me interrompe.

– Esqueça ele. Não importa agora. Vire à esquerda.

Paro.

– Para onde estamos indo?

– Ver Dorin. Enquanto ainda temos essa chance.

– Nós não podemos...

– O outro guarda provavelmente não vai contar para a rainha que perdeu você de vista, não é? Se quiser vê-lo, esta é sua melhor chance.

Eu o encaro, considerando a oferta, antes de concordar com a cabeça.

– Precisamos correr – digo.

Quando chegamos nas entranhas do castelo, ele para, fechando a porta do vão da escada atrás de nós.

– Espere. Eu lhe devo um pedido de desculpa. Mais um. Este não é por escrito, então você vai ter que acreditar na minha palavra.

– Agora não, Lief...

– Por favor, eu não... Quero que você entenda por que sou desse jeito. Não estou acostumado a ser um criado, e sim a ser meu próprio mestre. – Ele dá de ombros, olhando para o teto antes de voltar a encarar meus olhos. – Venho de uma fazenda, que eu herdaria algum dia. Mas meu pai morreu de forma inesperada. Com uma mãe e uma irmã mais nova para sustentar, fui obrigado a me virar. Por isso vim parar aqui. Por acaso, você precisava de um novo guarda, e cheguei no dia dos testes. Sei que tenho errado, mas estou tentando, milady. Estou tentando.

Olho para ele, dividida entre o medo e a pena.

– Por que está me contando isso agora?

Ele morde o lábio antes de me responder.

– Porque você merece uma explicação... por ter tido tanta paciência comigo. – Ele dá um sorriso encabulado. – E, se o rei pode ser corajoso, eu também consigo.

– Como assim?

– Ela teria matado aquela mulher se ele não tivesse impedido. Ela teria obrigado você a fazer isso. E por quê? Porque ela está grávida. Esse foi o crime que a mulher cometeu contra o trono de Lormere. Ela fez algo que a rainha não é capaz.

Levo a mão à boca, como se eu é que tivesse dito aquilo.

– Lief, você não pode...

– Sei que não posso! Você vive me dizendo isso. E tem razão. Não sei como você aguenta.

– E por que você acha que aguento? – Eu o encaro. – Por que tem tanta certeza de que aguento?

– Você nunca fala sobre isso.

– Não quer dizer que eu não pense sobre o assunto. Passo horas rezando, pedindo para os Deuses me ajudarem a compreender tudo isso.

– Já pensou em pedir para eles fazerem alguma coisa? – pergunta ele, e não sei ao certo se está caçoando de mim.

– O que poderiam fazer?

– Não sei. Talvez queiram que você faça alguma coisa. Se todos vocês se juntassem, então...

– Como em Tregellan – comento, e ele fica pálido. – Acha que devemos começar uma guerra que não temos como vencer? Deveríamos dar um golpe de Estado? Reunir o que restou das nossas forças esparsas, iniciar uma revolta e assassiná-la, junto do rei e do príncipe? Está sugerindo que a resposta para isso é a traição?

– Não – responde ele, depressa. – Não foi o que eu quis dizer. Por que não fazer uma petição e apresentar isso para ela de forma razoável?

– Você realmente acha que as pessoas já não pensaram nisso? Na minha décima quarta colheita, Lorde Grevlas planejava pedir que os cães fossem banidos. Ao que parece, ele recebeu grande apoio popular. Até que tentou convencer o apoiador errado. Não sei quem era, mas a pessoa foi direto à rainha, e todos os outros apoiadores acabaram fazendo o mesmo. Se isso tivesse acontecido um ano mais tarde, eu é que o teria executado.

Lief desvia o olhar de mim, com os punhos cerrados com força, depois exala longamente, abrindo os dedos e me encarando mais uma vez.

– Você não é como eles – afirma devagar.

– Sou o carrasco deles, Lief.

– Porque eles obrigam.

– Isso não importa...

– Para mim, importa – confessa ele baixinho. – Mais do que posso dizer.

Desvio os olhos, porque a intensidade do seu olhar me lembra Merek e faz meu estômago embrulhar.

– Não podemos fazer nada para ajeitar as coisas – diz ele, um instante depois, tão baixo que não sei se era sua intenção falar em voz alta.

– Nada – concordo, e ele fecha os olhos por um breve momento. – Tudo que podemos fazer é ficar calados e fazer nosso melhor. Precisamos agir como fantasmas. É assim que se sobrevive no castelo. Virando um fantasma. Mantendo a cabeça baixa e ficando fora do caminho da rainha.

– Você deveria ir embora.

– Não posso. Você sabe o que eu sou. Tenho veneno nas veias, Lief. A única coisa que o impede de me matar é a vontade dos Deuses. Se eu os desafiasse, se virasse as costas para eles, morreria antes mesmo de sair do castelo. Eles podem perdoar minhas dúvidas porque sou mortal e preciso ser testada, mas nunca me perdoariam se eu fosse embora. E mesmo se eles não me matassem imediatamente, a rainha com certeza faria isso. Você sabe, acabou de presenciar do que ela é capaz. Ela faria o possível para se vingar de mim. Machucaria minha irmã. Machucaria você. Ela te mataria por não me manter segura aqui. E provavelmente me obrigariam a matar você antes de tirar minha vida. Talvez até tivessem razão, porque isso com certeza seria traição, Lief.

– Não ouvi uma única palavra do que você disse – diz ele baixinho. – Não ouvi nada.

Balanço a cabeça e ele me encara, com as sobrancelhas erguidas e a boca contraída.

– Pode ir – diz ele, finalmente. – Vou esperar aqui. Ele está no fundo da sala. Vá visitar Dorin.

Quando passo diante da Sala de Narração, nem sequer consigo olhar para a porta.

A sala está escura, mal iluminada por velas tremeluzindo sob uma panela de cobre que ferve e enche o quarto com um forte odor lenhoso de cipreste. Contudo, tem mais coisa por trás do cheiro: um odor que faz minha pele se retrair. Dorin está deitado em um catre elevado, e, a considerar pelo seu rosto, fica óbvio que está mesmo muito doente, com as feições tensas sob uma pele que parece sebo. A princípio, acho que ele está dormindo, e estou prestes a ir embora para deixá-lo descansar.

– Milady – diz ele, com uma voz grave. – O que está fazendo aqui?

– Oi, Dorin – respondo. – Vim ver como está meu guarda mais confiável.

– Milady, que bom que veio. Desculpe pelo incômodo. Sei que desapontei você.

– Você nunca me desapontou. Como está se sentindo?

– Estou melhorando a cada dia. Garanto que estarei recuperado em alguns dias. Só posso pedir seu perdão por estar aqui.

Ele não parece estar melhorando. Está com a aparência de um cadáver, abatido e inutilizado. Se ele não fosse a única pessoa ali, nem o reconheceria. Que tipo de doença é capaz de reduzir alguém a isto em apenas três semanas?

Sorrio para ele.

– Não duvido – minto. – Mas Lief está se saindo bem. Estou em boas mãos, você não tem o que temer. Tenho rezado por você.

Ele assente, com os olhos palpitando, e noto que está perdendo a consciência.

– Stuan, chega de cerveja por hoje – murmura ele.

– O quê?

Eu o encaro, me perguntando por que esse nome é tão familiar para mim. Então me lembro. Stuan era o guarda que foi embora quando matei Tyrek. Faz mais de duas colheitas que ele não trabalha aqui. Nesse instante reconheço o cheiro sob o odor de cipreste. São lágrimas de papoula. Estão dando lágrimas de papoula para Dorin.

Estou na minha nona colheita, e fomos convocados para ir à prefeitura de Monkham. A mulher do prefeito faleceu, o que era de se esperar, considerando que ela estava em sua octogésima colheita e fazia algum tempo que andava doente. Eu estava animada para visitar a prefeitura, esperando encontrar um pouco do luxo que vira no castelo, mas me deparei com algo completamente diferente. O lugar era escuro e sinistro, e a sala da Devoração tinha um cheiro doce doentio, como algo pútrido. O caixão estava no meio do cômodo, e o prefeito providenciara apenas um tamborete para minha mãe, por isso fiquei em pé ao lado dela, enquanto ela realizava a Devoração. Não era uma grande refeição, mas, bem no centro do caixão, havia um pote de creme, com um ramo de alecrim em cima. Observei minha mãe comer tudo ao redor, sem experimentar sequer uma única colherada do creme. Ela o deixou para o fim, evitando-o até que tivesse limpado o restante do caixão. E, então, para minha surpresa, ela se dirigiu a mim.

– Você sabe o que é isto? – perguntou.

Confirmei com a cabeça, assustada demais para responder. Ela nunca tinha falado durante uma Devoração. Antes daquele momento, ela só explicara suas ações depois de termos voltado para o quarto dela, enquanto eu respirava pela boca para evitar o cheiro de jasmim. Mas jamais durante a Devoração.

– Não é creme fresco, Twylla – disse ela. – É creme azedo.

Franzi a testa.

– Por que eles ofereceram creme azedo?

– Porque esta mulher perdeu um filho – respondeu minha mãe.

Balancei a cabeça, sem entender. Perder um filho não era um pecado. Todo mundo sabia que os Deuses podiam levar quem bem entendessem, e que, às vezes, convocavam um bebê nascituro ao Reino Eterno.

Os Devoradores de Pecados têm acesso a todos os segredos dos mortos. Sabemos cada pecado que a pessoa cometeu por causa do banquete, e, a partir de então, podemos reconstruir sua vida e o tipo de pessoa que ela foi. Eu já tinha visto minha mãe Devorar ovos cozidos por causa de ladrões e fígado de cavalo cozido por causa de ranzinzas e rabugentos. Mas eu nunca tinha visto creme azedo sobre um caixão.

– Perder um filho não é pecado – argumentei.

– É um pecado consumir as ervas que levam a mulher a perder o filho – disse minha mãe, com a voz tensa. – Poejo, erva-dos-carpinteiros, cohosh azul... alecrim. É para isso que serve o creme azedo. O leite da vida estragado. Næht é a única que pode decidir a hora de alguém, nenhum homem ou mulher deveria fazer isso.

Encarei o caixão, ainda um pouco jovem demais para compreender, e minha mãe se levantou e largou o pote em cima do caixão sem pronunciar as palavras de encerramento da Devoração. Eu estava prestes a segui-la, quando a mão de alguém agarrou meu pulso.

De um canto escuro, se assomou um rosto cadavérico e coriáceo, com a boca e o nariz lesionados. Seus olhos eram pretos, e não vi íris alguma dentro deles, não vi razão alguma dentro deles. O homem agarrava meu pulso com dedos surpreendentemente fortes, compostos de ossos cobertos por uma pele fina. E tinha um cheiro forte e adocicado.

– Ela não está lá – disse ele, acumulando saliva nos cantos da boca ao pronunciar palavras indistintas. – Ela é uma bruxa. Precisam queimá-la, ou ela vai retornar. Ela assassinou um bebê. Disse não, não, não, mas coloquei um bebê dentro dela mesmo assim, e ela o fez desaparecer magicamente.

Gritei, e o prefeito correu para dentro da sala, minha mãe vindo logo atrás.

– Largue a menina, papai – disse ele para o velho, que não me soltou, apenas me agarrou com mais força.

– Ela é uma bruxa! – urrou ele, e em seguida soltou meu pulso.

O homem desmoronou no chão, e o prefeito me empurrou para fora da sala.

– Ele tem tumores – comentou ele com a minha mãe, torcendo as mãos pesarosamente. – Nós o medicamos com lágrimas de papoula para atenuar a dor. Ele não sabe o que diz, mas queria estar presente, para se despedir. Achei que ficaria quieto. Perdão, Madame Devoradora.

Minha mãe me encarou.

– O que ele disse?

– Disse que... que ela falou não, mas que mesmo assim ele colocou um bebê dentro dela. E que ela é uma bruxa – contei, com a voz trêmula.

Minha mãe olhou o prefeito de cima a baixo, como se o estivesse interpretando da mesma maneira que faz com a comida durante a Devoração. Depois, passou marchando por ele e entrou novamente na sala da Devoração. Voltou com o pote de creme azedo nas mãos e a observamos despejar o conteúdo goela abaixo, largando o pote no chão em seguida, onde ele se despedaçou.

– Agora vos ofereço alívio e descanso, cara dama. Não desças por alamedas ou por nossos prados. E, pela vossa paz, penhoro minha própria alma. – Ela cuspiu as palavras, mantendo o tempo inteiro os olhos fixos no prefeito. – Espero encontrar olhos de touro na Devoração do seu pai – avisou ela, e o prefeito arquejou. – Mas eu não os Devorarei. Não assumirei esse pecado.

Ele estendeu a moeda de prata para minha mãe, mas ela não aceitou. Foi a única vez que fez isso.

– Milady, temos que ir – disse Lief, me trazendo de volta ao presente, por mais que eu ainda conseguisse sentir a mão do velho no meu braço. – Milady?

Ele espia pela porta. Ao ver meu rosto, tira metade da espada da bainha.

– Estou bem, Lief – digo, com a voz trêmula. – Eu só...

Ele olha para Dorin, com a mandíbula frouxa, desfalecido sobre o catre.

– Espere do lado de fora, milady. Vou tentar deixá-lo mais confortável.

Assinto, agradecida por sair dali, respirando fundo o ar limpo e me apoiando nas paredes úmidas de pedra. Lágrimas de papoula. Crianças perdidas e monstros na escuridão. O pecado que minha mãe se recusou a assumir. Estremeço, tentando afastar aquela lembrança.

Ao olhar novamente para dentro do quarto, encontro Lief movendo a cabeça de Dorin com mãos experientes e gestos hábeis e delicados, e me pergunto como foi que o pai dele morreu.

Capítulo 10

– O que nós faremos hoje, milady?

Olho para fora da janela, com os pensamentos vagando entre Dorin, o rei, a rainha e o próprio Lief, até que sua pergunta me deixa aturdida.

– Nós? – questiono.

– Não quero me exceder, mas pensei... nós dois estamos aqui, e parece tolice não usufruirmos da companhia um do outro. Não que eu esteja na posição de usufruir da sua companhia. Mas... se você quiser a minha, estou aqui.

– Bem... – abro um sorriso meigo – ... eu havia planejado rezar.

– Ah. – Sua expressão esmorece. – Vou deixar você rezar em paz, então. Mas cuidado para não exagerar na dose de orações.

– Você não acredita nos Deuses, não é, Lief? – Revelo uma suspeita que venho alimentando há algum tempo.

Ele me encara antes de balançar a cabeça.

– Na verdade, não, milady.

– Existem muitos tregellianos que não acreditam neles?

Ele dá de ombros.

– Não é como aqui, se é isso que quer dizer. Mas Tregellan é governada por um conselho, não por uma monarquia. Valorizamos muito a ciência e a medicina, então não sobra muito espaço para os Deuses.

– Não sobra? Vocês não conseguem enxergar a vida que Dæg traz por meio das ciências e medicinas?

– Enxergo o trabalho dos homens nas nossas ciências, milady. E os Deuses nunca atenderam sequer uma oração minha – diz ele amargamente, antes de balançar a cabeça. – Perdão, milady. Eu não deveria falar assim.

– Não – digo, antes que consiga me deter. Lief me encara, com os olhos arregalados. – Você pode ter sua opinião. Apenas tome cuidado com quem e onde a expressa.

– Aqui é seguro? – pergunta Lief.

Confirmo com a cabeça.

– Com você, é seguro?

Confirmo de novo.

– Por mais que você seja a encarnação de uma Deusa?

– Daunen não é uma Deusa – respondo. – Ela é a filha dos Deuses, mas não é uma Deusa.

Ele dá ligeiramente de ombros, depois sorri.

– Talvez seja por isso que eu goste mais dela.

Quando eu morava com minha mãe, minha irmã e eu montamos uma toca no quintal, escavando o interior de um arbusto, quebrando cuidadosamente os galhos para construir um espaço ali dentro. Quando nossos irmãos iam ao mercado e enquanto nossa mãe descansava, engatinhávamos para dentro da toca, escondendo nossos tesouros entre as folhas e contando histórias. Ninguém mais sabia da existência da nossa toca, era um local só nosso. Um espaço seguro.

Agora, meu quarto também é assim, uma toca onde Lief e eu podemos nos esconder e compartilhar histórias. Conversamos sobre nossa infância, relatando casos sobre delitos, tropeços e sobre os povos dos nossos vilarejos. Quando ele pergunta, conto como vim parar no castelo, e ele fica impressionado, como era de se esperar.

– Talvez eu devesse descobrir como começar a me dedicar a um Deus.

– Você precisaria acreditar neles primeiro.

Sorrio.

– Eu poderia aprender a fazer isso.

Ele sorri de volta.

– Você sabe cantar?

Ele se levanta e estica o corpo, depois posiciona a mão sobre o coração.

– *Sob a sombra da serra, Lormere se estende. A mais abençoada entre as terras do ocidente. Em meio à neve e ao gelo, ela persevera. Uma terra soberana, de era em era.*

Ele canta tão mal que não consigo conter o sorriso.

– O que achou? – pergunta ele, ao terminar de cantar.

– Como cantor, você é um ótimo guarda, Lief.

– Assim você me magoa, milady. – Ele funga, fazendo beicinho, e depois sorri. – Mas confesso que não me agradaria ser envenenado uma vez a cada lua.

Respondo com delicadeza:

– Daunen é filha de dois Deuses. Um dá e outro toma. É por causa de Næht que preciso tomar a vida, como ela fez quando tomou os céus de Dæg.

Ele balança a cabeça, parecendo pensativo, antes de falar:

– O que você faria se não fosse a Daunen Encarnada e não estivesse prometida ao príncipe?

– Eu seria a próxima Devoradora de Pecados.

– Não, milady. – Ele suspira. – Quero dizer... o que você faria se não tivesse o destino determinado? O que deseja para sua vida?

Fecho os olhos, repassando mentalmente minha vida. Nunca pensei em não ter um destino. Sempre tive um. Da última vez que desejei algo que nunca imaginei que teria, vim parar aqui. Digo a ele que não sei o que as pessoas fazem quando são livres.

– O que quer dizer com "livres"? – pergunta ele.

– Como você. Pode ir aonde quiser e fazer o que bem entender.

– Não sou livre, milady – diz ele lentamente. – Tenho tanta liberdade para perambular por aí quanto você. Você pensa em ter escolhas da mesma forma que as pessoas pensam em voar. Elas veem um falcão planando e pairando e se convencem de que seria legal voar. Mas pombos também sabem voar, assim como pardais. Só que ninguém imagina ser um pardal. Ninguém quer isso.

Lief me encara com tanta tristeza nos olhos que eu fico sem ar. Quero estender o braço e tocar em seu rosto para mudar sua expressão.

Ele se levanta e desvia o olhar.

– Vou conferir se já trouxeram seu jantar.

Com uma clareza repentina e horrível, me dou conta de que um dia Lief irá embora. Independentemente do que ele pensa sobre liberdade, ele pode ir a hora que quiser. Eu não, vou continuar aqui no castelo para sempre. Já traçaram toda a minha vida. Nem sequer terei a liberdade de um pardal.

Só noto que lágrimas caíram dos meus olhos quando Lief volta. Ele arqueja e isso basta para me trazer de volta à realidade. Eu me viro, secando as bochechas, enquanto ele coloca a bandeja ruidosamente em cima da mesa e se agacha diante dos meus pés.

– Milady?

– Estou bem, Lief.

– Fui eu? Foi o que eu disse? Posso pegar alguma coisa para você? Mandar entregar alguma coisa?

– Não. Espere, pode, sim. Pode trazer um pouco de vinho? – digo, ignorando o movimento da sua sobrancelha. – Vinho de mel, por favor. Só um pouco.

– É para já.

Ele assente e sai apressado do quarto. Volta logo em seguida, com uma pequena garrafa e uma taça em uma bandeja de prata. Ele serve minha taça e a coloca em cima da escrivaninha diante de mim. Na verdade, não quero vinho, mas não consigo pensar em outra coisa que diminua a melancolia que estou sentindo. O vinho é doce e morno, mas de nada adianta. Não sei o que há de errado comigo.

Ele se senta na minha frente no chão, me encarando com uma expressão excepcionalmente séria.

– Não quero deixar você ainda mais chateada, mas a criada que buscou o vinho também trouxe notícias sobre Dorin. E não são boas – diz ele depressa, antes que eu consiga interrompê-lo. – Ele adormeceu. Não vai acordar. Os curandeiros acreditam que não há nada a ser feito, mas o príncipe acha que estão errados. Ele insiste que chamem um médico. Um médico tregelliano.

– Um médico tregelliano? Aqui?

Sinto alívio e medo ao mesmo tempo. Será que Merek realmente faria isso por um simples guarda? Uma voz cruel dentro da minha cabeça sussurra que essa é a oportunidade perfeita para Merek trazer a tão desejada medicina tregelliana para Lormere, mas afasto esse pensamento, tentando me concentrar no que Lief está dizendo.

– Parece que o príncipe ordenou que os curandeiros chamem um médico. Isso causou alvoroço entre eles. Não sei o que os incomoda mais: a vinda de um médico ou o fato de que será um tregelliano. – Sua expressão fica sombria, depois se ilumina – Perdão, estou sendo idiota. Agora não é a hora.

– Será que um médico é capaz de curar Dorin?

– Pode ser a última esperança. Dei uma olhada dentro do quarto dele. Sacudir um incensário sobre seu corpo de nada vai adiantar. Ele precisa de um diagnóstico adequado, e não esse papo de humores desequilibrados. Se conseguirem descobrir o que há de errado, talvez pelo menos ele tenha a chance de receber o tratamento correto e se recuperar.

Mais uma vez ele fala como se entendesse de cura, e me lembro de suas mãos sobre Dorin, firmes e hábeis. Ele disse que foi criado para ser agricultor, mas com certeza nenhum agricultor entende tanto de plantas e de suas propriedades. Por enquanto, engulo minhas questões, encarando minhas mãos e concentrando a mente em outro problema.

– Espero que minha mãe não descubra que estão chamando um médico – digo baixinho.

– O que sua mãe tem a ver com isso?

Mantenho os olhos fixos nas minhas mãos enquanto tento encontrar as palavras para explicar a ele. Sei que Lief vai querer a explicação completa, e não tenho certeza se posso revelar tudo, mesmo agora.

– Ela não concorda com a medicina. Acredita que se Næht marcou alguém, é um erro interferir.

– Interferir? Você quer dizer curar a pessoa?

– Desfazer a vontade dos Deuses. Certa cura é permitida, como as ervas e as orações, mas isso vai longe demais... Ela acha errado tomar alguém das mãos dos Deuses. E é isso que os médicos fazem. Usam métodos não naturais. Ela vai exigir pelo menos algum equilíbrio, ou não vai realizar a Devoração se ele morrer mesmo.

– Equilíbrio?

Suspiro.

– Quando alguém está muito doente, outra morte pode ser oferecida a Næht para tentar aplacá-la, para que ela não leve a vida da pessoa moribunda. Um sacrifício pode ser realizado, geralmente de uma ovelha ou de um porco. – *Ou de uma cabra*, digo a mim mesma. – Se Næht ficar satisfeita, vai poupar a vida da pessoa doente, minha mãe aceitará a vontade dela e não castigará a alma do sobrevivente.

– Não entendo o que isso tem a ver com cura.

– Médicos acorrentam a alma com suas curas, mantendo-a aqui, quando ela deveria ter ido para Næht.

– Mas como podemos afirmar que a vontade de Næht não é que a pessoa seja curada? – pergunta Lief.

– Você não entende – respondo, me virando para ele e sentindo um princípio de dor de cabeça atrás dos olhos.

– Perdão, milady. Fui grosseiro. Então, quando este curandeiro chegar, vamos matar uma ovelha, e, se sua Deusa aceitar o sacrifício, Dorin vai melhorar? É assim que funciona?

Assinto, sem querer pensar sobre isso, ou lembrar.

– Está bem. Então é o que vamos fazer. Isso vai deixar sua mãe satisfeita?

Dou de ombros.

– Já deixou, no passado. Desde que, quando abaterem o animal, mandem um corte para ela.

– Isso acontece com muita frequência?

– Não, não muita. Poucas famílias podem se dar o luxo de perder um animal, mesmo que isso custe a vida de um ente querido.

– Quando foi a última vez que aconteceu?

Desvio o olhar. Pelo que sei, a última vez foi para minha irmã, e não aconteceu da maneira que descrevi para Lief. Havia dias que Maryl estava com febre, e, apesar de todas as compressas frias, a temperatura não baixava. Não conseguíamos fazer com que ela bebesse líquido algum. Seus ossos pareciam pequenos nas minhas mãos, e nós a estávamos perdendo. Minha mãe, como uma fiel serva de Næht, encolheu os ombros quando comecei a chorar.

– Se Næht quer levá-la, será dela.

– Não podemos fazer nada?

– Não devemos fazer nada. É a vontade de Næht.

Então minha mãe se afastou, se preparando para a Devoração, me deixando para trás com Maryl, assim que ela morreu. Reuni toda a minha coragem e fui atrás da mulher em Monkham, para quem implorei por matricária e casca de salgueiro. Aterrei tudo isso, fervi e alimentei minha irmãzinha, gota por gota, até ela ficar boa e lúcida de novo. Quando minha mãe voltou, falei para ela que tinha sido um milagre.

– Næht não a queria, no fim das contas – falei, incapaz de olhar nos olhos da minha mãe.

Jantamos cabra assada naquela noite, um prato raro preparado por minha própria mãe. Achei que fosse uma celebração e engoli tudo. Uma hora depois, vomitei a comida inteira no viveiro de cabras ao lado da nossa casa. Penny era minha preferida, minha querida. Ela costumava mordiscar delicadamente minhas saias e enfiar o focinho peludo dentro dos meus bolsos. Ela vinha até mim quando eu chamava.

Mas não perdi minha irmã, e Næht ganhou seu sacrifício. Afasto a ideia de que o objetivo do sacrifício é apenas aplacá-la por um tempo, e de que não sei quanto mais foi comprado para minha irmã.

– A última vez foi há muito tempo – digo. – Como falei, não é uma prática muito comum. Poucos podem se dar o luxo de perder o carneiro de uma lua ou um cordeiro.

Ele balança a cabeça e suspira.

– Curar as pessoas não é pecado, nem ajudá-las. Não é uma afronta aos Deuses. Como pode ser, se as plantas usadas pelos médicos crescem da terra e o conhecimento vem das pessoas que os Deuses supostamente criaram? Ontem mesmo eu estava conversando com Dimia sobre isso.

– Quem é Dimia?

– A criada que traz sua comida. Ela trouxe seu vinho para mim. E vem trazendo notícias de Dorin para você. Ela...

– É muita gentileza dela – interrompo.

Lief me olha com curiosidade, antes de continuar:

– Ela vem conferindo o estado de saúde dele e me mantendo informado. E juro que os médicos tregellianos são os melhores. Se tem alguém que pode fazer algo por ele, são eles... Depois sacrificaremos uma ovelha para Næht com o intuito de equilibrar as coisas, se for preciso. Milady, não acha que vale a pena fazer isso por Dorin?

Eu o encaro.

– Ele vai morrer, não vai? Sem esse tal médico?

Lief confirma com a cabeça.

– Não podem ajudá-lo se não sabem o que ele tem.

Eu me lembro da magreza dele, do cheiro de cipreste, do seu delírio. Ele mal parecia vivo.

– Mas tenho rezado tanto para os Deuses. Sou dedicada à filha deles, ungida em seu nome.

Lief nota o pânico na minha voz e se ajoelha, se inclinando por cima de mim para encher minha taça. Ao retornar, ele faz uma pausa com o rosto próximo ao meu, e sinto uma dor estranha no estômago.

– Não tem nada definido por enquanto – diz ele. – Tudo depende do médico.

Eu me viro para erguer a taça, e, quando o encaro de volta, ele está aos meus pés, a uma distância segura outra vez.

– De qualquer maneira, isso vai ser o fim para nós – diz ele baixinho.

– Como assim? Você está indo embora? – O pânico retorna, e minha voz sai aguda.

– Não, não – responde ele depressa. – Vou ficar aqui com você. Mas esse... tempo que passamos juntos vai ter que acabar. Caso Dorin volte ou outra pessoa seja designada para ser seu guarda. Não sou um idiota completo. Sei que não deveríamos estar fazendo isso. Sei que não pode continuar.

Ele franze a testa, e tomo mais vinho, entendendo por que Merek gosta tanto disso, do entorpecimento que a bebida oferece.

– Não posso pensar sobre isso agora, Lief. Preciso pensar em Dorin. Se eu rezar com mais afinco, se eu pudesse visitar meu templo. Não tenho como rezar aqui, não é certo – balbucio, mas já imagino perder Lief, voltar ao que era antes, com ele do lado de fora da porta, e não aqui dentro comigo. Sem conversas, sem piadas. Sem perguntas. Apenas meu guarda. – O que podemos fazer? – murmuro.

– Só consigo pensar numa coisa: perguntar para a rainha se ela permitiria que eu fosse seu único guarda. Assim, você poderia visitar seu templo, e Dorin.

– E se ele voltar?

Por um momento breve e desvairado, imagino nós três rindo juntos no meu quarto.

– Vamos lidar com isso, caso aconteça – diz Lief. Pelo tom de voz, percebo que ele não acredita que essa seja uma possibilidade.

– Ela nunca vai permitir uma coisa dessas – afirmo, afastando a confusão da cabeça. – Você sabe o que ela disse, que não confiaria em nenhum guarda sozinho para me manter segura.

– Então, não vamos perguntar para ela. Vamos perguntar para o príncipe.

– Merek? Por que acha que ele nos ajudaria?

– Porque você está prometida em casamento para ele. Porque ele já demonstrou interesse no seu bem-estar, e não é saudável ficar entocada aqui. Ele sabe como você valoriza seu templo e o tempo que passa lá. E ele sabe como é ficar isolado.

– Você ouviu nossa conversa durante o jantar! – acuso.

– Não pude evitar, milady. Eu precisava ficar perto o bastante para ouvir quando ele me chamasse. Posso ser invisível, mas tenho ouvidos.

Balanço a cabeça para ele.

– A rainha vai odiar se passarmos por cima dela.

– Mas você acha que ela vai negar um pedido de Merek? Afinal, ela permitiu que você saísse do quarto com ele, sem um guarda. Está permitindo que ele traga um médico tregelliano para o seu guarda. Se disser que é isso que ele quer, acha que ela negaria?

– Todos os tregellianos são tão astutos quanto você?

– Não sou astuto, milady. Juro. Só sou bom em enxergar maneiras de superar os obstáculos.

Ele me encara com olhos maiores do que de costume e meu coração acelera. Isso resolveria todos os meus problemas atuais. Eu poderia sair do quarto, mas ainda ter meu... tempo com Lief. Posso lidar com Dorin se, ou quando, ele voltar. Não faria mal a ninguém.

– Pode mandar um recado para o príncipe? – peço lentamente. – Diga que tenho pensado nele, e que agradeço por estar tentando ajudar Dorin. Peça que ele mande alguém ao meu templo rezar por mim, porque estou isolada no meu quarto. – Penso sobre o que ele falou durante nosso jantar. – Diga que tenho medo de estar passando tempo demais dentro da minha cabeça, que ficarei triste em perder as sementes de dente-de-leão este ano, mas que espero que ele aproveite.

Lief sorri para mim, e agora tenho certeza de que ele ouviu a maior parte da nossa conversa durante o jantar.

– Todas as filhas dos Deuses são tão astutas quanto você, milady?

Abro um sorriso soturno.

– Talvez eu também seja boa em superar os obstáculos.

Ele sorri mais uma vez e começa o trabalho, então noto seus dedos compridos e finos agarrando a pena com força enquanto escreve. Os nós dos seus dedos são grandes demais para sua mão, e ficam brancos enquanto ele agarra a pena, guiando-a pelo papel. Fico petrificada com o movimento, e quase não ouço quando ele fala comigo.

– Posso mandar o bilhete?

– Sim... Antes que eu perca a coragem.

Ele sorri e se levanta com um salto. Sai depressa e volta com a mesma velocidade.

– Dimia está levando o recado para o irmão dela. Ele é um dos homens da rainha, e vai conseguir entregá-lo ao príncipe.

Sinto uma dor aguda no peito quando ele cita o nome de Dimia.

– Quanto tempo você acha que ele vai levar para responder?

– Não sei. Devo esperar lá embaixo?

– Não – respondo imediatamente. – Vamos esperar aqui. Ainda pode demorar algum tempo.

– Como quiser – responde ele, em voz baixa.

Mas não precisamos esperar muito. Menos de uma hora depois, há uma batida tímida na porta. Lief e eu nos entreolhamos e ele saca a espada, sinalizando para que eu me posicione atrás dele.

Quando ele abre a porta, uma garota pequena, curvilínea e de cabelo escuro o encara.

– Eu estava esperando lá embaixo – sussurra ela para Lief –, mas você não apareceu, então pensei...

– Dimia, você nunca deve vir aqui – censura ele, mas sua voz sai suave.

– Perdão – diz ela, olhando para mim. – Milady, meu irmão recebeu ordens para entregar uma resposta imediatamente.

Ela é muito bonita. Não gosto dela.

– Obrigada, Dimia. Pode ir agora.

A criada inclina a cabeça, depois olha para Lief e abre um sorriso tímido. Ele sorri de volta, causando outra pontada forte sob minhas costelas, depois fecha a porta.

Ele traz o bilhete para mim, esperando meu aceno ávido antes de abrir. Franze a testa antes de dar aquele sorriso largo de costume.

– Lief! O que está escrito?

– O príncipe me desafiou para um duelo. Esta noite. Pela sua liberdade.

Capítulo 11

Sinto meu estômago embrulhar e o vinho pesa dentro de mim, enquanto percorremos os corredores iluminados por tochas até o Salão Nobre. Lief, por outro lado, está radiante, e me pergunto por que ele parece tão contente. Sei que provou ser um excelente lutador durante seu teste, e o fato de Dorin ter ficado visivelmente impressionado com suas habilidades é algo muito significativo, mas Merek treina luta com espadas com os melhores instrutores da região desde que nasceu. Se Lief acha que vai ser fácil derrotar o príncipe, terá uma bela surpresa, então faço questão de deixar isso claro para ele.

– Você já viu o príncipe lutar? – pergunta meu guarda.

– Não, mas imagino que ele seja bom.

– Você também nunca me viu lutando.

– Lief, ele foi treinado pelos melhores instrutores que o reino tem a oferecer.

– Mas ele nunca lutou pela própria vida, milady. Os instrutores dele provavelmente nunca foram muito rígidos, porque é o príncipe. Duvido que ele tenha sangrado uma vez sequer.

– E você já sangrou?

– Já. – Ele sorri. – Os guardas lormerianos não facilitaram as coisas para mim durante meu teste. Tentaram me desarmar e até me ferir. E derrotei todos eles.

– Só... não fique muito seguro da vitória – digo. – Ele não é nenhum novato. Não desafiaria você se não achasse que pode vencer.

– Mas por que me desafiou, afinal de contas? – pergunta Lief. – Por que simplesmente não disse para a rainha que acha que você deveria ter permissão de sair com um guarda só?

– Ninguém simplesmente diz alguma coisa para a rainha, Lief. Nem o príncipe.

– Acho que é para o seu benefício – diz ele com certa malícia. – Acho que ele quer uma oportunidade para mostrar que será um bom marido, derrotando seu guarda leal enquanto você assiste.

– Ser o melhor em duelos não está no topo da lista de qualidades que procuro em um marido – respondo amargamente.

– Então você tem sorte, porque ele vai perder.

Lief ri, e, sob a luz das tochas, seu sorriso parece sinistro, distorcido pelo jogo de luz e sombra que passa por seu rosto.

– Não machuque ele – peço, e Lief faz uma pausa.

– Eu não faria isso – diz ele lentamente. – Eu não faria isso com você.

Fico corada, depois assinto.

– Vamos logo. É melhor não o deixarmos esperando.

Quando chegamos, Merek já está nos esperando no Salão Nobre, com as mangas das túnicas dobradas e uma espada no cinto. Ele faz uma reverência assim que entramos e eu paro e faço outra de volta, e Lief imita meu gesto ao meu lado.

– Como vai, Twylla? – pergunta Merek, ao se aproximar.

– Estou bem, Vossa Alteza. E como vai você?

– Bem, mas o dia foi estranho. – Seus olhos brilham enquanto ele fala. – Podemos conversar melhor sobre isso em outra ocasião. Obrigado pelo bilhete. Achei que tivesse falado que nunca aprendeu a escrever.

– Lief escreveu o bilhete. Eu ditei – respondo.

Ele assente e olha para o meu guarda.

– Você está encarregado de proteger a lady, uma tarefa que atualmente realiza sozinho?

Lief faz outra reverência.

– Sim, Vossa Alteza.

– Você é tregelliano, não é? Onde realizou seu treinamento de combate?

– Não tenho treinamento formal, Vossa Alteza.

– Então, quem o ensinou a lutar?

– Meu pai, Vossa Alteza – responde ele de forma rígida.

– E quem treinou seu pai?

– O pai dele.

– Alguém da sua família recebeu treinamento formal? – pergunta Merek, incrédulo.

Espero que Lief não perca a paciência.

– Não. Meu pai era agricultor. Assim como o pai dele – responde, com os dedos no punho da espada.

Merek o observa de cima a baixo.

– Ouvi dizer que você derrotou todo mundo no seu teste.

– É verdade, Vossa Alteza.

Merek assente.

– As regras são simples. Se você me derrotar, vou permitir que Lady Twylla deixe o quarto tendo você como seu único guarda, até que o outro esteja apto a retornar ao seu posto, ou outra circunstância interceda. Preciso assegurar a minha mãe que você está apto a protegê-la.

Ele se vira para mim, e baixo a cabeça.

– Perdão, Vossa Alteza, mas quem vai julgar se eu o derrotei?

Merek ergue uma sobrancelha.

– Vamos lutar até um dos dois derramar o sangue do outro.

Arregalo os olhos, surpresa, e até Lief parece estupefato.

– Não posso aceitar esses termos, Vossa Alteza – diz ele devagar. – Ferir um membro ungido da família real é considerado ato de traição. De qualquer maneira, vou sair perdendo do duelo.

– Ofereço minha palavra que você não vai sofrer qualquer mal caso me derrote – afirma Merek com seriedade. – Estes são meus termos, e meus guardas serão minhas testemunhas. – Dois homens saem das sombras e fazem reverência. Eu nem havia notado que estavam ali. – Mas, primeiro, precisa me derrotar.

Noto que Lief bufa ao ouvir a provocação.

– E se eu perder, Vossa Alteza?

– Então a lady vai continuar confinada no quarto até que o antigo guarda retorne ao posto ou que encontrem outro guarda para ela. Preciso ter certeza de que você pode garantir sozinho a segurança da minha futura esposa. E só posso ter certeza disso testemunhando com meus próprios olhos que você é tão bom quanto ouvi dizer. Ou que não é, o que também é possível.

A expressão de Lief endurece, e ele cerra os punhos. Passa muito tempo encarando Merek, depois, por fim, assente uma vez, fazendo uma reverência extremamente discreta.

– Aceito os termos.

Merek olha para mim.

– Se me permite, poderia liberar o salão, Twylla? – diz ele, e faço uma reverência, andando até a tribuna e me sentando na cadeira diante dela.

Lief e Merek assumem suas posições no centro do salão, e fazem reverências; Lief faz um movimento extenso, e Merek apenas acena com a cabeça. O príncipe tira sua espada da bainha, e Lief faz o mesmo, os dois as mantendo apontadas para o chão. Em seguida, sem dizer uma palavra, eles erguem a espada no mesmo instante e começam a se circundar, cruzando os passos enquanto se observam, como um predador estudando a presa, os olhos focados no oponente.

De repente, Merek rompe a formação e ataca. Lief gira o braço para bloquear o golpe, e a luta começa.

Merek finge que vai na direção de Lief, que salta para longe, girando o corpo e lançando a espada no braço de Merek. O príncipe consegue desviar do ataque, desferindo o próprio golpe e forçando Lief a recuar. Para mim, parece que as habilidades dos dois estão equiparadas, nenhum consegue uma vantagem de mais de meio segundo sobre o outro antes que um ataque seja contido e eles sejam obrigados a recuar antes de atacar novamente.

O salão ressoa com o som de aço contra aço, e as espadas são lançadas para o alto, para baixo, depois para o alto outra vez. Merek desfere um golpe súbito e, mais uma vez, Lief consegue rodopiar e se esquivar, mas a espada do príncipe atinge a manga da sua túnica, rasgando-a de leve.

– Quase, Vossa Alteza – grita Lief, animado, torcendo o corpo para dar uma olhada no próprio ombro, e Merek bufa.

O príncipe se movimenta mais uma vez, girando a espada ao redor do corpo e mirando no âmago de Lief. Meu coração vai parar na boca, mas Lief gira a própria espada, lançando-a contra a parte plana da lâmina de Merek, e vejo que o príncipe recua e agarra o antebraço com a outra mão.

É então que percebo como Lief é um excelente guerreiro.

As habilidades dos dois não estão equiparadas, nem de perto. Lief estava apenas brincando com ele, atiçando-o, como um gato faz com um rato, permitindo que ele desferisse golpes e tentativas, fazendo Merek acreditar que tinha uma chance. Mas agora ele está reagindo. O ataque de Lief é implacável. O príncipe não tem tempo de tentar contra-atacar, pois o guarda não oferece nenhuma opção que não seja se defender. A espada de Lief desfere um golpe atrás do outro contra a de Merek, e noto que o príncipe está ficando cansado, à medida que Lief o obriga a recuar pelo salão. Um de cada lado meu, os guardas estão parados, com as próprias espadas desembainhadas, e eu entendo perfeitamente, afinal, o ataque de Lief é inclemente.

De repente, Merek larga a espada no chão e ergue as mãos.

– Eu me rendo – grita ele, bufando. – Eu me rendo.

Lief baixa a espada imediatamente, fazendo uma reverência, e, depois de um instante, Merek inclina a cabeça de forma discreta. Os dois homens se levantam, ofegantes. Lief embainha a espada e Merek pega a sua do chão e faz o mesmo.

Fico de pé e me aproximo deles.

– Você está bem, Vossa Alteza? – pergunto.

– Estou bem. Não sangrei, mas, considerando a habilidade do seu guarda, decidi que prefiro continuar assim. – Ele acena para Lief, emburrado, e meu guarda faz uma reverência. – Como combinado, você tem o direito de deixar a torre tendo ele como seu único guarda. Não temo pela sua segurança na companhia dele.

– Obrigada, Vossa Alteza. Devo pedir que Lief escreva para a rainha para agradecê-la?

Merek parece envergonhado.

– Acho que é melhor eu mesmo falar com ela.

– Merek – esqueço que não estamos sozinhos –, você disse que precisava garantir a ela que eu ficaria segura. Garantir, e não contar a ela. A rainha sabe sobre isso?

Ele nega com a cabeça.

– Ela está muito ocupada com meu padrasto. Então, resolvi assumir as rédeas da situação, por assim dizer. – O canto da sua boca estremece. – Vou tentar conversar com ela esta noite, mas, caso não consiga, você vai ter que ser discreta nas suas andanças. Mas não vou pedir para você continuar enfurnada no quarto.

– Obrigada – respondo baixinho.

Ele faz uma reverência para mim, com os olhos fixos nos meus, antes de se virar para Lief.

– Gostei disso. Confesso que passei parte do meu tempo em Tregellan treinando com os soldados de lá. Seu povo é bom de luta. Quem sabe não nos enfrentamos novamente em outra ocasião?

– Vossa Alteza.

Lief faz uma reverência.

– Até breve, Twylla.

Merek baixa a cabeça, depois sai depressa do salão, seus guardas marchando logo atrás.

Lief e eu voltamos pelos corredores, e meu coração dispara. Só percebo que estava prendendo a respiração quando já nos distanciamos bastante do Salão Nobre.

– Achei que você fosse se tornar um agricultor – comento, ao nos aproximarmos da minha torre.

– Para um tregelliano, não custa nada estar sempre preparado para a batalha. Desde a guerra, todo pai treina o filho em combate com espadas, facas e arcos, mesmo que ele não sirva ao exército.

Ele abre a porta da minha torre para mim, e eu assinto.

– Você é bom – digo, subindo a escada até meu quarto.

– Ele também é. Fiquei surpreso.

– Mas não tão bom quanto você.

Levanto a tranca da porta e atravesso o cômodo, indo até a escrivaninha, me servindo de outra taça de vinho, determinada a me acalmar.

– Milady, você concordaria que ganhei o direito de beber uma taça do seu vinho de mel?

– Você ganhou o direito de beber o jarro inteiro – digo, empurrando-o na direção dele. – E ganhou também minha liberdade.

– Não fiz mais do que minha obrigação.

Ele contrai o rosto ao levar o jarro à boca, tomando um grande gole.

– Você está bem?

Ele dá um sorriso estranho.

– Acho que talvez eu tenha sofrido um corte.

– O quê? Quando?

Tomo um grande gole do vinho, horrorizada.

– Quando ele acertou minha túnica, talvez tenha me cortado de raspão. Mas só vou ter certeza se olhar.

– Isso significaria que você perdeu. Lief, precisa contar para ele, é desonroso...

Ele olha para mim com uma expressão séria.

– Se eu contar, você vai ficar confinada aqui novamente.

Abro a boca para responder, mas as palavras não se formam na minha língua. Não quero ficar confinada.

– Talvez não seja um corte – sugere Lief, tentando olhar para trás do ombro. – Preciso ir para o meu quarto.

– Por quê? Qual é o problema?

– Não consigo ver direito por causa da minha túnica, milady – diz ele. – Preciso dar uma olhada no ferimento.

– Também quero olhar. Eu... Ah. – Fico vermelha ao me dar conta do que ele quer dizer com isso. – Bem... Mas, quero dizer... Eu não... Sim, entendo. É claro.

– Não me importo em fazer isso aqui, milady, se quiser ser testemunha.

A única coisa que consigo fazer é assentir, enquanto minhas bochechas ardem.

– Está bem – diz ele.

Lief se vira e tira o cinturão da espada, largando-o no chão. Com um movimento ligeiro, acompanhado de um grunhido, ele puxa a túnica por cima da cabeça.

– E então? – pergunta ele. – Estou sangrando?

Não consigo responder, porque não estou olhando para seu ombro.

Não consigo parar de observar o formato das suas costas, a linha da sua coluna. Ele é muito mais largo do que eu. Como ele pode ficar tão diferente sem a túnica? Como uma peça única de tecido pode alterar tanto uma pessoa?

– Milady? – diz ele, se virando para poder olhar para mim, e meu corpo inteiro arde quando noto a maneira como os músculos se movem sob a pele dele.

– Perdão – murmuro, envergonhada demais para encarar seus olhos. – Vire-se.

Preciso ficar na ponta dos pés para enxergar e, ao fazer isso, o alívio do que vejo me deixa estupefata. Embora ele esteja machucado, com a pele arranhada, não vejo sangue nenhum. Lief não trapaceou.

– Nenhum sangue – respondo, com a voz rouca, pigarreando no mesmo instante. – Tem um arranhão, mas não está sangrando... Acho que vai ficar bem roxo amanhã.

Ele se vira para o espelho, observando o ferimento, e coro outra vez, quando meus olhos se fixam nas suas clavículas. Atravesso o quarto, de costas para ele, enquanto termino minha taça e a encho de novo. O quarto parece quente demais, então abro a janela, aspirando o ar frio da noite.

– Perdão – digo novamente, sem saber direito por que estou me desculpando.

Não consigo olhar para ele até ouvir o farfalhar da túnica, indicando que está se vestindo.

– Não foi nada. Isso significa que não menti, não trapaceei. Isso é bom. Você não vai ter que me denunciar.

– Eu não faria isso – admito.

Ao brotar da gola da túnica, sua expressão parece surpresa.

– Mas isso teria sido uma mentira, um pecado.

– Uma mentira insignificante – digo, com o coração acelerando, e quando levo a taça aos lábios e a esvazio outra vez, meus dedos tremem.

– Obrigado, milady.

– Twylla – corrijo imediatamente. – Quando estivermos sozinhos, me chame de Twylla. Você também ganhou o direito de me chamar assim.

– Twylla – diz ele baixinho, e estremeço ao ouvir meu nome sair de sua boca. – É melhor você descansar, Twylla. Temos um dia agitado amanhã. Afinal, é seu primeiro dia de liberdade.

Eu o encaro. Quando ele puxou a túnica pela cabeça, o traje alargou a fita que prende seu cabelo para trás, e me pergunto como seria tocar suas mechas soltas, enroscá-las nos dedos. Feito uma sonâmbula, ando até ele, e minha mão se ergue e paira perto do seu peito. Nós dois olhamos para isso, e então é ele quem dá um passo para trás, e meus dedos se dobram feito garras, como se não pertencessem a mim.

– Boa noite, Twylla – murmura ele. – Sonhe com coisas boas.

Ele baixa a cabeça e se vira, fechando a porta com delicadeza ao sair.

Encaro minha mão traiçoeira e trêmula.

Minha noite é inquieta e miserável. Sonhando ou acordada, só consigo pensar no cabelo dele e no quanto gostaria de tocá-lo, encostar nos seus ombros, nas suas costas, e também penso em como a pele dele é lisa. Eu queria tocá-lo, mas, se eu tivesse feito isso, ele estaria morto agora. Não consigo encontrar uma posição confortável para me deitar, mas, sempre que me mexo, o quarto gira, e preciso me sentar, encarando a escuridão. Deve ser o vinho. Bebi três taças de estômago vazio, e, depois da preocupação com Dorin e o duelo, não me surpreende que eu tenha me esquecido de comer. Mas sei que isso é mentira. Outra mentira. Não é o vinho nem o choque que me deixaram com vontade de tocá-lo. Quando olhei para o espelho, depois que ele foi embora, reparei na expressão dos meus olhos. Era uma expressão de desejo: de luxúria, uma luxúria resplandecente com sabor de morango. E não posso me permitir sentir desejos, porque estou prometida ao príncipe, e se eu encostar em qualquer outra pessoa, vou matá-la.

Capítulo 12

De manhã, continuo cansada e inquieta, com o coração acelerado, enquanto me preparo para o dia. E, assim que me lembro do seu peito, da luta, do seu sorriso, minha pele alterna entre calor e frio. De repente, recordo que Dorin ainda está doente e morro de vergonha, porque o tempo todo me esqueço dele. Tudo parece confuso e caótico e uma parte de mim quer continuar no quarto, escondida de tudo. Mas me dou conta de que isso seria inútil, além de uma ingratidão, considerando o que Lief fez para garantir minha liberdade.

– Como está seu ombro? – pergunto, quando ele traz meu café da manhã.

– Roxo. – Ele sorri. – Como você previu. E está um pouco rígido. Mas não o bastante para me impedir de lutar outra vez, caso seja necessário.

Dou um sorriso fraco, e minha mente é invadida pela imagem dos seus ombros nus.

– Agora – continua ele –, se você estiver pronta, o clima está agradável, por mais que o ar esteja um pouco frio. Deveria levar seu manto.

Ele não espera por consentimento e anda até meu armário, de onde pega meu manto carmesim. Ele o estende, como se planejasse me vestir.

– O que está fazendo?

– Segurando seu manto.

Seus olhos brilham com malícia.

– Não seja bobo, Lief. Me dê isso, por favor.

– Não confia em mim? – pergunta ele, e detecto um tom de malícia na sua voz.

– Lief, você não pode encostar em mim.

– Não vou encostar. Não confia em mim? – repete ele, me observando com atenção.

Dou as costas para ele, mantendo o corpo rígido, penosa e dolorosamente ciente da presença dele atrás de mim, da sua respiração no meu cabelo. O peso do tecido cai sobre meus ombros, me cobrindo. Ele se move e para na minha frente.

– Não posso colocar você em risco. Pensei que tinha deixado isso claro ontem.

Puxo o fecho do manto e o passo pela laçada, sem conseguir encarar Lief.

– Então, para onde vamos, milady? O castelo é todo seu.

Reparo que ele voltou a me chamar pelo meu título, e, mais uma vez, fico com os sentimentos divididos entre alívio e decepção.

– Para o meu templo.

– Está bem.

Ele dá passos largos até a porta e a abre para mim, fazendo uma pequena reverência em um movimento circular, e não consigo conter o riso. Ele ri de volta, com a língua aparecendo entre os dentes, e meu estômago se embrulha.

*

Apesar da minha confusão, a liberdade borbulha dentro de mim, e consigo sentir um sorriso que não tem nada a ver com a Daunen surgir quando deixamos a torre e percorremos o corredor. Por mais que eu duvide que alguma criança já tenha saltitado e corrido por esses corredores, nesse instante é o que quero fazer.

– Cabras saltitam, menininhas andam – disse minha mãe certa vez, em um raro momento maternal. Apesar disso, se eu achasse que poderia saltitar, era o que eu faria.

Consigo sentir a presença de Lief à minha esquerda, como se fios nos unissem, ligando nossos quadris, joelhos e cotovelos, além dos pescoços e calcanhares. Quando ele mexe a mão para ajustar o cinto, consigo sentir o movimento, que chega até mim pelo ar que nos separa, e tenho tanta consciência dele quanto de mim mesma.

– Posso sugerir um desvio, milady? – pergunta Lief, quando chegamos ao jardim.

– Para onde?

– Se me permite, gostaria de mostrar uma coisa.

– O quê?

– É uma surpresa – diz ele, sorrindo para mim. – Você estará segura.

Eu o vi lutar com Merek, portanto não estou preocupada com minha segurança.

– Não quero brincar com a sorte, Lief. O príncipe disse que deveríamos ser discretos.

– Será discreto, milady. Prometo que ninguém vai saber que você está lá, ou que já esteve.

– Não posso, Lief.

– Entendo, milady. Perdão. Não era nada importante, só uma coisa que Dimia me mostrou.

Dimia, outra vez.

– Só se não demorarmos – falo depressa. – Só alguns minutos.

Consigo ouvir seu sorriso.

Ele me guia pelo jardim murado e pelos estábulos. Paro para acariciar o focinho da minha égua, depois continuamos, passando pelos jardins da cozinha onde os dentes-de-leão ofensivos costumavam crescer, e seguimos em frente. Essa parte do castelo é nova para mim. Dorin nunca teria me trazido aqui. Fico angustiada de novo ao pensar nele.

– Aqui.

De repente, me esqueço de Dorin, de Merek e de Lief. Todos os pensamentos que andam me preocupando e perturbando somem, e tudo que consigo fazer é encarar o jardim na minha frente, boquiaberta. Todas as flores selvagens que achei que tinham sido banidas do castelo brotam diante dos meus olhos: papoulas e tussilagens, heléboros e linhos, nardos e atanásias. Todas aqui.

– Foi aqui que você pegou minhas flores aquela manhã.

Respiro fundo.

– Foi. É o jardim do boticário do castelo.

– A rainha sabe que isso existe?

– Sabe. É aqui que crescem todas as plantas para os curandeiros. Ela pode não gostar da aparência, mas nem ela tem como ignorar sua utilidade. Venha. – Ele estende o braço para me guiar. – Vamos seguir a trilha até o meio. Mas, cuidado, porque do outro lado há cicutas e beladonas crescendo. Porém, acho que não cultivam a sua Praga-da-manhã aqui.

Caminho em meio às plantas, algumas tão altas quanto meus joelhos, passando os dedos por suas folhas, com um sorriso estampado no rosto. Se eu soubesse que este jardim existia, poderia ter feito meus próprios desenhos de flores para minha tela. Aposto que Merek não conhece este lugar, afinal nenhum dos desenhos que ele fez de flores cultivadas se parece com as plantas ao meu redor.

Quando chegamos no meio, me sento em um pequeno banco de pedra, meus olhos vagando por todas as plantas, que balançam com a brisa leve. O jardim é um tumulto de cores: vermelho, roxo, amarelo, laranja e verde. E eu amo isso. Nada cresce em fileira, e por mais que eu consiga ver que um dia houve canteiros aqui, parece que não se esforçaram muito para conter as plantas no seu interior. As papoulas crescem por todos os lados, e não consigo conter o sorriso ao ver um amontoado de dentes-de-leão.

– Posso pegar seu manto, milady? – pergunta Lief, franzindo a testa.

– Para quê?

– Confie em mim. Você não vai sentir frio. Menti sobre o clima.

Confusa, abro o fecho e puxo o manto dos ombros, oferecendo-o ao meu guarda. Para minha surpresa, ele o sacode, abrindo-o, antes de usá-lo para cobrir o chão.

– Deite-se.

– Não posso! – retruco.

– Por que não?

– Porque sou a Daunen Encarnada.

– Ninguém vai ficar sabendo. Só eu e você.

– E se alguém aparecer?

– Ninguém vai aparecer. Os criados estão trabalhando dentro do castelo, e só colhem as plantas no crepúsculo e na aurora. Os boticários nunca colhem plantas debaixo do sol do meio-dia. Você estará segura.

– Lief, não posso.

– Ai – diz ele, erguendo a mão e esfregando o ombro. – Se eu não estivesse com o ombro tão dolorido, sabe, o que machuquei durante a luta pela sua liberdade, com certeza eu me deitaria.

– Isso não é justo – protesto.

– Eu sei. – Ele sorri. – Vou ficar de olho, prometo.

Eu o encaro, e seu joguinho com meus sentimentos funciona melhor do que estou disposta a admitir.

– Está bem – digo. – Mas nunca deve contar isso para ninguém.

– Juro que não vou contar – responde ele, com um sorriso.

Eu me ajoelho antes de me sentar delicadamente no manto.

– Você precisa se deitar.

– Não posso.

– Só por um instante.

Reviro os olhos e suspiro, me deitando de costas e dobrando as mãos decorosamente sobre a barriga. De repente, arquejo.

O céu se estende diante dos meus olhos: azul, limpo e infinito. Se eu me virar um pouco para a direita, consigo ver os caules e as partes de baixo das flores ao meu redor. Mas não consigo ver o castelo, pois a perspectiva aqui de baixo o esconde, e isso me deixa animada.

– Eu poderia estar em qualquer lugar – murmuro.

– Em qualquer lugar do mundo – confirma ele, se sentando no banco de pedra acima de mim. – Entende agora por que eu queria que você visse isso?

– Entendo.

Respiro fundo. Tudo é perfeito, e fecho os olhos. O sol bate no meu rosto e finjo que estou sozinha, não por causa dele, mas porque ele é meu guarda. Sou apenas uma garota deitada entre as flores durante um dos últimos dias de verão.

Algo se move ao meu lado, e abro os olhos depressa ao me sentar. Lief se acomodou ao meu lado, e preciso piscar para enxergá-lo, porque a forte luz do sol deixou tudo azul.

– O que está fazendo? Você precisa ficar vigiando.

– Tenho orelhas grandes, milady. Se qualquer pessoa se aproximar do jardim, vou escutar e me levantarei antes que ela nos note.

Olho para ele, inquieta.

– Devíamos ir embora...

– Vamos ficar mais um pouco. Quero ver o que você está vendo.

Eu o encaro por bastante tempo antes de voltar a me deitar, com o coração batendo tão alto que ecoa nos meus tímpanos. Depois de um instante, ele se deita ao meu lado, mantendo um espaço entre nós, mas está tão perto que consigo ouvir sua respiração.

– Tudo bem ficarmos assim?

– Tudo.

– Eu costumava fazer isso com minha irmã, sabe, na fazenda.

Prendo a respiração. Ele quase nunca me dá informações, informações reais, sobre seu passado, e não quero assustá-lo. Mas, pelas suas palavras, parece que está se abrindo, e respondo baixinho, para que ele possa me ignorar, se quiser:

– É mesmo? Qual o nome dela?

– Errin. Ela é um ano mais nova do que eu, assim como você. À noite, depois do jantar, costumávamos nos deitar no jardim e assistir ao pôr do sol e às estrelas surgirem no céu. Às vezes, nossos pais se juntavam a nós, minha mãe trazia lençóis e canecas de chocolate quente, e meu pai tocava gaita. Era bom.

Suas palavras formam um nó na minha garganta. Como ele consegue aguentar isso?

– Você deve sentir saudade deles.

– O tempo todo. É difícil ficar assim tão longe, sem saber como eles estão exatamente. Minha mãe não lidou bem com a morte do meu pai. Ele era o amor da vida dela; ela terá dificuldade em viver sem ele. E a pobre Errin estava quase concluindo seu treinamento. Ela era aprendiz de herborista.

Meus olhos se arregalam conforme absorvo a informação. Então é por isso que ele entende tanto de plantas.

– Ela foi obrigada a interromper os estudos, por enquanto – continua ele. – Nossa mãe precisa dela. Mas algum dia vou ter dinheiro suficiente, e ela poderá continuar o treinamento. Como eu disse, posso ajudá-las mais daqui. Assim como você faz para sua família. – Ele suspira. – Nós dois temos que fazer o possível para ajudar nossas famílias.

– Lief – sussurro, rolando para o lado com o intuito de encará-lo, e alisando minha saia. – Como você perdeu seu pai?

Ele suspira, torcendo o nariz, e acho que não vai responder, que acabei com sua vontade de se abrir comigo.

– Ocorreu um acidente na fazenda – começa ele. – Ele estava tentando mover nosso touro, um animal sisudo que nos odiava. Meu pai estava tentando convencê-lo a virar, e o touro o atacou. Ele conseguiu desviar, mas caiu de mau jeito em uma forquilha enferrujada que havia se esquecido de guardar. Minha mãe limpou e cuidou do ferimento dele. Ela leva jeito para essas coisas. Mas, quando o médico chegou, meu pai já tinha contraído tétano. É uma doença incurável, até para nossos médicos. – Lief sorri com tristeza. – Ele sabia que não sobreviveria.

– Espero que tenha sido uma morte rápida.

– Não muito – diz ele baixinho. – Mas ele não sentiu dor demais, graças às lágrimas de papoula. Passei a maior parte do tempo ao lado dele. Minha mãe e a minha irmã não conseguiram.

– Sinto muito, Lief.

– Obrigado, Twylla.

Nós nos entreolhamos, e noto que ele tem sardas na ponte do nariz. São só algumas marcas indistintas, mas fico encantada. Também tenho sardas no rosto, nos ombros, no peito e nas costas. De repente, a lembrança dos ombros nus dele volta à minha mente, da sua pele lisa e imaculada, e, de repente, sinto muito calor, e minha pele parece apertar meu corpo. Quando encaro novamente seus olhos, o mundo para, e nunca tive tanta consciência do sangue pulsando nas minhas veias.

– Posso perguntar uma coisa secreta, Twylla? – murmura ele.

Assinto lentamente.

– Você ama o príncipe?

Eu não esperava essa pergunta.

– Por que me perguntaria isso?

– Por causa de algo que Dorin disse assim que cheguei no castelo.

Eu me sento depressa.

– O que Dorin disse?

Lief também se senta, erguendo as mãos para me acalmar.

– Nada ruim, juro. Ele estava me contando a história do castelo, e mencionou que vocês haviam sido prometidos em casamento, e falou...

– Falou o quê?

– Falou que sua função é um enorme fardo para você, e que era responsabilidade dele, e minha, confortá-la da forma que podíamos. Ele disse que você costumava ser menos séria, mas um incidente com um menino a transformou. Por isso, deveríamos fazer o possível para tornar sua vida agradável.

Desvio os olhos dele.

Lief acena com a cabeça.

– Não é culpa sua... o que aconteceu com o menino... sabe?

Solto uma gargalhada grosseira, e minha barriga dói.

– Não é? Mas as mãos na pele dele eram minhas.

– Não – diz ele com firmeza. – Você estava apenas seguindo ordens. – Faz uma pausa. – E então, sim ou não?

– Sim ou não o quê?

– Você ama o príncipe?

Olho para Lief, depois volto a me deitar e fecho os olhos. A verdade é que não sei o que sinto. Nunca pensei nisso como um caso de amor. Desde que cheguei ao castelo, estamos prometidos um para o outro. Sempre soube que algum dia nos casaríamos. É como saber que o sol vai nascer, ou que o céu é azul. É um fato, puro e simples.

– Não sei – respondo, por fim. – Não é... De qualquer maneira, não importa.

– Então é um "não" – diz ele, se deitando ao meu lado de novo.

– Por quê?

Abro os olhos e viro a cabeça.

– Porque, quando a pessoa está apaixonada, isso importa. Importa muito.

– Como você sabe?

Ele encara fixamente meus olhos.

– Apenas sei.

Sua expressão é assustadora, e penso na noite anterior. Em como eu queria tocá-lo, e em como meus olhos estavam escuros e redondos quando me olhei no espelho, depois que ele foi embora.

– Você já se apaixonou?

– Twylla...

O som de um suspiro de horror nos faz levantar imediatamente, e Lief saca parte da sua espada.

Dimia está parada diante de nós, branca como leite azedo, com os olhos arregalados e acusatórios, que saltam entre Lief e eu.

Capítulo 13

Ela leva a mão ao peito e nos encara, agarrando a gola do avental.

– Vá embora – diz Lief de forma ríspida, guardando a espada. – Você não deveria estar aqui.

– Perdão, eu...

Ela se vira, mas Lief agarra seu braço.

– Não, Dimia. Por favor. Me perdoe – diz ele enfaticamente. – Você me assustou. Eu não deveria ter sido tão brusco.

Ela assente, mas semicerra os olhos, vagando entre ele e eu. Eu me agacho para pegar meu manto, jogando-o sobre os ombros, como se fosse um escudo.

– Por que você está aqui? – pergunto.

Ela baixa o olhar no mesmo instante.

– Perdão, milady. O príncipe me mandou encontrá-la. Já a procurei por toda parte.

Meu estômago se embrulha de horror quando penso no que isso poderia significar. E se Merek também tiver passado aqui e escutado minha conversa com Lief? Fomos tão idiotas...

– O príncipe? – pergunto, da maneira mais calma que consigo.

– Sim, milady – responde ela baixinho. – Ele visitou sua torre enquanto eu fazia faxina e me disse para encontrá-la imediatamente.

– Ninguém deve saber que milady estava aqui, Dimia – diz Lief com firmeza.

– Mas o príncipe...

– Dimia... – começa Lief, mas eu o interrompo.

– Você não vai dizer nada a ele – ordeno friamente, me aproximando dela, e minha pele se arrepia só de pensar no que estou prestes a fazer. – Vai esquecer que nos viu aqui e mentir se alguém perguntar. Vai esquecer tudo o que ouviu. Caso não esqueça, talvez eu esbarre em você sem querer. Ou no seu irmão.

Estendo as mãos para enfatizar minha ameaça.

Apesar de não parecer possível, Dimia fica ainda mais pálida, e Lief me encara, boquiaberto. Eu o ignoro, me concentrando nela.

– Por isso, se eu fosse você, aprenderia a ficar quieta. Entendeu?

Ela assente, muda.

– Pode ir – digo para ela. – Você não nos viu.

Ela assente outra vez e vai embora correndo. Lief continua me encarando. Viro as costas para ele.

– Isso não foi nada gentil – sussurra ele.

– Não tive escolha – respondo, embora me sinta enojada com o que fiz.

– Tinha, sim. Ela estava apavorada, você não notou? Ela não ia contar nada.

– Você não tem como saber. Eu não poderia correr esse risco, Lief.

Quando me forço a olhar para ele, a reprovação em seus olhos me faz sentir como se eu tivesse levado um tapa.

– Então você a ameaçou de morte? E o irmão dela?

– Eu não faria isso de verdade. Nunca – digo. – Sei melhor do que ninguém o que isso significa, e nunca, nunca encostaria neles. Mas esse é o único poder que tenho no mundo, Lief. O medo é tudo que tenho. E se eu precisar dizer esse tipo de coisa para proteger você, então...

Para minha surpresa, ele me interrompe com uma gargalhada repentina.

– Me proteger? Por que você iria querer me proteger?

– Porque... porque sim.

Ele me encara com a testa franzida antes de assentir.

– Vamos, é melhor você voltar.

– Não fique bravo comigo.

– Não estou.

– Eu estava tentando proteger você – digo baixinho.

– *Minha* função é *te* proteger. Minha função também é proteger as pessoas de você.

Suas palavras parecem outro tapa no meu rosto. Eu nunca havia encarado a situação dessa maneira.

– Você pode pedir desculpa para Dimia por mim mais tarde? – peço, em voz baixa. – Diga que sinto muito, que não foi minha intenção ameaçá-la, e que eu nunca faria algo do tipo.

– Não – diz ele simplesmente. – Você mesma deveria pedir desculpa.

– Não posso.

– Não pode? Ou não vai?

Ele segue à minha frente, e me sinto enjoada. Essa sensação só piora quando vejo Merek diante da porta da minha torre com uma expressão severa. Faço uma reverência imediatamente.

– Eu estava procurando por você – fala ele, e, embora sua voz seja grave, sua expressão é delicada, e aperto mais o manto ao meu redor.

– Perdão, Vossa Alteza – digo. – Eu estava passeando pelo terreno do castelo.

– Não disse para você ser discreta? – pergunta ele.

– Eu fui, Vossa Alteza – respondo. – Quis pegar um pouco de sol no caminho de volta do templo.

– Isso não importa agora – diz ele asperamente. – Não é por isso que estou aqui.

Olho para ele e fico preocupada.

– Vamos para seu quarto. – Ele gesticula para que eu vá na frente, mas impede Lief de me seguir. – Traga vinho – ordena, antes de ir atrás de mim pela escada.

Sinto as pernas pesadas ao subir os degraus. Tenho a impressão de ter envelhecido mil anos desde que vimos Dimia. Quando abro a porta, noto através da janela uma nuvem extinguindo a luz do sol, e olho para o príncipe.

– O que aconteceu? – pergunto com esforço, pois minha boca fica seca de repente.

– Eu queria contar pessoalmente... Dorin faleceu. Sinto muito.

Pisco para ele, as paredes se fechando ao meu redor e me comprimindo, espremendo a vida do meu corpo.

– Twylla? – Escuto ele falar.

Mas, de repente, estou deitada de costas, encarando meu guarda e o príncipe, confusa com o fato de ter um teto sobre minha cabeça, quando eu deveria apenas poder ver flores e o céu. Demoro um tempo para perceber que devo ter desmaiado, e que estou de volta ao meu quarto. É a primeira vez que desmaio.

– O que devemos fazer? – pergunta Lief. – Não posso encostar nela.

– Eu posso...

– Não – ouço-me dizer com uma voz que vem do fundo, e me esforço para me sentar.

O alívio nos olhos dos dois é evidente, e Lief se apressa para pegar um copo d'água. Merek se ajoelha ao meu lado e estende a mão para pegar o copo. Lief hesita por um instante antes de colocar o copo, de maneira um pouco rude, na mão de Merek, encarando-o furiosamente. Merek não nota, e apenas segura o copo em meus lábios.

– Beba – diz o príncipe, e é o que eu faço.

– Quando? – pergunto, depois que ele afasta o copo e o deixa ao nosso lado.

– Há pouco tempo. Vim avisar que o fim estava próximo, mas não consegui encontrar você. Quando voltou, eu já havia recebido a notícia da morte dele.

Termino de beber a água e penso nas lágrimas de papoula. Se eu não tivesse ido ao jardim com Lief, Merek teria me encontrado... Eu poderia pelo menos ter ficado ao lado de Dorin, ter chegado a tempo de me despedir.

– Ele estava sozinho?

– O curandeiro estava junto. Acho que não sofreu no final.

– Posso vê-lo?

Merek parece estar sofrendo.

– Acho que ele não ia querer isso, Twylla. Um homem como Dorin ia preferir que você se lembrasse dele como era em vida.

Assinto, com um nó na garganta, que, desta vez, não consigo engolir.

– Obrigada – digo. – Mais uma vez.

– Você não me deve nada, muito menos sua gratidão – fala ele baixinho, e Lief troca o peso de um pé para outro atrás dele. Isso faz o príncipe se lembrar de que Lief está conosco, agindo como um acompanhante relutante, e ele se levanta.

– Vou deixar você sozinha, para que descanse – diz ele. – Eu a chamarei em breve.

Ele assente para mim, e, quando sai do quarto, Lief faz uma reverência.

– Vou ficar com você – sussurra meu guarda, quando estamos a sós. – Você não deveria ficar sozinha agora.

Eu me pergunto por que só consigo ter um amigo de cada vez. Eu tinha Tyrek, e ele se foi. Agora Dorin se foi, e tudo o que me resta é Lief. Quem vai roubá-lo de mim?

Não consigo dormir, nem fingir que estou dormindo, então passo a noite olhando pela janela. Quando o céu fica completamente escuro, vejo três cometas percorrerem como pássaros fugindo do inverno. Isso me oferece certo conforto, como se fosse um sinal enviado por Dorin, dizendo que está em paz, ou pelos Deuses, mostrando que ainda me amam. Fico encarando até que o sol começa a nascer e a luz os esconde. Mais uma vez me sinto confortada por saber que eles estão lá, mesmo que eu não consiga vê-los. Lief fica comigo, sentado em silêncio na cadeira no canto do quarto. Olho para ele de vez em quando. Ele não dorme, fica sentado com a espada em cima do joelho, me observando, e acenando com a cabeça de maneira severa quando meus olhos encontram os dele.

Enquanto ele busca meu café da manhã, tomo banho e troco de vestido, fazendo movimentos mais habituais do que deliberados. Não entendo como um homem tão forte quanto Dorin pôde ser derrotado por uma ferroada de abelha. Parece tão idiota.

– Vamos ficar aqui hoje?

Noto que Lief está parado na porta, segurando a bandeja.

– Não. Estou cansada dessas paredes.

Lief assente.

– Sinto muito, Twylla.

– Eu também – respondo.

Sinto muito por ter me esquecido do meu aliado mais fiel e permitido que ele morresse sozinho nas entranhas do castelo. Os Deuses não o salvaram por mim.

Quando saímos da torre, ouço uma música tocando baixinho em algum lugar do lado de fora do castelo, e isso me acalma, como um unguento sendo esfregado nas pontas feridas do meu sofrimento, alisando-as e tornando-as menos afiadas. Ao me virar na direção da longa galeria, esperando vislumbrar o músico através das janelas, vejo que outra garota, pequena, de cabelo escuro, teve a mesma ideia.

– Dimia – digo, e a menina se vira, com o olhar vidrado clareando ao reconhecer quem está falando com ela.

Dimia se encolhe na parede, e, nesse momento, ela lembra eu mesma, em como me acovardo quando estou perto da rainha. Eu me sinto enjoada outra vez.

– Perdão – peço com firmeza, antes que ela, ou Lief, tenham tempo de falar algo. – Não foi correto ameaçar você. Eu nunca encostaria em você. Nunca. Desculpe por ter falado aquilo.

Seu olhar vaga de mim para Lief, depois ela assente.

– Não vou falar nada, milady. Eu não falaria mesmo. Você não me deu tempo para terminar de explicar. – Ela faz uma pausa, antes de encarar meus olhos. – Eu tinha dois irmãos sob os serviços da rainha. A rainha implicou com um, Asher, porque disse que ele sorria demais.

Fico boquiaberta, e nós duas permanecemos em silêncio. O flautista nos jardins toca uma melodia trilada, um som tão doce quanto melancólico, e quero ir até ele, deitar a cabeça no seu colo e deixar que leve minhas preocupações embora com sua música.

– Agora você entende? – diz Dimia baixinho depois de um instante, com a voz marcada pela saudade. – Sei como as coisas funcionam.

– Sinto muito – digo suavemente. – Você pode agradecer o seu outro irmão por mim, quando encontrar com ele? Por levar a minha mensagem para o príncipe.

Dimia abre um sorriso triste.

– Vou agradecer, milady. Vou visitá-lo agora, aliás. Ele tem a tarde livre, já que o rei e o príncipe estão caçando e a rainha não está no castelo. Ele gosta do príncipe, milady.

Assinto outra vez, mas, de repente, me dou conta do que ela disse.

– A rainha não está no castelo?

– Não, milady. Ela foi para o lago. O rei e o príncipe estão caçando, mas permitiram que Taul ficasse aqui. Não há quase ninguém no castelo. Acho que é por isso que alguém teve coragem o suficiente para tocar flauta aqui. – Ela se volta novamente para a janela. – É lindo, não é?

Concordo com a cabeça e tento manter uma expressão tranquila, e tanto a música quanto a esperança me aquecem por dentro. Podemos passear como quisermos, não há ninguém aqui para nos deter.

– É, sim. Bem, espero que você e seu irmão aproveitem bem esse dia de liberdade.

Sorrio.

– Sim, milady. – Ela faz uma reverência antes de se voltar para a janela. – Vou aproveitar.

Enquanto continuo pela longa galeria, meu sorriso se alarga. Lief me olha com curiosidade. Quando viramos no corredor, ele resolve perguntar:

– Por que está tão feliz?

– Temos o castelo todo para nós.

Lief sorri para mim.

– O que devemos fazer? Quer voltar para o jardim do boticário?

Penso em Dorin e nego com a cabeça.

– Hoje não. Quero visitar meu templo, mas também devemos aproveitar a oportunidade para perambular pelo terreno. Você conhece o jardim murado?

Ele balança a cabeça.

– Não conheço.

– Não é nada de mais, apenas alguns canteiros de flores e caminhos em espiral. Podemos nos sentar lá e apreciar um pouco a música.

Lief parece confuso.

– Que música? Não estou ouvindo nada. Não entendi o que Dimia quis dizer com isso. Achei que talvez ela estivesse ouvindo coisas, por causa do medo que sente de você.

– Como assim, você não está ouvindo a música? – Eu me aproximo da janela e inclino a cabeça para o lado. – Ah. Parou. Mas estava tocando, uma flauta, ou algum tipo de instrumento de sopro. Estava bonito. Queria ter aprendido a melodia e criado uma letra.

– Vou acreditar na sua palavra, milady. – Lief dá um risinho e, por um instante, sinto vontade de empurrá-lo. Não faço isso, no entanto, porque sei quais são as consequências. Mas fico ruborizada, e ele olha para mim. – Você está bem?

– Estou com um pouco de calor – digo. – O ar fresco vai me fazer bem.

– Talvez você devesse ter ido para o lago com a rainha. Dizem que o ar da montanha é gelado.

– Não fui convidada. Nunca sou.

– Que falta de educação. Mas você não costuma cantar para o rei quando ela está fora?

– Geralmente, sim. Mas este não é o dia que ela costuma visitar o lago. Deve ter algum motivo especial para ter querido ir até lá. E é claro que não posso cantar para o rei se ele está caçando.

– Eu ia preferir ouvi-la cantar do que ir caçar – diz Lief. – Se eu fosse ele, teria convocado você para cantar para mim, em vez de ir perseguir veados.

– O rei gosta de caçar – começo a explicar, aturdida com o elogio dele. – Além disso, vou cantar para ele daqui a dois dias, quando a rainha for para o lago e... – De repente, fico em silêncio.

Por que ela foi para o lago hoje? Suas visitas lá têm relação com seu ciclo lunar, e ainda estamos na lua minguante. Ela nunca visitaria o lago durante a lua minguante, pois é a lua da morte, a minha lua. Então, onde está ela? E, por mais que o rei adore caçar, acho que não seria nenhuma falta de modéstia dizer que ele ia preferir me ouvir cantando, se pudesse. Por que todos saíram do castelo de repente?

Depois de três batidas do meu coração, tenho a sensação de que os cães de caça estão aqui conosco. Toda a calma da melodia do flautista se foi, sendo substituída pelo terror, como a respiração quente de um perseguidor na minha nuca, ou mandíbulas estalando nos meus tornozelos. Fico paralisada no corredor, acorrentada pelo medo.

– Milady? – chama Lief. – O que houve? Está se sentindo bem?

– Preciso de ar – respondo, com as pernas bambas, enquanto atravesso rapidamente o castelo e Lief me acompanha.

Desço aos tropeços os degraus do castelo, mas me empertigo e continuo, sem parar, até chegar no jardim murado. Eu me ajoelho e enterro o rosto na lavanda perfumada.

Há algo de errado aqui. Cada parte de mim me diz que algo está terrivelmente errado. Se eles estivessem planejando uma caçada, Merek teria me avisado ontem à noite. Se ele soubesse, talvez até tivesse me convidado. Caçadas são eventos raros; esta já é a segunda em uma única lua. E a rainha não deveria estar fazendo sua peregrinação hoje. Isso sempre acontece no dia seguinte à Narração, sempre. Morte um dia, e vida no seguinte. Por que esvaziaram o castelo? Por que alteraram a ordem das coisas? Por que fui deixada para trás?

De repente, a ficha cai. Sempre tive dois guardas, e agora só tenho um. Estava confinada no quarto, mas agora tenho permissão para sair. Quem me ajudaria se eu fosse atacada? Não tenho ninguém, além de um guarda que encorajei a ser mais amigo do que protetor. Um guarda que lutou com o príncipe algumas noites atrás para ganhar minha liberdade. Uma liberdade conquistada contra as ordens da rainha, e sem o conhecimento dela. Ela deve saber o que Merek fez.

É uma cilada. Isto é uma cilada. Mas, para quem? Para o príncipe? Para mim? Será que ela sabe que Lief e eu nos tornamos amigos, que conversamos sobre coisas que seriam consideradas traição?

Até que tudo passa a fazer sentido. Merek a desobedeceu quando concedeu minha liberdade. Merek, o príncipe de Lormere, se submeteu a uma luta contra um tregelliano filho de agricultor. E agora vamos pagar o preço por isso. A lua minguante. De alguma maneira, vamos pagar por isso hoje, e perderei outro amigo, um amigo que eu não deveria ter. Mais uma vez, vou matar meu único amigo.

Olho para Lief, em pé acima de mim, com uma expressão preocupada.

– Twylla? – diz ele com cautela.

– Não – respondo. – Você deve se referir a mim como "milady".

Ele estremece, como se eu tivesse lhe dado um tapa, e fica pálido diante dos meus olhos.

– Fiz alguma coisa que a ofendeu?

Ignoro o tom de pânico na voz dele.

– Você está sendo íntimo demais – digo, com a voz trêmula. – Não pode ser assim... Não posso ser sua amiga.

– Twy... Milady? Você está bem?

– Não – respondo. Enfio as mãos na terra sob a lavanda e agarro um punhado, tentando disfarçar minha tremedeira. – Isto é um erro. Qualquer um poderia estar aqui, e você estaria ocupado demais conversando comigo para perceber. Precisa ficar alerta. Não pode ser meu amigo.

Tiro as mãos da terra e me levanto.

Consigo sentir seu olhar fixo em mim, o peso disso me empurrando, e me concentro em respirar com regularidade, inspirando e expirando, contando minhas respirações até meu batimento cardíaco normalizar. Olho para ele, e o sofrimento em seu rosto me faz hesitar.

– Qual é o problema? Twylla, fale comigo. – Seu espanto é lamentoso e infantil.

– Pare, Lief. Não podemos fazer isso. Não podemos.

Giro nos calcanhares e me afasto, tentando raciocinar.

Tenho certeza de que a rainha gostaria de estar aqui para testemunhar isso. Ela adora um espetáculo. Dou uma olhada no jardim, da esquerda para a direita, procurando por algum movimento, um sinal de que estamos prestes a ser derrotados. Quantos homens ela mandaria contra nós? Dez? Quinze? Mais? Atravesso o jardim com passos largos e punhos cerrados.

Sinto Lief atrás de mim, sinto sua palpável confusão, que ele exala no ar ao meu redor. O fio que o liga a mim está pesado; ele também está com raiva, e não faz o menor esforço para esconder isso.

Para o templo ou meu quarto? Meu quarto, decido. No templo, vamos continuar vulneráveis. Teríamos que sair de lá alguma hora.

– Vamos voltar – digo severamente. – Depressa.

Enquanto subo os degraus, ouço-o atrás de mim, com as botas ressoando na madeira, e meu coração acelera mais uma vez com a sensação de que estamos sendo seguidos, caçados. Acelero o passo, e ele faz o mesmo, percorrendo rápido demais os corredores, alarmando as pajens, que se escondem atrás de tapeçarias e portas quando nos aproximamos.

Quando alcançamos a porta da torre, levanto a saia e corro, impulsionada escada acima pelo terror absoluto que sinto. Já consigo avistar o santuário da minha porta. Estendo a mão para tentar tocá-la, mas a mão dele chega primeiro. Por força do hábito, me retraio da sua pele, e sua proximidade me encurrala na parede da torre. Ele apoia uma das mãos na porta, mantendo-a fechada, estendendo o outro braço para impedir minha passagem.

– O que foi que eu fiz? – questiona ele, com os olhos brilhando como fogos-fátuos.

– Afaste-se – digo, me encolhendo contra a parede enquanto ele se avulta sobre mim.

– Twylla, não faça isso. Fale comigo.

– Afaste-se, pelo amor dos Deuses, Lief. Você está perto demais.

– Só quando você me disser o que está acontecendo. O que fiz para merecer isso?

– Nada.

– Então não seja tão cruel. – Ele dá um passo para trás. – Não me trate como se eu fosse um dos outros.

– Lief, por favor. Você precisa se afastar. Se encostar em mim...

– O que vai acontecer?

– Você vai morrer. Será envenenado e vai morrer.

– Vou?

– Você sabe que sim. A Narração...

– A Narração é uma mentira.

Eu o encaro, balançando a cabeça.

– A Narração...

– É uma mentira – repete ele. – É tudo mentira.

Há uma pausa, e então, com a voz fria como gelo, pergunto:

– Como assim?

– Não é possível que você realmente acredita nisso. Pense bem, Twylla. Como poderia carregar um veneno especial sob a sua pele que não mata você porque tem a cor certa de cabelo e a bênção dos Deuses? Como isso é possível?

– Você não sabe nada sobre os Deuses e como eles agem... Nem acredita neles. – Consigo ouvir a mim mesma balbuciando, apavorada pela proximidade dele e por suas palavras.

– Você acha que se os Deuses existissem, eles deixariam a rainha fazer todas essas coisas?

– Sou a Daunen Encarnada. Fui ungida, e dediquei a minha vida aos Deuses...

– Você não é a Daunen Encarnada. Isso não existe. Eles te deram um título e espalharam um boato terrível, para assustar as pessoas e torná-las obedientes. A rainha está usando você.

– Como se atreve? – sibilo para ele. – Você não entende... Como poderia entender? Você é de Tregellan. As coisas em Lormere são diferentes.

– Não tem diferença nenhuma, Twylla, e sei disso justamente porque sou de Tregellan. Também costumávamos adorar Deuses. Agora não mais, e, apesar disso, o país não sucumbiu, está prosperando sem eles. Você não percebe? É tudo uma invenção. Você não é amada pelos Deuses... Não existe Deus nenhum. E nem um veneno que você possa tomar e que não te mate. São mentiras, são apenas mentiras sujas, e você é esperta demais para acreditar nelas. – Ele faz uma pausa e passa as mãos no cabelo. – Praga-da-manhã não é um veneno de verdade. Acredite em mim. Conheço muito bem venenos de verdade. Minha irmã é boticária, lembra? Tudo isso não passa de uma mentira criada para que você continue obediente, para que faça o que eles querem. Você não percebe?

– Pare de falar isso! – grito para ele.

– Não vou parar até que me escute! Se os Deuses são reais, por que ainda não me mataram por dizer o contrário? Por que não me puniram?

– Não sei...

– Porque eles não existem – esbraveja Lief. – Foram inventados para manter pessoas como a rainha acima de gente como eu, para fazer com que todo mundo seja obediente. É tudo mentira. Já viu alguma raposa preocupada com os Deuses? Ou alguma vaca no pasto preocupada em agradá-los? Se os Deuses fossem reais, tudo e todos os venerariam, todo mundo sentiria seu impacto. Mas só Lormere os venera. Não existem Deuses em Tregellan. Não existem Deuses em Tallith. Isso não significa nada para você? É tudo uma questão de poder e controle, para te manter na linha. Pessoas como a rainha nos dizem que, se não seguirmos a vontade dos Deuses, como ela quer, nossas almas ficarão amaldiçoadas. Pense na quantidade de assassinatos que ela já cometeu e me diga: que alma tem mais chances de ser amaldiçoada, a sua ou a dela?

– Eu sou a assassina! – grito para ele. – Sou eu quem executa as pessoas por traição. É claro que estou amaldiçoada.

– Você nunca matou ninguém – diz ele severamente. – Aquilo não é real.

– Você está errado.

Ele faz um som de pura frustração, esmurrando a parede ao lado da minha cabeça, o que me faz contrair o rosto.

– O que preciso fazer para provar para você?

– Você não tem como provar.

– Tenho, sim – retruca ele lentamente. – Tenho, sim.

Ele se inclina para a frente e pressiona a boca na minha.

Capítulo 14

Eu o empurro para longe com o máximo de força que consigo reunir, e me viro para descer a escada correndo. Mas ele me agarra por trás, com um braço ao redor da minha cintura e a outra mão tapando minha boca, abafando meu grito. Luto contra seus braços e ele me puxa para dentro do quarto, fechando a porta com um chute. Então ele me solta e tento agarrar sua espada. Vou matá-lo antes que o veneno faça isso.

– Espere! – grita ele, me agarrando outra vez e me segurando contra o peito. – Espere, por favor.

– Seu tolo, idiota... – Soluço. – Me solte. Você só está piorando as coisas.

Mas ele se recusa a me soltar, me segurando com firmeza, e, apesar de sentir que meus chutes estão atingindo suas canelas com força, ele não me larga. Fico esperando ele tossir, desabar, derramar gotas quentes e pegajosas de sangue em cima de mim, mas isso não acontece. Continuo presa em seus braços, e ele não morre.

Depois de um tempo, ele me solta e me afasto, encarando-o.

– Não morri – afirma ele baixinho. – Estou bem.

Balanço a cabeça.

– Não. Você é jovem e forte. O veneno deve demorar mais para fazer efeito. Você está morrendo.

– Não estou morrendo. Você não é venenosa.

– Isto é loucura. Você é louco.

– É tudo mentira, Twylla – diz ele. – Não é real. Olhe para mim.

Ele abre os braços e me encara.

Mas, mesmo assim, não consigo aceitar o que está acontecendo. Continuo esperando, decidida a agir logo que ele começar a tossir, ou que sua respiração mude. Vou pegar a espada para matá-lo. Será melhor assim do que da outra maneira. A espera é agoniante.

– O que você fez? – repito sem parar, ofegante. A pele dele na minha pele. A boca dele na minha. Senti o gosto dele, e ele sentiu o meu. – Você encostou em mim... Sou a Daunen Encarnada, e você me tocou. O que foi que fez?

– Você não é a Daunen Encarnada.

– Sou, sim.

– Pelo amor dos seus Deuses, Twylla, é mentira! – ruge ele. – Você é só uma menina.

Eu me jogo na direção dele, com as unhas em posição de ataque e os dentes estalando em busca da sua pele, me esquecendo de que ele já está morrendo com o meu toque. Bato nele, chuto e arranho o máximo que consigo, sem parar de chorar. Ele se esforça muito para se proteger, mas eu o agarro, desferindo socos. Não sei em que momento minha boca encontra a dele, quando meu ataque muda, mas, de repente, minhas unhas agarram a lateral do seu rosto, mantendo seus lábios encostados nos meus. Nossos beijos são quentes, molhados e bagunçados. Nossos dentes se chocam quando ele anda para trás e encosta na minha escrivaninha. Sinto gosto de sangue nos seus lábios, no local em que o mordi. Quando me afasto repentinamente, Lief me encara, com olhos tão brilhantes quanto escuros, o verde da sua íris eclipsado pelas pupilas. Ele respira tão forte quanto eu, e nós dois nos empertigamos, observando, esperando. Ele não desaba no chão. Seu nariz não sangra. Nunca vi alguém parecer tão vivo.

Ele é o primeiro a se mexer, me puxando para o seu corpo e me aninhando em seus braços, beijando ferozmente o topo da minha cabeça, enquanto me entrego ao seu abraço.

Ele deve ter ficado abraçado comigo por muito tempo, porque, quando afasto o rosto das dobras da sua túnica, as sombras no quarto mudaram, se alongando sobre o totem. Estamos no chão. Eu me sento em seu colo, como uma criança, com os braços dele ao meu redor, debaixo do meu manto, e ele beija minha cabeça sem parar. Ele continua vivo. Já se passaram horas, com certeza, e ele continua vivo. Lief acaricia meu braço, minhas costas, e seus dedos nunca se afastam, tocando minha pele nua onde pode. Ainda estou tremendo, mas não sei do que tenho medo.

– Twylla – diz ele baixinho, movendo a mão para inclinar meu rosto na sua direção.

Meus olhos se arregalam quando o encaro. Seu lábio inferior está inchado, com um corte visível. Seu cabelo está despenteado, arrepiado ao redor da cabeça, como uma auréola. Quando afasto os olhos dos dele, consigo ver arranhões em seu pescoço, causados pelas minhas unhas.

Ele vira delicadamente meu rosto de volta para o seu.

– Você está bem? – pergunta.

– Você está?

– Estou. – Ele dá um sorrisinho. – Muito, muito bem e muito, muito vivo.

– Eu... – Não sei o que sou. Não entendo. Só tenho certeza de uma coisa. – Traí o príncipe. Estou prometida a ele. O que posso fazer?

– Vai ficar tudo bem – diz ele. – Prometo. Amanhã tudo vai ser esclarecido. Confie em mim por mais algum tempo.

Balanço a cabeça, sabendo que ele está errado, mas desejando que possa estar certo. A traição é simbolizada por sementes de feno-grego, cruas e amargas. Meu caixão estará coberto delas.

– Fale alguma coisa, Twylla – pede ele. – Converse comigo, por favor.

Eu me solto dos braços dele e me levanto, com a cabeça girando. A sensação de pele contra pele, o calor da pele dele na minha é inebriante. Eu havia me esquecido do conforto que o toque de outra pessoa oferece. As lembranças me invadem: minha mão na do rei, enquanto ele me conduzia de volta para minha mãe, o cheiro do pescoço da minha irmãzinha, onde eu enterrava o rosto durante as tempestades, o calor das palmas dos meus irmãos, quando me estapeavam para que eu dividisse minhas bagas de sabugueiro e cerejas com eles. Pele na pele, na minha pele. Eu não sabia que estava tão desesperada por isso.

Mas, assim que paramos de nos tocar, me lembro do que sou.

Eu me viro e me olho no espelho. A princípio, não reconheço a menina que me encara de volta, com os lábios inchados dos beijos e cabelo emaranhado. Ela não se parece com a recipiente de uma dádiva dos Deuses, nem com a herdeira de um reino. Não parece uma assassina. Sob a luz minguante do sol, meu cabelo é um sol poente, vermelho, dourado e caótico, e a confusão me consome. Esse é o cabelo da Daunen. Prometida ao príncipe. Traidora.

– Fale comigo. – insiste Lief atrás de mim, e me mexo antes que ele consiga me tocar, porque não poderei confiar em mim mesma caso ele faça isso, e, neste momento, só posso confiar em mim mesma. – Não me afaste, Twylla. Por favor. Não se isole de mim e finja que não sou nada.

– Não estou fazendo isso.

– Está, sim. Já passei uma lua ao seu lado. Você era assim quando nos conhecemos. Depois, mudou, e isso a tornou melhor. Você é melhor do que eles, portanto não seja como eles.

– Você não deveria falar essas coisas.

– Twylla, você não pode negar...

– Não, não posso negar, Lief. – Eu me viro para ele. – Não sei o que é isso.

Uma sombra percorre seu rosto.

– Sei que é muito...

– Não sabe! Como poderia? Pessoas morrem porque sou a Daunen Encarnada. Elas morreram por uma mentira? E quanto a Merek? Vou ser esposa dele, Lief. Estou prometida para me casar com ele na primavera que vem. O que fizemos é traição. Cometemos traição. E sou a punição para esses casos. – Não consigo evitar e caio na gargalhada, mas é um riso estilhaçado, sem qualquer humor ou alegria. – Como posso executar você se é imune a mim?

Ele permanece em silêncio, me encarando com seus olhos enormes, com as mãos estendidas para a frente, para me acalmar ou suplicar.

– Por favor. – Também ergo as mãos para impedi-lo de se aproximar. – Preciso de tempo. Tenho que pensar.

Ele me encara, antes de falar baixinho:

– Poderíamos ir embora daqui.

– Você não me ouviu? Vou me casar com o príncipe. Não posso ir embora.

– Não se case com ele. Case-se comigo. Podemos fugir.

– Não, Lief. Por milhares de razões, não. Vá embora de Lormere agora. Vou lidar com o resto das coisas. Vou pedir para prepararem um banho para mim. Só vou chamar os guardas depois que tiver terminado o banho. Isso vai dar tempo suficiente para você. Precisa estar bem longe quando isso acontecer.

Ele me encara, depois assente. Desvio o olhar. Não posso vê-lo indo embora.

– Vou pedir que tragam água para você.

E então, ele sai, fechando a porta. O som da tranca caindo é como uma reprimenda.

Estou ofegante, e sou tomada por onda após onda de sentimentos. Toda vez que fecho os olhos, é como se ele estivesse me beijando novamente, e a tontura e o embrulho do estômago me fazem reabrir os olhos. Estou a meio caminho da porta quando alguém bate, e me encho de uma esperança terrível de que seja ele. Mas não é: as criadas trouxeram a água. Espero em silêncio, me encolhendo na parede até que todas tenham passado por mim. Mais de uma dúzia de criadas carregam jarros de água fumegante. O que aconteceria se eu encostasse em uma delas? Será que ela cairia no chão? Sei que ia gritar, mas será que morreria? E se morresse? E se não morresse?

Quando elas saem do quarto, tiro a roupa e entro na banheira. A água está tão quente que estremeço, me sentindo fria por dentro, antes do calor me consumir. Ótimo, vou culpar a água pela vermelhidão da minha pele.

Encaro o teto, apoiando a cabeça na beirada da banheira, com a mente abarrotada de pensamentos que se empurram, como mulheres na feira. Por que o veneno não funciona com ele? Por que não sou venenosa para ele? Todos aqueles homens na Narração estavam vivos até minha pele encostar na deles, então morreram segundos depois.

Penso na Narração que vai ocorrer amanhã. Vou falhar. Traí a fé que os Deuses tinham em mim. Beijei um homem que não é meu prometido, e duvidei dos poderes que me foram dados. Serei punida e o veneno finalmente vai me matar. Depois Lief será punido. Os Deuses vão garantir isso.

Não vão?

Saio da banheira, me embrulhando no robe e parando diante do totem, que continua pendurado na parede. *Vocês estão aí?*, pergunto a eles. Não respondem, nunca responderam, mas geralmente me sinto em paz ao falar com os Deuses. Desta vez, não sinto nada.

Tento afastar meu medo. Sempre foi mais difícil falar com eles fora do templo. Vou passar a noite lá, pedindo a ajuda deles, implorando por perdão. Com o incenso e o Poço de Næht atrás de mim, vou conseguir sentir a presença deles.

Mas você deveria sentir em qualquer lugar, diz uma voz astuta dentro da minha cabeça, e demoro um tempo para perceber que não é a voz de Lief, e sim a da minha mãe.

Tento lembrar o que ela disse sobre os Deuses. Falou sobre como deveríamos servir a Næht, mas sempre em termos abstratos. Nunca visitávamos o templo para rezar para ela. Antes de vir para o castelo, eu nunca tinha entrado em um templo. E minha mãe nunca invocava a Deusa, argumentando apenas que a representava. A razão para tudo era sempre a vontade de Næht. Mas quando foi que minha mãe rezou para ela?

– *Twylla, assim como você é a Daunen Encarnada, o rei e eu somos os representantes terrenos de Næht e Dæg. Os aldeões sabem que são abençoados pelo simples fato de existirmos* – disse a rainha.

E Lief falou:

– *Foram inventados para manter pessoas como a rainha acima de gente como eu, para fazer com que todo mundo seja obediente.*

Ah, os Deuses. Eu me envolvo com meus braços, imitando como Lief me abraçou. Será que ele tem razão? Tanto minha mãe quanto a rainha nunca afirmaram acreditar nos Deuses. Minha mãe precisa deles, porque, se não existissem, o Reino Eterno também não existiria, e com isso a Devoradora de Pecados não passaria de um adereço do luto. A rainha precisa dos Deuses porque o medo da morte é o que torna as pessoas obedientes, gentis, bondosas e pesarosas.

Que tipo de Deuses permitiriam que minha mãe e a rainha agissem dessa forma, tomando decisões e brincando com as pessoas como fazem? E, se os Deuses não são reais, quem sou eu, se não a Daunen Encarnada? Se não estou matando em nome dos Deuses, sou uma assassina que mata a sangue-frio. Meu caixão estará coberto por uma infinidade de pratos de corvos. Não haverá espaço para mais nada.

Mas Lief falou que é *tudo* mentira. O que ele quis dizer com isso?

Quando ouço uma batida na porta, meu coração parece que vai saltar do peito.

– Entre! – grito, tentando parecer calma.

Para o meu horror, é Lief segurando uma bandeja de comida.

– Seu jantar chegou. – Ele indica com a cabeça a bandeja em sua mão. – Acho que você não quer comer, não é?

– O que está fazendo aqui? Falei para você ir embora.

– Não vou a lugar algum. Sei que estou certo, e amanhã, durante a Narração, você vai entender isso.

– Lief, se você se importa comigo, precisa ir embora.

– Se eu for, não terei o prazer de ver sua expressão ao perceber que está errada.

– Você é impossível – digo, furiosa.

– Mas tenho razão.

Suspiro, me virando de costas para ele, desesperada, mas emocionada com sua bravata.

– Não adianta discutir, Twylla. Não vou embora. Estarei aqui amanhã para levar você até a Narração. E depois vou aceitar de forma graciosa seu pedido de desculpa. – Ele sorri. – Mas preciso que você faça algo por mim.

– O quê?

Ele estende um pequeno frasco vazio para mim.

– Amanhã não beba a Praga-da-manhã. Vou distraí-los, para que você possa esconder a poção no vestido. Devolva este frasco vazio, como se tivesse bebido.

– Por quê?

– Juro que não é o que você está pensando. Vou provar. Confie em mim.

– Você não para de me pedir isso.

– E não te deixei na mão até agora – diz ele, sem rodeios. – Se precisar de mim, estarei lá fora.

Ele faz uma reverência e sai tranquilamente do quarto, e balanço a cabeça ao pensar que Lief voltou. Ele é um tolo.

Olho para minha bandeja de jantar, depois para o totem. Quero visitar meu templo.

Eu me visto e me cubro rapidamente com o manto, antes de abrir a porta.

– Se você insiste em ficar, então me leve para o templo – digo com rigidez.

Ele assente, pelo menos, erguendo apenas de leve a sobrancelha.

– Sim, milady.

Peço para Lief esperar do lado de fora do templo e fecho as portas. Acendo o incenso e todas as velas, deixando o ambiente muito iluminado. Em seguida, me viro para o altar. A cal sobre a parte da parede onde o totem costumava ficar pendurado está clara, e a parede ao redor parece muito mais descolorida. Eu me ajoelho diante do altar e fecho os olhos, sentindo o cheiro do jasmim-manga enquanto espero. *Onde estão vocês?*, pergunto. *Preciso de vocês, porque estou perdida e não sei qual caminho seguir. Preciso que me guiem.*

Mas não há nada, nenhum sentimento de paz, de retidão, ou qualquer outra coisa. Se os Deuses existem, não estão aqui agora.

Mais uma vez, estou acordada e pronta antes do amanhecer. Lief bate à porta enquanto ainda está escuro, e me levanto, sentindo uma calma curiosa. Para minha surpresa, dormi bem. Nada me perturbou, nada me assombrou. Nenhum sonho com morte ou membros entrelaçados, nem banimento ou olhos verdes assustadores. Nenhuma mensagem dos Deuses através dos sonhos. É como se estivesse observando a mim mesma, distante de toda a situação. Lá estou eu, andando na frente de Lief e do outro guarda que a rainha designou para me acompanhar até a Narração, arrastando a barra do vestido pelo chão de pedra do lado de fora das casernas e descendo a escada estreita até as entranhas do castelo.

O castelo fede à caça, e o cheiro acre dos cachorros paira no ar. Parece que faz mais tempo, mas ontem mesmo eu estava muito preocupada que a rainha fosse tirar meu guarda de mim. Em meio às revelações de Lief, havia me esquecido disso. Como eu estava equivocada. E como a rainha vai adorar descobrir que Lief e eu nos encurralamos sozinhos, poupando-a desse trabalho. Se é que ela estava realmente planejando isso.

Eu deveria estar apavorada... tremendo, mas estou entorpecida, esperando Lief bater na porta, anunciando minha presença para Rulf.

Eu me sento no banco, encarando com firmeza a parede e ignorando os três homens. Ignoro também o fantasma de Tyrek e sua gargalhada. Estou serena, certa do que irá acontecer. Talvez os Deuses rejeitem meu sangue assim que Rulf o misturar à Praga-da-manhã. Talvez a mistura fique preta, e todos vão saber que eu traí o reino. Ou talvez o céu se torne preto e todos vão saber que os traí. Só espero que, independentemente do que aconteça, eu tenha tempo suficiente para me posicionar entre Lief e o outro guarda, de forma que ele consiga fugir. Flexiono os dedos no colo, parando quando Rulf faz um som de reprovação, pressionando a faca na dobra do meu cotovelo. Na outra mão, seguro o frasco que Lief pediu que eu trouxesse. Sinto o formigamento na minha pele, e sei que isso significa que Lief está olhando para mim. Observo, serena, Rulf fazer cuidadosamente um pequeno corte, e viro o braço para que uma gota pingue no pote logo abaixo.

O outro guarda se move, parando ao lado de Rulf enquanto ele mistura meu sangue ao veneno, e Lief desvia os olhos de mim para observá-los. Aproveito a oportunidade para analisá-lo. Está pálido, com a pele tesa sobre as maçãs ressaltadas do rosto, e as juntas dos dedos retesando e relaxando sobre o punho da espada. Então ele não está tão confiante quanto no momento em que disse que tudo não passa de uma mentira, criada para controlar as massas. O que ele vai fazer quando formos descobertos? Será que vai tentar cortar Rulf e o outro guarda e escapar? Será que vai tentar me levar junto?

Rulf larga o frasco em cima do meu colo. Ao encarar o pote, ouço o som de algo estilhaçando, e meu coração para. Pronto, fomos descobertos. Rulf atravessa a sala e vejo cacos de vidro no chão. Lief se desculpa, curvando-se para pegar os potes que derrubou. Sem parar para pensar, enfio o frasco de Praga-da-manhã na manga da minha roupa e saco a rolha do frasco vazio. Depois, o deixo em cima da mesa e me viro para olhar os homens.

– Desculpe – diz Lief, catando o maior dos cacos, enquanto Rulf o afasta com um gesto de mão, movendo os lábios, irritado.

E, então, vamos embora.

Lief espera ficarmos sozinhos na escada da minha torre e estende a mão.

– Dê para mim.

Entrego o frasco a ele, que ainda estava escondido na manga da minha roupa, e meus dedos roçam nos dele. E, antes que eu consiga detê-lo, ele saca a rolha, cheirando antes de jogar o conteúdo na boca e engolir.

Logo em seguida, ele faz uma careta, e agarro desesperadamente sua túnica até que ele me detém, segurando minhas mãos.

– É sorva. – Ele tosse, fazendo uma careta que seria engraçada em outra circunstância. – Sorva é um tipo de licor. Minha mãe me obrigava a beber isso quando me flagrava falando palavrão. – Ele enfia o frasco no pequeno bolso no peito da sua túnica. – Tem gosto amargo, mas não é nada de mais. Está longe de ser veneno.

Afasto minhas mãos das dele e me viro de costas. Não bebi a Praga--da-manhã, e ninguém percebeu. O herborista tão experiente na arte da Narração não notou, e os Deuses que controlam todos os meus movimentos não fizeram nada para me punir. Toquei um homem ontem, eu o *beijei*, e ele sobreviveu. Sobreviveu, quando ninguém, exceto a família real, deveria sobreviver ao meu toque. O mesmo homem engoliu o veneno que tenho tomado há quatro colheitas, e me diz que essa substância não passa de um castigo materno para linguajar obsceno.

Nada do que eu acreditava, ou do que me disseram que aconteceria, aconteceu.

Lief estava falando a verdade. Todas as outras pessoas mentiram para mim.

Os Deuses não me abençoaram. Não sou a Daunen Encarnada. Não sei quem sou.

Passo por Lief e subo os últimos degraus, voltando para o quarto.

– Escreva para Merek – digo, antes que ele possa falar, com os braços já erguidos para me puxar para perto. – Peça para ele ir agora mesmo ao meu templo.

Capítulo 15

No templo, ando de um lado para outro, olhando fixo para a porta. Lief espera do lado de fora, pronto para anunciar a chegada de Merek, e tento organizar meus pensamentos e me acalmar. Preciso de todos os fatos. Preciso saber tudo.

– Sua Alteza, Príncipe Merek – diz Lief.

Ao me virar, me deparo com Merek vindo na minha direção, exibindo uma expressão preocupada, como uma máscara. A fina casca de autocontrole que tentei criar começa a desmoronar imediatamente. Mas, antes que eu consiga falar qualquer coisa, Merek se pronuncia:

– Twylla? Então, você já está sabendo. Eu garanto que não há nada com o que se preocupar. – A princípio, suas palavras me deixam atordoada. Como ele pode saber o que descobri? Então, ouço o resto de suas palavras. – É só uma febre baixa, que provavelmente pegou durante a caçada.

– Sobre o que você está falando? – pergunto.

– O rei. Não foi por isso que me chamou aqui?

Balanço a cabeça.

– O que tem de errado com o rei?

– Como eu disse, é uma febre. Ele vai ficar bem. É claro que isso significa que você não terá sua audiência com ele amanhã. Minha mãe ordenou que fosse adiada até termos certeza de que não é nada sério, mas sei que ele vai exigir sua presença em breve.

Eu o encaro, franzindo a testa, e toda a vontade que eu sentia de gritar com ele desapareceu.

– Não é a mesma situação do seu guarda. – Ele interpretou errado minha expressão. – Não é a mesma coisa. Não precisa se preocupar. Você vai gostar de saber que minha mãe planeja ficar no castelo amanhã para cuidar do meu padrasto. – Sua boca se curva formando aquela sombra tênue de sorriso que ele se permite esboçar, mas logo desaparece quando continuo parada e quieta diante dele. – Qual é o problema? Por que me chamou aqui? É a Narração? Aconteceu alguma coisa na Narração?

Esse comentário era o que bastava para reacender toda a minha raiva.

– De que planta é feita a Praga-da-manhã? – pergunto, com a voz instável.

– Não estou entendendo.

– De que planta é feita a Praga-da-manhã? – repito. – Porque, por mais que eu me esforce, não consigo me lembrar de nenhuma planta que tenha este nome. O veneno vem de uma planta, não é?

– Eu... eu não sei direito. Acho que sim – responde com firmeza, mas não o bastante, porque, durante aquele segundo de hesitação, notei que ele arregalou um pouco os olhos. – O que está acontecendo?

– Esta manhã, enquanto um homem cortava meu braço e me dava veneno, me dei conta de que não sabia direito o que estava bebendo. Conheço o efeito, mas não sei do que é feito. E gostaria de saber. Acho que eu deveria trazer algumas dessas flores para cá, para enfeitar o altar. Isso seria apropriado, não seria? – Cada palavra que digo é deglutida e precisa. Soo como a rainha em seu estado mais perigoso, e isso me agrada, mesmo percebendo que o príncipe também repara nisso e fica pálido.

– Não acho que isso seria apropriado – diz Merek, se virando de leve para a porta.

– Acho que seria difícil enfeitar um altar com uma flor que não existe – retruco com calma, e ele quase não me ouve.

Quase.

– Com quem você anda conversando? – pergunta ele, e isso deveria me alegrar, porque significa que Lief tem razão e que não sou assassina. Mas, em vez disso, me sinto derrotada. Uma pontada de dor atravessa meu crânio com tanta força que parece me empurrar no chão. – Twylla, onde ouviu essas coisas?

Balanço a cabeça.

– Não precisei ouvir de ninguém, Merek. Só não sou tão idiota quanto todos vocês parecem achar.

– Twylla, ninguém acha...

– Você mentiu para mim! – grito para o herdeiro do trono. – Todos vocês mentiram para mim.

– Eu nunca...

– Alguma parte é verdade? Qualquer uma? A Narração? Como os traidores morrem se o veneno não é real, Merek?

Enquanto falo, ele tapa o rosto com as mãos.

– Por favor, me deixe explicar. – Ele afasta as mãos do rosto, estendendo-as para me acalmar. – Por favor.

O fato de ele ter pedido por favor, mais do que sua expressão ou suas mãos estendidas, é o que me faz parar. Isso me faz lembrar com quem estou falando, porque o tom suplicante soa muito estranho saindo dos seus lábios. Assinto com firmeza, e ele retribui o gesto, antes de começar a andar de um lado para outro. Eu fico parada, rígida, diante dele.

– Nós... O reino passava por uma crise. O povo estava ficando nervoso, inquieto. Não demoraria muito para uma confusão de verdade começar. Precisávamos restaurar a fé deles. Foi uma das ideias da minha mãe.

– É claro. – Engasgo. – Mas como vocês conseguiram levar isso adiante? Porque, até hoje, eu acreditava ter acabado com a vida de treze homens. Se eles não morreram pelas minhas mãos, então como aconteceu?

– Foram envenenados antes de você entrar na sala – responde ele devagar, e percebo que está pesando as palavras de acordo com minhas reações. Tento manter o rosto inexpressivo e calmo. – Na última refeição que fizeram. Foram envenenados com reduções de oleandro. Todos eles.

– Eles sabiam disso?

O príncipe nega com a cabeça.

– Então todos morreram achando que eu era a responsável? Tyrek morreu pensando que eu era sua assassina?

Merek hesita, depois balança a cabeça.

– O que quer dizer com isso?

– Ele foi o único que soube que não era você.

Preciso me apoiar no altar para me manter de pé, e minha mente se esforça para organizar os pensamentos.

– Foi por isso que ele morreu, não foi? Porque descobriu tudo.

Merek olha para o chão.

– Ele sabia. E planejava contar para você.

– Então ele foi morto.

– Ele achava que estava apaixonado por você – comenta Merek com a voz fraca.

– Por acaso é traição se apaixonar por mim?

– Por favor, Twylla. Lormere estava à beira do desastre. Você precisa entender – implora ele, mas me afasto, sentindo repulsa. – O reino estava ameaçado e o povo precisava... Eles precisavam de esperança, Twylla. As pessoas precisavam de algo em que acreditar. E as lendas dizem que a Daunen traz esperança...

Por mais que eu já soubesse disso, ouvir a confirmação é tão ruim quanto estar dentro do templo e não sentir a presença dos Deuses. Agora é tudo real.

– Então, sou um símbolo? Tudo isso, toda minha vida, não passei de um emblema para o reino? Por quê?

Merek parece infeliz, com a boca curvada para baixo de maneira miserável.

– Meu pai estava morto. Alianor estava morta. Haviam se passado anos desde o casamento da minha mãe com meu padrasto, e, mesmo assim, eles ainda não tinham uma filha. O povo... estava com medo do que aconteceria com Lormere quando minha mãe morresse, se eu não tivesse uma rainha para assumir o trono ao meu lado. Ela se lembrou das antigas lendas de Daunen que ouvira, histórias sobre a filha de uma Deusa, que vinha para Lormere em tempos conturbados, para representar a esperança e a justiça. E, então, meu padrasto se lembrou de você. Ruiva, com aquela voz... Há um século não tinha uma Daunen. Nenhuma pessoa viva se lembrava da última. Da outra vez que tivemos uma, enfrentávamos uma guerra, as pessoas estavam morrendo. Mas, com a chegada da Daunen, Lormere recuperou suas forças e venceu. Porque ela devolveu a fé ao povo. Portanto, se tivéssemos uma Daunen, poderíamos pacificar o país, oferecer ao povo o sinal necessário de que estava tudo bem. E eu precisava de uma noiva. A família real sempre pertenceu à linhagem. Então, eu fosse me casar com alguém que não fosse da linhagem, ela precisaria representar quase um milagre. – Ele encara o chão. – Mas precisávamos que isso fosse convincente, entende? Não podíamos trazer uma plebeia, dizer que era filha dos Deuses e lhe oferecer um trono. O povo nunca aceitaria. Precisávamos fazer com que acreditassem que era algo divino, precisávamos que fosse algo irrefutável.

– Então vocês incluíram um pequeno detalhe na lenda? A nova Daunen tem o poder divino de matar com um único toque? – pergunto de forma debochada. – É uma bela ideia, admito. Quem discordaria, sabendo o que poderia acontecer?

– Twylla...

– Fui mantida em uma torre, resguardada de todos, enquanto vocês fingiam que eu era um tributo aos Deuses? Vocês me deram um belo templo e convenceram o mundo de que eu era uma assassina, e, como somos camponeses ignorantes, nós acreditamos. Estou certa?

Ele suspira.

– Twylla, eu queria contar tudo para você. Mas, então, fui viajar e... – Ele fica sem palavras. – Perdão. Mas isso precisava ser feito. Não estávamos tentando ser cruéis... – Ele faz uma pausa, engolindo em seco, antes de continuar. – Você era filha de uma plebeia. Não podíamos anunciá-la como minha noiva prometida sem convencer o povo de que era algo irrefutável. Minha mãe teve a ideia da Praga-da-manhã para provar isso. Os registros da última vez que tivemos uma Daunen eram vagos sobre como ela aplicava o castigo. Minha mãe não precisou se esforçar muito para incluir os elementos necessários e tornar a lenda convincente. Ao afirmarmos que você podia beber veneno, oferecemos a prova necessária de que era como nós: escolhida por direito divino... e a escolha óbvia para ser minha noiva.

– Mas Rulf sabia? E Tyrek?

Merek se vira.

– Rulf precisava saber, mas minha mãe cortou a língua dele, para que nunca revelasse a verdade. O garoto não deveria saber de jeito nenhum. Não sei como descobriu. Quando minha mãe ficou sabendo que ele sabia...

Meu estômago fica embrulhado, e preciso cerrar os dentes para conter a ânsia de vômito. Por minha causa, tudo por minha causa. Um homem perdeu a língua e teve o filho assassinado só para me transformar em um ícone.

– Eu achei que fosse abençoada pelos Deuses. Você me deixou cantar em nome deles e adorá-los num templo. Você já acreditou nos Deuses, Merek?

Depois de bastante tempo, ele balança a cabeça.

– Isso importa?

– Importava para mim – respondo baixinho e me viro, passando direto por ele.

– Aonde você vai?

Ele me segue.

– De volta para minha torre. Preciso pensar.

– Sobre o que você precisa pensar?

Ele me detém com um toque no braço, e eu o encaro.

– Sobre as razões que levaram o homem com quem devo me casar a deixar que eu acreditasse ser uma assassina. É sobre isso que preciso pensar.

– É parte da função da Daunen. Sempre foi.

– Mas sou a única que enxergou a si mesma como o machado, não é mesmo?

Merek une as mãos, implorando.

– As poucas informações que encontramos nas lendas diziam que Daunen mandava quem conspirava contra Lormere, os traidores, para a morte. Minha mãe tornou isso mais literal, para que ninguém ousasse atentar contra sua vida. Se as pessoas acreditassem que você era imune a veneno, quem a envenenaria? Se acreditassem que sua pele tinha o poder de matar, quem ousaria se aproximar de você? Os tempos mudaram e os Deuses já não têm mais o mesmo poder de antigamente. Precisávamos lhes devolver esse poder.

Eu o encaro, depois viro as costas para ele.

– Não vá, Twylla, por favor. Por favor, tente entender. Não podíamos contar para você. Se quiséssemos que o reino acreditasse, você também precisava acreditar. Você era uma criança quando chegou aqui, não teria conseguido esconder o segredo.

– Tenho guardado segredos desde que nasci – disparo. – Estava destinada a me tornar a Devoradora de Pecados de Lormere, lembra?

– Se eu tivesse ficado aqui... Tudo vai ser diferente agora, juro. Tudo vai ser diferente. Chega de segredos.

Tapo o rosto com as mãos, desesperada para colocar alguma coisa entre nós dois. Permaneço assim, usando meus dedos de escudo, até me acalmar o bastante para conseguir conversar com ele sem gritar.

– É muita coisa para entender, Merek. Vai demorar algum tempo. Não consigo aceitar isso tão rápido.

Depois de bastante tempo, ele assente.

– Pode me perguntar qualquer coisa, a qualquer hora. Vou responder a todas as suas perguntas, e com sinceridade.

– Obrigada – digo baixinho, depois o deixo sozinho no templo vazio.

Lief caminha lentamente atrás de mim, em silêncio, enquanto atravessamos o castelo, voltando para o meu solar. E, assim que passamos pela entrada, sou eu quem o coloca contra a porta, beijando-o, como se minha vida dependesse disso.

Nó nos sentamos de mãos dadas no chão do meu quarto, ajoelhados e olhando um para o outro. Meu corpo zumbe de prazer por estarmos nos tocando, e por isso não significar nada, e significar tudo. Não consigo parar de mexer os dedos, esfregando as pontas nas juntas e na palma da mão de Lief. Ele faz o mesmo, passando os dedos em volta das minhas unhas e entrelaçando-os nos meus. Nós dois sorrimos tanto que minhas bochechas doem, mas não consigo parar.

– Você precisa me explicar – peço.

– Você me deve um pedido de desculpa – diz ele, de brincadeira.

– Por favor, Lief. Como você sabia? Como percebeu que era tudo mentira, e eu não?

Ele se senta, me encarando com a cabeça inclinada.

– Twylla, vocês, lormerianos, até podem ter um exército formidável, mas a ciência de Tregellan é melhor. Melhor do que a de qualquer lugar. Nossa medicina e nosso conhecimento de botânica são muito mais avançados do que os de vocês. Se existisse um veneno capaz de ser transmitido através da pele, nós saberíamos. Já o teríamos usado, acredite em mim. Lormere já sobreviveu a um século sem a Daunen, a ponto de ela ter se tornado um mito, um conto de fadas, como o Príncipe Adormecido ou as músicas que você costuma cantar. Mas, de repente, aparece outra. Por quê? Por que os supostos Deuses mandariam sua filha de volta, do nada? A menos que não fosse obra dos Deuses, e sim de outra pessoa, por um motivo menos divino.

Eu o encaro enquanto reflito. A Daunen antes de mim salvou Lormere durante uma guerra. Tregellan tinha invadido, e Merek me disse que sua avó estava doente, e que ninguém esperava que ela passasse da infância. Será que a última Daunen era como eu: uma menina sendo preparada para o trono, caso a verdadeira herdeira morresse? Será que foi assim que a Daunen surgiu? Será que ela foi inventada, como uma marionete mascarada de filha dos Deuses, para acalmar a inquietação do reino?

– Por que eles não me contaram quando cheguei aqui? – pergunto. – Eu teria entendido que era para o bem do reino. Eu amava a rainha. Por que não confiar em mim?

Lief descreve círculos nas costas da minha mão.

– Suspeito que tenha sido por causa da Devoração de Pecados. Mesmo hoje em dia, a maneira como você fala sobre o ritual prova que você o valoriza muito. É uma parte tão importante do que você é, que eles precisavam oferecer algo ainda mais relevante. Precisavam lhe oferecer uma função maior e transformar em destino. De todas as pessoas, você certamente não questionaria o destino, porque nasceu e foi criada para seguir um – diz ele baixinho. – E quem não ia preferir um destino que envolvesse morar no castelo, em vez da Devoração de Pecados?

– Devoração de Pecados... – repito. Eu havia esquecido, ou não me permitia lembrar, mas agora lembro.

Eu era pequena, tão pequena que Maryl ainda era um bebê. Eu passara horas ninando ela, aquietando-a, qualquer coisa para parar seu terrível choro agudo, quando ela ficava com o rosto vermelho e levava aqueles joelhos pequeninos ao peito. Minha mãe ficara no seu quarto, saindo apenas uma vez para dar de mamar. Por fim, Maryl dormiu, e eu estava exausta, caindo de sono na cadeira.

– Venha.

A porta do quarto da minha mãe se abriu e eu me arrastei para dentro daquele ambiente abafado e perfumado.

– O que fazemos – começou ela, como se já estivéssemos no meio de uma conversa – é algo muito antigo. Atemporal. É algo que sempre existiu e sempre deverá existir.

Minhas pálpebras pesavam enquanto ela falava e o calor do quarto me ninava.

– Antes dos Deuses, antes dos reis, nós já existíamos – contou ela. – Eles nos tomaram para si quando tomaram o reino, peça por peça, e nos disseram por que fazíamos aquilo. Mas não fazemos isso por eles, minha menina. Fazemos porque alguém precisa fazer, e, antes dos Deuses e dos reis, os pecados já existiam. Sempre existiram. Entende o que estou falando?

Confirmei com a cabeça, o que foi um aceno de alguém se esforçando para se manter acordado, e não um aceno de compreensão.

– Somos muito antigos – insistiu ela. – Nós os mantemos em segurança.

*

Desvio os olhos de Lief, soltando sua mão. Faz sentido, mas não quero que faça. Não quero que seja assim tão simples. Passei os últimos quatro anos da minha vida me dedicando a isso e seguindo na direção de me tornar a esposa de Merek. É angustiante descobrir que tudo isso não tem nada a ver com meu destino, e que esta vida é baseada na cor do meu cabelo, no meu canto e nas ilusões megalomaníacas de uma mulher louca. E tantas pessoas morreram por causa disso.

– Vocês praticam a Devoração de Pecados em Tregellan? – pergunto a Lief. Ele confirma com a cabeça. – Conte como isso funciona lá.

Ele parece desconcertado.

– Da mesma maneira que aqui, acho. A Devoradora de Pecados come do caixão enquanto a família se despede. Depois, realizam o funeral. É o mesmo costume, sendo uma parte da cerimônia.

– Não, Lief, não é assim que funciona aqui – digo suavemente. – Aqui a Devoração não faz parte da cerimônia.

Ele dá de ombros.

– Acho que a Devoração de Pecados foi uma das coisas que sobraram depois que a crença nos Deuses foi abandonada. Talvez fosse uma mudança muito drástica deixar essa prática de lado durante as cerimônias de funeral, por isso eles mantiveram.

Um gesto simbólico. Parece que todos os meus destinos são como teias de aranha, escancaradas facilmente à luz do sol.

– No que os tregellianos acreditam?

– Em nada, na verdade. As pessoas acreditavam nos Deuses antes da queda da monarquia. Mas isso acabou durante a revolução. Acho que o povo não tinha tempo para isso. Mas nos vilarejos menores tem gente que ainda acredita em alguns Deuses.

– Nos nossos Deuses?

– Não. Eles acreditam no Carvalho e no Sagrado.

– *Nos seus Deuses?* – digo. – Você não estava me zombando? Tregellan tem Deuses diferentes?

Ele confirma com a cabeça.

– Eu não estava zombando de você.

– Como poderiam existir Deuses diferentes, Lief?

– Não acredito que exista Deus nenhum – diz ele baixinho. – Mas acredito que existam homens e mulheres que têm uma vida mais fácil por acreditarem que há alguém os observando.

Meu estômago fica embrulhado outra vez. É isso que minha mãe quis dizer.

– Não senti nada no meu templo – falo com rispidez. – Nada. Mesmo naquela hora, eu ainda queria sentir alguma coisa.

Ele me puxa para perto, me abraçando enquanto tento compreender o que eu sempre soube, mas nunca entendi.

– Sinto muito – diz ele, por fim.

Balanço a cabeça.

– O que vai fazer? – pergunta ele.

– Não sei. Mas acho que não consigo ficar aqui, fingindo representar a filha de uma Deusa.

– E quanto ao príncipe? – questiona.

– Eu... não posso me casar com ele. Não mais. Não posso ficar ao seu lado e me entregar a ele e à sua família.

– Não depois das mentiras.

– E não quando estou apaixonada por outra pessoa – confesso, sem pensar.

– O quê?

Ele se senta. Essa percepção me deixa atordoada e meus ouvidos zunem, o sangue corre para minha cabeça e minha pele, quando me dou conta do que eu disse. E de como é verdadeiro. De repente, isso se torna a coisa mais verdadeira e indubitável do mundo. Estou apaixonada. É isso que havia de errado comigo. Eu estava me apaixonando. Apesar de cantar sobre o amor, não consegui reconhecer o sentimento.

– Estou apaixonada por você – sussurro.

Ele devora as palavras assim que saem dos meus lábios, pressionando sua boca na minha e engolindo minhas preocupações. Eu o deixo fazer isso, disposta a sacrificar temporariamente minhas perguntas para sentir o gosto dele, e suas mãos na minha cintura.

Assim que ele se afasta, sinto falta dele e me aproximo, desesperada para me empanturrar de contato, depois de passar tanto tempo sem nenhum. Ele aceita minha aproximação, me envolvendo nos braços, então me viro para apoiar as costas no seu peito, puxando seus braços em volta do meu corpo. Isto parece certo. É aqui que devo estar.

– O que vamos fazer? – pergunto, por fim.

– O que quer dizer? – murmura ele no meu ouvido.

– O que vamos fazer agora? O que vai acontecer com a gente?

– Isso depende de você – responde Lief lentamente. – O que quer fazer?

– Não sei. – Balanço a cabeça. – Quero ir embora daqui, mas não posso. Eu nunca conseguiria, mesmo com sua ajuda. Mas como posso ficar?

– Você... você viria comigo, se fosse possível?

Em resposta, viro e puxo seu rosto para perto do meu, segurando seu maxilar enquanto o beijo.

– Então... – Ele se afasta, me encarando atentamente. – Isso foi um sim? Está dizendo que ficaria comigo?

Ele tenta disfarçar sua esperança, mas fica evidente em seu rosto.

– Quero ficar com você.

Penso na rainha. Ela se esforçou tanto para me transformar na sua marionete, mas acabou colocando alguém no meu caminho que não permitiu que isso acontecesse. Em pouco mais de uma lua, Lief desfez quatro colheitas de trabalho dela. Imagino a fúria dela quando descobrir que a desafiamos, e isso me faz sorrir. Eu me encosto nele de novo, apreciando o contato.

– E, então, o que faremos em seguida? – pergunta ele.

– Pediremos aos Deuses por um milagre.

Dou um sorriso discreto.

Sinto o sorriso dele na minha têmpora e ele estende o braço para segurar minha mão.

– Talvez eu conheça uma maneira de escaparmos. Vou ter que conferir, mas tenho certeza de que Dimia mencionou uma passagem que os criados usam quando entram e saem escondidos do castelo para visitar o vilarejo. Amanhã, durante sua audiência com o rei, vou escapar para descobrir se é mesmo verdade.

– Não vai dar. – Eu me lembro do que Merek me disse no templo. – Minha audiência com o rei foi adiada. Ele pegou uma febre durante a caçada, por isso não vai ter nenhuma audiência enquanto ele se recupera. Ah! – digo, ao compreender o que isso significa. – Poderíamos ir esta noite, enquanto todas as atenções estiverem voltadas para o rei.

– Duvido que as atenções de Merek estejam voltadas para o rei – diz Lief secamente. – Suspeito que os pensamentos dele estejam todos voltados para você. Além disso, não sei onde fica essa passagem, nem onde vai dar. E vamos precisar de cavalos se formos sair de Lormere. Não podemos correr o risco de ser pegos tentando fugir, então temos que estar bem longe daqui quando perceberem que escapamos. Tão longe a ponto de ficar inalcançável. Ela vai atrás de você. Não vai te deixar escapar.

Ele aperta meus dedos delicadamente entre os seus.

– Para a sua sorte, também não vou – acrescenta ele, beijando minha orelha, como se estivesse selando seu voto. – Vamos passar na casa da minha mãe. Ela mora do outro lado da Floresta do Oeste. Vou mandar uma mensagem para ela antes, e poderemos trocar de cavalos lá, pegar todos os suprimentos dos quais precisaremos e seguir ainda mais para o interior de Tregellan. Iremos para o norte, em direção a Tallith. Lá não vão nos alcançar.

Aceno com a cabeça, mais feliz.

– É um bom plano.

– Para ser sincero, Twylla, não é a primeira vez que penso nisso.

Ele sorri.

– Ah – digo baixinho, abrindo mais um sorriso. Não sou a filha da Devoradora de Pecados. Não sou a Daunen Encarnada. Sou outra coisa, algo novo. Não um monstro em um castelo, nem um rouxinol preso em um espinho. – Quando podemos ir?

– Daqui a alguns dias – responde ele. – É o tempo de que vou precisar para preparar tudo. Você deve juntar tudo o que quiser levar e deixar as malas prontas.

– Não quero nada daqui – respondo de imediato.

– Isso vai ser ainda melhor para nossa fuga. – Sua voz reflete seu sorriso, e sua respiração bagunça meu cabelo.

– Vamos ter que tomar cuidado – digo, mais para mim mesma do que para ele. Meus olhos fechados tremulam enquanto ele acaricia com os dedos longos as costas das minhas mãos e meus pulsos. – Não podemos dar motivo algum para que suspeitem de alguma coisa. Devemos convencer Merek de que me reconciliei com a verdade da Daunen. Que faço parte do segredo, e estou feliz com isso.

– Mas ainda vou poder beijar você? – pergunta ele. – Quando estivermos sozinhos?

– Deseja meus beijos tanto assim?

– Demais. Morrendo de vontade. – Ele sorri, como um esfomeado. – Você não faz ideia de como é adorável, não é?

Eu me contorço em seus braços.

– Chega, Lief.

– E se eu me recusar a ficar quieto?

– Vou arranjar um jeito de calar você.

– Tente – desafia ele.

Giro o corpo em seus braços e o encaro, com os lábios entreabertos. Lentamente, com o coração disparando, me inclino para a frente e o beijo. Quando meus olhos fechados palpitam, eu os abro e me deparo com ele me encarando de volta. Movemos com delicadeza nossas bocas, roçando uma na outra, e abrimos e fechamos nossos lábios, com os olhos fixos um no outro. Isso me deixa tonta, e permito que meus olhos tremulem e se fechem, me concentrando na sensação do seu toque, na sua língua dançando gentilmente com a minha.

Dessa vez, ele se afasta, aninhando minha bochecha na sua mão.

– Daqui a alguns dias, estaremos no nosso próprio chalé, em algum lugar seguro, onde ninguém terá como nos machucar. – Ele leva minha mão aos seus lábios e a beija, depois a coloca sobre o coração. Sinto o contorno do frasco sob o tecido, e passo o dedo ao redor. – Aqui está seu frasco de volta. – Ele o pega e me oferece. – Guarde-o como um lembrete.

Pego o frasco e algo dentro de mim enrijece. Eu me solto dos seus braços e me levanto, encarando o objeto que controlou minha vida durante as últimas quatro colheitas. De repente, eu o jogo, com toda a minha força, pela janela aberta, depois me volto para Lief. Nosso beijo é inevitável, como o sol se pondo sobre a Floresta do Oeste.

Capítulo 16

Eu costumava me esforçar muito para não encostar em ninguém, mas agora preciso segurar minhas mãos para não entrelaçar os dedos nos de Lief. Quase não dormi na noite passada. Foi difícil mandá-lo embora do meu quarto, e foi difícil saber que ele estava do outro lado da porta. É doloroso que ele esteja tão perto e, ao mesmo tempo, tão longe do meu alcance. Parece errado não estar tocando nele, e fico impaciente para ir a algum lugar em que eu possa percorrer seu antebraço com o dedo, ou sentir suas lindas mãos descrevendo círculos no meu pulso. Eu nunca soube que era possível sentir tantas coisas ao mesmo tempo: raiva, esperança, medo, desejo, alegria e preocupação. Meus sentimentos estão vivos dentro de mim, e morro de medo de esbarrar em alguém que perceba isso e conte para a rainha. Embora queira que ela fique sabendo algum dia, espero estarmos bem longe do alcance dela quando isso acontecer.

Eu me sinto embriagada pelas possibilidades. Tudo parece mais brilhante, claro e melhor por isso. Mesmo sem olhar para Lief, sei qual é a sua expressão, para onde ele está olhando, especialmente quando seus olhos estão voltados para mim. Sinto isso tão intensamente quanto senti seus braços me envolvendo mais cedo. Quando a brisa bate, sinto cheiro da fumaça de madeira e de limões, e sorrio. É o odor dele. Quando levo a mão ao rosto para afastar uma mecha de cabelo, sinto seu cheiro na minha pele.

Mas me sinto aterrorizada. Cada passo dele que ressoa na pedra parece chamar meu nome. Para cada Twylla que ele caminha, dou dois passos de Lief, e tenho medo de estarmos anunciando nossa traição para o castelo inteiro ouvir, se prestarem atenção o suficiente aos nossos passos. Vou ser obrigada a levar uma vida dupla até nossa fuga, assim como os espiões e traidores que eu achava que tinha matado. Não sou espiã. Sinto que devo vestir meus pensamentos tão abertamente quanto meu manto vermelho. Estou borbulhando por dentro, como as águas do lago, tanto de esperança quanto de medo.

Não consigo ficar enfurnada no quarto. Apesar de dormir pouco, continuo inquieta. Então, peço para Lief me acompanhar até os jardins, torcendo para que o frio signifique que só tenha nós dois lá fora, e que possamos continuar bolando nossos planos. Mas, ao entrarmos no jardim murado, encontro Merek sentado em um banco, encarando inexpressivamente os muros, enquanto seus guardas esperam de modo ocioso perto do muro oposto. O pânico agarra meu estômago e me viro bruscamente para guiar Lief para fora dali, quando ele chama meu nome.

– Twylla.

– Vossa Alteza.

Faço uma reverência com o intuito de esconder meu rosto, torcendo para que meu medo não esteja muito óbvio.

– Pode nos deixar agora – diz Merek para Lief.

Lief praticamente não hesita, antes de fazer uma reverência e nos dar as costas. Ele paira a certa distância, sob o arco na entrada do jardim, como um sentinela, e admiro seu autocontrole.

– Eu... eu esperava encontrar você aqui. Esperava que você viesse aqui hoje. Sei que disse que ia deixar você pensar sobre a situação, mas... não quero que isso nos afaste.

– Como está o rei?

– Melhor. Fiquei sabendo que está muito melhor. Recuperou o apetite, e exigiu que todos parassem de se preocupar com ele. Acho que isso significa que ele quer que minha mãe saia de cima dele. Ela não leva jeito para enfermeira.

Não consigo encará-lo, e não só porque estou com raiva.

– Por favor, mande melhoras para ele – digo. – Eu não queria incomodar você aqui. Vou deixar você sozinho com sua solidão.

– Não faça isso, Twylla – sussurra. – Prefiro que você sinta raiva de mim, se isso for consertar as coisas entre nós. Prometi que seria sincero, e serei. Por favor, não se afaste de mim de novo.

Nós dois nos levantamos constrangidos, e ele espera que eu fale alguma coisa, mas não consigo pensar em nada para dizer que não seja vingativo ou incriminador. Ao olhar involuntariamente para Lief, percebo que ele nos ignora de forma muito bem pensada, embora algo na sua postura sugira que está prestando bastante atenção à conversa.

– Senti sua falta na caçada – diz Merek, por fim.

– Não gosto de caçar – afirmo, de maneira direta.

Ele suspira, passando a mão pelos seus cachos escuros.

– Bem, então temos isso em comum, porque também não gosto.

– Não gosta? Mas você disse para a rainha que caçar era uma distração agradável. Com certeza não estava mentindo, estava?

Não consigo me conter. Preciso tocar na ferida.

Merek assente para si mesmo, como se aceitasse minha reprimenda.

– Não foi uma mentira. Sim, sair do castelo e cavalgar pela floresta é agradável. Mas a caçada em si... Não gosto daquelas feras que o rei chama de cães. Consigo pensar em coisas melhores para fazer do que perseguir pobres criaturas na floresta. – Ele faz uma pausa. – E especialmente pessoas. Não concordo com isso. No meu reinado, isso não vai acontecer.

O príncipe me encara, mas não consigo olhá-lo de volta, não quando ele fala assim, não agora. Depois de alguns instantes me observando, enquanto eu mantenho os olhos fixos nas flores, ele continua:

– Durante nosso reinado, caça não vai fazer parte das atividades da corte. Não dessa maneira. Eu gostaria de reintroduzir a falcoaria. É uma prática mais elegante, e tanto as damas quanto os cavalheiros podem caçar com pássaros. Você poderia ter seu próprio esmerilhão.

Permaneço em silêncio, com o olhar fixo nas flores, louca para me virar para trás e ver o que Lief está fazendo, se está nos observando.

– Está animada para seu próximo concerto? Quando o rei estiver recuperado?

– Claro. Você vai se juntar ao rei outra vez?

– Sim, se me permitir.

– Vamos nos casar. Minha permissão realmente importa?

– Para mim, importa – responde Merek. – E imagino que você, como eu, gosta da ilusão de ter escolha, mesmo que seja apenas uma ilusão.

Continuo em silêncio, encarando o céu.

– É melhor eu voltar – digo, inexpressivamente. – Parece que vai chover.

– Permita-me que eu vá visitá-la mais tarde – diz ele depressa. – Vou levar vinho, e poderemos conversar direito. Quero dar um jeito nisso, Twylla. Posso fazer uma visita?

– Se você quiser.

Se Merek me visitar à noite, pelo menos posso fingir que fiz as pazes com ele, e eu e Lief não teremos que nos preocupar em sermos vigiados pelo príncipe o tempo todo.

– Obrigado.

Começamos a breve caminhada de volta pelo outro lado do jardim. Consigo observar Lief daqui, com os ombros eretos e retesados, com as costas viradas para nós dois, nos oferecendo uma privacidade aparente.

– Até hoje à noite, então – diz Merek, quando alcançamos Lief.

Baixo a cabeça e o príncipe acena com a dele, antes de passar direto pelo meu guarda, que segue seu movimento com um olhar furioso.

Ando depressa, como se fosse dar outra volta no jardim, e ele se posiciona ao meu lado.

– Ele planeja visitar você esta noite? – pergunta Lief, quase sem abrir os lábios.

– Sim. Ele quer acertar as coisas entre nós.

– O que você vai fazer?

– Vou dizer que entendo que ele estava fazendo a coisa certa, mas que estou magoada e confusa, e que gostaria de ficar um tempo sozinha para entender tudo um pouco melhor. Vou perguntar se posso mandar avisá-lo quando tiver conseguido me resignar com a situação. Com certeza ele vai concordar com isso.

Lief assente.

– Depois, vamos fugir, e ele não vai nos perturbar mais.

No caminho de volta, decido passar no templo. Hoje percebo como as paredes estão sujas, e o chão, empoeirado. Contrastando com isso, os bancos estão limpos demais, e a madeira não exibe nenhum sulco ou desgaste decorrente do uso. É uma sala vazia. Não significa mais nada.

Eu esperava que Merek aparecesse mais cedo naquela noite. Mas ninguém bate à porta. Lief entra e acende as velas, passando o mais perto que pode de mim, enchendo o ar ao meu redor com seu cheiro de limão e couro, fazendo meu estômago revirar. Nem sequer nos atrevemos a conversar, não enquanto esperamos o príncipe e seu guarda, que devem chegar a qualquer momento.

Quando as velas já queimaram quase até o fim e sinto as pálpebras pesarem, vou até a porta e a abro. Lief ergue o rosto imediatamente, sorrindo para mim, e retribuo seu sorriso com tranquilidade.

– Vou me preparar para dormir – digo em voz alta. – Por favor, avise ao príncipe, se ele vier, que já me recolhi, e que lamento desapontá-lo. – Depois, baixo o tom de voz para um sussurro: – E diga também que ele é um suíno da pior estirpe.

– Certamente – diz ele, depois murmura: – Por isso decidi roubar o cavalo dele quando formos embora.

Rio baixinho, e ele aumenta a voz para uma altura normal.

– Precisa de mais alguma coisa de mim esta noite, milady?

Balanço a cabeça devagar enquanto falo, contradizendo minhas palavras.

– Isso é tudo. Pode ir descansar também.

Inclino o rosto na direção do dele, e Lief se aproxima em silêncio para me beijar. Não é o suficiente, e dou um passo à frente, me afastando da porta, segurando a mão dele, e beijando-o com a boca aberta.

Eu me afasto, relutante, fechando delicadamente a porta, e as pontas dos nossos dedos se tocam até o último instante.

Quando estou na cama, com as velas apagadas, abraço com força a almofada. *Em breve*, penso comigo mesma. *Já passei quatro colheitas aqui, mais alguns dias não é nada.*

Ouço uma batida de leve na porta, que é entreaberta.

– Twylla – sussurra Lief, e me sento na cama.

– Sim?

– Pensei em deixar sua porta um pouco aberta, para me certificar de que você está segura. Não posso permitir que fique à mercê de vagabundos que podem tentar entrar no seu quarto. Eu detestaria falhar no meu dever solene de proteger você.

Abro um sorriso largo e volto a me deitar.

– Admiro sua dedicação ao dever.

– Admiro sua admiração por mim.

Rio ao escutá-lo abrindo o saco de dormir no chão e deitando ali dentro. Depois que ele se aconchega, rolo para o lado, encarando a porta. Não consigo vê-lo, porque a lua crescente está fina e não brilha forte o suficiente para me mostrar o rosto dele, mas consigo ouvir sua respiração e os farfalhar do tecido quando Lief se move.

– Conte uma história – pede ele, com a voz baixa e estranha no escuro, diferente do seu tom diurno.

– Não conheço nenhuma. Minha mãe não fazia o tipo que nos contava histórias para dormir. – Vasculho minha mente à procura de algum conto, mas não me lembro de muita coisa. – Você conhece a história do Príncipe Adormecido? – pergunto.

– Claro. Essa não vale. – Ouço seu sorriso. – Toda criança em Tregellan conhece essa história. – Quando não respondo nada, ele continua: – Você conhece outra?

– Não conheço a história do Príncipe Adormecido – admito. – Pelo menos, não muito bem. Um dos meus irmãos me contou há muito tempo, antes de Maryl nascer. Hoje em dia todo mundo fala sobre esse conto, e até você mencionou ontem. Tudo o que consigo lembrar é que um príncipe ficou doente e adormeceu, levando um reino à ruína.

Ouço-o se mexendo no saco de dormir, então sua voz parece mais normal. Ele deve ter se sentado.

– Posso contar a versão que conheço, mas não é muito agradável. Não é uma história com "felizes para sempre", como se espera.

– Conte – peço.

Ele respira fundo.

– Está bem. Há quinhentas colheitas, Tallith prosperava. Dizem que era um reino lindo e dourado, cercado de muros por todos os lados, com sete torres dedicadas ao amor, à beleza, à graciosidade, ao cavalheirismo, e... esqueci as outras. – Ouço o sorriso envergonhado em sua voz. – De qualquer maneira, Tallith era intocável. Dominavam técnicas de medicina e alquimia que já se perderam. O povo era rico e saudável, não havia mendigos, e pouquíssimas doenças. Era o paraíso, cercado por montanhas e pelo mar. No final, foi justamente o mar o responsável pela ruína do lugar.

– É verdade – sussurro, começando a me lembrar.

– O rei de Tallith encomendou navios para que eles pudessem velejar e explorar o mar, e retornaram com contos de reinos estranhos e costumes orientais. Trouxeram especiarias e tecidos, coisas que nunca tinham sido vistas. Mas também trouxeram ratazanas. Não existiam ratazanas aqui, mas vieram nos navios e invadiram a terra. E Tallith, com toda aquela abundância de comida, foi logo dominada pelas ratazanas. Então, o rei mandou os navios novamente para o mar e ordenou que voltassem com um caçador desses bichos. Depois de algum tempo, eles voltaram.

"O caçador de ratazanas chegou com seu filho e sua filha, e imediatamente foram levados para o castelo. O rei ofereceu sua filha, a princesa, ao filho do caçador de ratazanas, se ele livrasse Tallith, mas o caçador recusou a proposta. Ele disse que livraria o reino das ratazanas, mas que tomaria o príncipe para sua filha. O rei recusou, pois isso transformaria a filha do caçador de ratazanas em rainha, e na mãe dos seus herdeiros, e ele não podia permitir uma coisa dessas. Mas o caçador de ratazanas recusou todos os outros títulos e riquezas oferecidos pelo rei. Ele só aceitaria a mão do príncipe para sua filha.

"Finalmente, com o povo injuriado, afinal as ratazanas estavam roubando comida, sujando a água e mordendo os bebês, o rei cedeu e disse que ofereceria seu filho à filha do caçador de ratazanas. E, assim, o caçador sacou uma flauta do bolso e começou a tocar. Logo em seguida todas as ratazanas saíram das tocas, seguindo o caçador pelas ruas de Tallith. Depois de atrair todos os bichos, ele os conduziu até o mar, onde se afogaram. O reino estava livre.

Lief fica quieto, e eu me sento.

– Mas essa não é toda a história – digo. – Sei que o príncipe ficou doente e adormeceu.

As palavras me levam a fazer uma pausa quando lembro que Lief me disse que Dorin também havia adormecido. Relembro Dorin acabado e sedento, de bruços em um alcatre montado. Durante um instante terrível, ele se torna Merek, depois Lief, e meu corpo inteiro se arrepia.

Lief não nota meu terror.

– Ele não ficou doente, Twylla. Foi amaldiçoado. Adormeceu porque foi amaldiçoado.

– Amaldiçoado? Quem disse que ele foi amaldiçoado?

– É o que está escrito nos livros. Quando Errin e eu éramos pequenos, minha mãe sempre terminava a história com o afogamento das ratazanas. Sempre achávamos que a história tinha um final feliz. Não para as ratazanas, é claro – pondera ele, antes de continuar: – Até que durante um inverno fiquei doente, estava entediado e minha mãe me emprestou seu livro de mitos e lendas da antiguidade, para que eu me mantivesse ocupado. Acho que ela esqueceu que o livro trazia a versão completa de "O Príncipe Adormecido", e eu li. Você quer saber o fim?

– Sim – respondo, embora não tenha certeza se realmente quero.

– Certo. Bem, depois que o caçador de ratazanas livrou o reino delas, ele voltou para o castelo com o intuito de casar sua filha. Mas o rei se recusou a cumprir sua parte do acordo e tentou subornar o caçador. Enfurecido, ele foi embora e se escondeu. Em seu covil, conjurou um espírito e pediu que amaldiçoasse o rei, seu filho e os filhos do seu filho, pela traição que cometeram. O espírito obedeceu. O que o caçador de ratazanas não sabia era que sua filha, que esperava ansiosamente pelo casamento, havia se permitido ser seduzida pelo príncipe. Ela carregava o filho dele quando a maldição foi colocada em ação, por isso também foi atingida. O rei, o príncipe e a filha do caçador de ratazanas caíram em um sono profundo, e ninguém era capaz de acordá-los. O rei definhou e morreu em poucas semanas, mas o príncipe e a filha do caçador de ratazanas continuaram dormindo. Todos os dias, o caçador ia cuidar da filha, pingando mel e água na sua boca para manter o bebê e ela vivos.

"Mas não foi o bastante. Após dar à luz seu filho, enquanto ainda dormia, a filha do caçador de ratazanas também faleceu, e ele a enterrou. Depois, levou seu neto aparentemente ileso. O príncipe continuou dormindo, embora ninguém mais cuidasse dele. Permaneceu no mesmo estado do dia em que adormeceu, talvez um pouco mais pálido, mas não definhou. Ele apenas dormiu, e, durante seu sono, Tallith entrou em decadência.

Aperto a colcha ao redor do corpo, sentindo um frio súbito.

– Não culpo sua mãe por ter decidido não contar o final.

– A história ainda não acabou – diz Lief. – Cerca de cem colheitas depois, uma garota desapareceu em Tregellan. Ela estava catando cogumelos com os amigos e se perdeu deles. Organizaram uma busca, mas não conseguiram encontrá-la. Acreditavam que ela tivesse sido devorada por lobos, até que um menestrel afirmou que viu a menina seguindo um homem com uma flauta. Eles seguiam na direção de Tallith.

– O caçador de ratazanas – sussurro.

– O neto dele – responde Lief, e estremeço, paralisada com essa nova parte da história. – Fazia muito tempo que o caçador de ratazanas tinha morrido, mas a criança que ele amaldiçoou sem querer ainda estava viva. Uma vida maldita e eterna. A família da menina foi correndo até Tallith, mas chegou tarde demais. Ao lado do carro fúnebre onde jazia o Príncipe Adormecido, também estava o corpo da menina, com o coração arrancado. O Príncipe Adormecido agarrava os restos do coração na sua mão ensanguentada.

Levo a mão ao rosto, tapando-o.

– E, desde então, a cada cem colheitas – continua Lief –, o Portador, como passou a ser chamado o jovem flautista amaldiçoado, reaparece e viaja pela terra, à procura de uma vítima para o pai. E ainda dizem que, caso ele leve uma menina enquanto as solaris atravessam o céu, o

Príncipe Adormecido vai acordar para sempre, e devorar os corações de todas as garotas do reino.

– Queria que você não tivesse me contado isso – confesso. – Eu nem deveria ter pedido. Não tinha bebê nenhum, nem Portador, na versão do meu irmão. Agora nunca mais vou conseguir dormir.

Lief dá um risinho.

– A história foi mudando com os anos. Aposto que tem um número tão grande de versões quanto tem de vilarejos. Esse é o problema dos contos de fadas: mudam cada vez que são contados. Há quem diga que o Portador pode ser convocado através de um totem, mas ninguém sabe o que é esse totem, ou como convocá-lo, nem o que ele fará se isso acontecer. Tem gente que diz também que o Príncipe Adormecido pode ser curado através do amor, e que, se o Portador levar seu verdadeiro amor, ele não vai arrancar o coração dela; em vez disso, vai beijá-la, e Tallith ressurgirá, exatamente como era. Outros afirmam que tudo isso não passa de mexericos das velhinhas, e que a ruína de Tallith foi causada por uma praga do sangue que dizimou a maior parte da população. Não leve isso muito a sério, meu amor.

Puxo a coberta até o queixo.

– Seria horrível dormir tanto tempo. Todas as pessoas que ele amou, ou conheceu, estariam mortas quando ele acordasse. Se eu fosse esse príncipe, não gostaria de acordar. Seria triste demais.

– Eu não ficaria triste, mas com raiva. Se eu tivesse sido amaldiçoado a dormir por quinhentos anos porque meu pai quebrou uma promessa, eu ia querer destruir o mundo inteiro. Imagine só acordar e descobrir que, do outro lado das montanhas, um bando de camponeses consanguíneos fundou o próprio reino, enquanto você estava preso em uma ruína, com nada além das roupas do corpo.

– Sou um desses camponeses – lembro imediatamente.

– Não é o que eu acho. Sabe o que penso de você. – Coro no escuro, e ele continua: – O que quis dizer é que acho que essa seria a perspectiva de um príncipe. Adormecer como herdeiro de um reino e acordar como pobre em um novo mundo. Não seria nada agradável. Mas isso não importa, é só uma história. Um conto infantil.

– Fico feliz por minha mãe não ter sido do tipo que contava histórias. Acho que ela teria gostado demais de contar esta. Sua mãe acabou descobrindo que você leu a história?

– Ela percebeu quando me encontrou montando guarda ao lado da cama de Errin uma noite. – Ouço o sorriso na sua voz. – Eu estava morrendo de medo de que o Portador viesse buscá-la.

– Ela ficou brava?

– Não. Acho que ficou feliz por eu ter parado para ler alguma coisa uma vez na vida. O pai dela foi encadernador, e ela tinha várias prateleiras com velhos livros grossos e textos. Só que eu gostava mais de brincar ao ar livre. Errin é a estudiosa, está sempre com a cara enfiada em algum texto.

Fico em silêncio, com a cabeça repleta de imagens do jovem Lief sob o luar, montando guarda para uma menina parecida com ele.

– Eu queria saber ler – digo, finalmente.

– Você pode aprender. Posso ensinar.

– Faria isso? – pergunto. – E a escrever? Você também me ensinaria?

– Posso começar agora, se quiser.

– Mas está escuro.

– É, tem razão. – Ouço ele dar um tapa na própria testa. – Se pelo menos tivéssemos um jeito de iluminar o quarto. Algo como uma vela.

Puxo a almofada debaixo da minha cabeça e a jogo na sua direção, sorrindo ao ouvir o "uf" que sai da sua boca. Depois, ouço seu saco de dormir mudando de posição e passos vindo até mim.

– Você está bem? – pergunto.

– Estou...

Sinto a cama afundar quando ele se apoia, se guiando por ela enquanto a contorna. Quando ele chega do outro lado, ouço-o tatear à procura da pederneira, e vejo seu perfil nas faíscas antes de a vela se acender. Ele a ergue sob o rosto, e estremeço quando a luz e as sombras transformam suas feições.

– Posso pegar sua pena e seu pergaminho?

– Pode.

Ele vai buscar e acende mais algumas velas, enchendo o quarto com um brilho suave e morno, antes de se aproximar da cama.

– Chegue para o lado.

– O quê?

– Chegue para o lado. Não vou caber aqui se você não chegar para o lado.

– Aqui? Na minha cama?

– Por que não?

– Porque... – sinto minha pele formigando e ardendo – ... é uma cama.

– E é mais confortável do que o chão. Prometo não comprometer sua virtude... mais do que já comprometi.

Ele sorri, e dou um tapa nele.

– Está bem – digo, bufando.

Eu me afasto e puxo a coberta ao meu redor. Ele se senta ao meu lado, em cima da coberta, o que me acalma um pouco, e apoia o pergaminho sobre os joelhos. Equilibrando o tinteiro em meus joelhos, ele mergulha a ponta da pena e faz alguns riscos rápidos no papel.

– Reconhece algum? – pergunta ele, pegando o tinteiro e levantando o pergaminho para que eu veja.

Dou uma olhada nas letras.

– Não... Espere... é o meu nome. – Aponto para um risco comprido. – E aqui também.

Indico com o dedo a primeira letra da segunda palavra.

– É um "T". É a primeira letra do seu nome. A outra é um "A".

– T, A – repito.

– Reconhece outra?

Encaro novamente o papel e franzo a testa, me concentrado.

– Sei que já vi, mas não tenho ideia do que significam – respondo, envergonhada.

– Em breve você vai saber – diz ele, apontando para a primeira letra. – Esta é um "E".

– "E" – repito. – Mas você disse que era um "T".

– Não, são diferentes.

– Mas são tão parecidas. Como podem ser diferentes?

– Olhe... – Ele indica os dois pequenos traços no meio e na base do "E". –Percebe a diferença?

– Sim – respondo, surpresa com a mudança formada por dois pequenos riscos. – Então, temos um "E", um "T" e um "A".

– A letra depois do "E" é "U" – diz ele, olhando fixamente para mim. – Bem, sei que a letra depois do "T" é outro "E".

Aponto para a segunda palavra que ele escreveu.

– Muito bem. – Ele me encara, animado. – E a letra depois do "A" é um "M".

– EU TE AM – digo, depois paro, soletrando as letras. – EU TE AM... Eu te amo!

Lief abre o sorriso mais largo que já vi em seu rosto.

– Como descobriu?

– Quando falo rápido, soa como a frase completa. EU TE AM... Então, esta palavra é "eu", esta é "te", e esta é "amo"?

Aponto para as palavras, e ele assente.

– Isso mesmo. Quer tentar escrever?

Aceno de volta com a cabeça, e ele me entrega a pena e o tinteiro. Eu me inclino sobre o pergaminho, copiando cuidadosamente as marcações no papel. É difícil mover a pena. Embora eu saiba desenhar, tentar fazer formas tão uniformes é diferente, e minha versão fica muito mais feia do que a dele.

Isso não impede que fique radiante, com os olhos delicados sob a luz da vela. Quando termino, ele pega a pena e o tinteiro e, gentilmente, tira o papel da minha mão. Ele sopra o papel, secando a tinta, antes de rasgá-lo ao meio. Sem dizer nada, ele me devolve o pedaço em que escreveu e pega o que escrevi com minha letra de principiante.

– Ah... – digo baixinho, depois vasculho sob meu travesseiro, à procura do primeiro bilhete que ele escreveu para mim. Quando pego, ele me encara, estupefato.

– Você guardou isso?

– Claro que sim.

– Twy... – começa a dizer, depois nós dois ficamos paralisados. Ouvimos o ruído da porta de entrada da minha torre se abrindo.

Capítulo 17

Lief salta da cama e atravessa o quarto voando, puxando a espada do saco de dormir. Meus ouvidos são invadidos por um zumbido alto e agudo, como se eu tivesse encostado a orelha em um ninho de vespas.

– Quem está aí? – grita ele. – Estou logo avisando que estou armado e mato você sem hesitar se der mais um passo em direção ao quarto de milady.

– Eu preferiria que você não fizesse isso – diz uma voz arrastada, e eu arregalo os olhos.

– Merek? – berro, e sou tomada por uma sensação de terror.

– Quem mais poderia ser? – Ele circunda a escada e para na porta, ao lado de Lief. – Perdão pelo meu atraso... mas pelo visto você não estava dormindo.

Ele indica as velas.

– É, eu ainda não estava dormindo – respondo, trêmula, olhando para Lief.

Merek se vira e também olha para o meu guarda, que embainha a espada com uma expressão de tédio e chuta o saco de dormir da frente da porta, permitindo a entrada de Merek.

– Por que a porta estava aberta? – pergunta o príncipe, e minha boca fica seca.

– Para que milady pudesse escapar, se precisasse – diz Lief imediatamente. – Eu a abri assim que ouvi alguém do lado de fora da torre. Milady sugeriu que eu fizesse isso quando passei a ser seu único guarda. Eu deteria o intruso, ela escaparia para o dormitório dos guardas e se trancaria lá.

Merek franze a testa.

– Por que lá?

– Porque é onde guardo minhas outras espadas e facas. E fica mais perto do térreo, então ela poderia escapar pela janela, se fosse necessário.

Fico impressionada com a facilidade que ele mente, com o jeito que consegue fazer tudo parecer razoável.

– Parecia a maneira mais prática de garantir minha segurança – acrescento, mas minha voz não passa nem metade da frieza da de Lief, e Merek nota isso.

– Está tudo bem?

– Com a exceção de ter dois homens dentro do meu quarto durante a noite, estou bem.

Os dois encaram o chão, mas sei que Lief está contendo um sorriso.

– Peço desculpas – diz Merek. – Perdão. Não queria que você achasse que me esqueci do nosso compromisso. Minha mãe me manteve ocupado com um relatório sobre Tallith. Voltarei amanhã.

– Como quiser – respondo.

– Só uma coisa... – ele se vira e olha para nós dois – ... notei que há um ferrolho na porta da torre. Não seria mais prático usar isso, em vez de tentar fugir daqui para se proteger no dormitório dos guardas?

O ferrolho. Esqueci a existência do ferrolho. Como pude ser tão idiota?

– Tem razão. Lief, por favor, faça isso depois que o príncipe tiver ido embora.

Os homens fazem uma reverência para mim e saem. Instantes depois, ouço o ferrolho sendo fechado, e Lief retorna.

Nós nos entreolhamos, e meu coração dispara quando penso em como quase fomos pegos.

– Perdão, meu amor.

– Pelo quê? Não foi culpa sua. Se você não tivesse agido tão depressa...

– Não, não é por isso. É porque me esqueci de dizer que ele é um suíno da pior estirpe.

Não consigo conter o riso.

– Vamos ter que tomar mais cuidado – diz ele.

– Como pudemos esquecer o ferrolho? – pergunto.

– Talvez tenha sido uma coisa boa. Agora podemos falar que a porta está trancada por ordens do príncipe.

– Sim, isso é bom – digo. – Parece menos suspeito.

Lief olha para mim, depois para o chão, com uma vergonha que não é do seu feitio.

– Com a porta trancada, podemos passar todas as noites assim, até nossa fuga – diz ele. – Juntos. Se você quiser. Só se você quiser.

Não consigo responder, meu sangue corre violentamente pelo corpo. Passar as noites com ele. Na minha cama, ao meu lado.

– Sim – respondo baixinho.

Ele atravessa o quarto, voltando para minha cama, e seus passos soam em sincronia com as batidas ligeiras do meu coração. De repente, ele está ao meu lado, deitado, e me deito também, encarando o dossel. Depois de um instante, seu braço se move e seus dedos deslizam entre os meus, e ele os aperta delicadamente.

– Estou indo longe demais? – pergunta ele, com a voz grossa.

Não confio em mim mesma para responder, então apenas balanço a cabeça.

Em resposta, ele se inclina para a frente e beija minha bochecha. Eu me sinto prestes a sucumbir.

– Amanhã vou perguntar a Dimia sobre a passagem, enquanto Merek estiver aqui com você. Pode me dispensar, e vou verificar isso. E os estábulos.

Concordo com a cabeça. Mal consigo respirar, sufocada pelo quão familiar e adulta é a sensação de tê-lo deitado ao meu lado, ouvindo-o falar sobre nossos planos.

– Boa noite, Twylla – sussurra ele no meu ouvido, virando-se para o lado.

Depois de um instante arrastado e pleno, viro as costas para ele, que se move, enroscando o corpo no meu. Consigo sentir nas costas seu coração batendo tão violentamente quanto o meu, e fecho os olhos. Sua respiração regular na minha nuca acaba me embalando até dormir.

Na manhã seguinte, antes de acordar completamente, há um momento delicioso, quando me lembro do seu corpo enroscado no meu e sorrio para mim mesma, com os olhos fechados sob a luz suave da manhã.

– Qual é a graça?

Abro os olhos de imediato, e lá está ele, sentado na cadeira ao meu lado, com o cabelo solto sobre os ombros. Não consigo falar, atordoada demais pela beleza dele, pela cabeça inclinada para o lado e as sobrancelhas erguidas inquisitivamente.

– Vai me responder? – pergunta ele.

– Merek – digo, com urgência.

– Merek realmente *é* engraçado.

Ele sorri para mim.

– Não, seu bobo. Merek vem me visitar hoje. Ele pode estar a caminho.

Lief balança a cabeça.

– A porta continua trancada. Eu ia acordar você com um beijo, como um príncipe em um conto de fadas, mas você começou a sorrir feito uma louca. – Ele se inclina para a frente e roça os lábios nos meus, deslizando os dedos pelo meu cabelo enquanto intensifica mais o beijo. – Agora me diga, por que estava tão alegre? – murmura ele encostado na minha boca.

– Acordei feliz – digo. – Só isso.

– Alguma razão em especial?

– Nada especial – respondo, sorrindo quando ele prende brevemente meu lábio entre os dentes. – Está bem. Talvez haja um motivo.

– E você vai me contar?

– Seria uma indiscrição terrível. Uma dama nunca conta seus segredos.

– Então é melhor a dama não esperar que o café da manhã seja trazido até ela.

– Você não se atreveria.

Ele dá um sorriso malicioso como resposta.

– Será que não?

Sorrio para ele, da forma mais amável que consigo. Ele se inclina para a frente mais uma vez, mordendo meu lábio inferior e sugando, antes de se afastar, o que faz meu estômago doer.

– Agradeça por ser bonita – diz ele, sorrindo. – Não vou demorar muito.

– Não demore – grito para ele, deslizando sob as cobertas e me encolhendo, feliz, antes de me espreguiçar voluptuosamente e encarar o dossel da cama, exultante.

Ele não demora muito para voltar, carregando minha bandeja, que larga no meu colo, antes de se curvar para me beijar.

– Dimia foi embora – diz ele, enquanto pego um pão.

– Como assim "foi embora"?

– Outra criada trouxe a bandeja, uma muito rabugenta. Perguntei onde Dimia estava, e ela disse que simplesmente foi embora.

– Não estou surpresa – digo. – Você ouviu o que ela contou sobre o irmão dela e a rainha. Talvez ela e o outro irmão tenham decidido que não valia mais a pena correr o risco de continuar aqui. Ela ia encontrar com ele no dia em que nós... eu... – Faço uma pausa. – Talvez eles tenham decidido ir embora, enquanto a rainha estava fora.

– Ou talvez a rainha tenha se livrado deles – sugere Lief soturnamente.

– Duvido que a rainha saiba que Dimia existe. Ainda bem – digo. – Mas o que vamos fazer? Como vamos descobrir onde fica a passagem?

– Vamos seguir com o plano. Se você me liberar enquanto o príncipe estiver aqui, vou ver o que consigo descobrir.

Suas palavras me fazem corar, e a lembrança de quando ele ficou sussurrando no escuro me deixa com calor.

Ele sorri, como se soubesse o que estou pensando.

– Prometa que não vai se apaixonar por Merek enquanto eu estiver fora.

Jogo o resto do pão nele.

Estou elétrica demais, e quando me sento diante da minha tela, meu estômago fica embrulhado. Lief está sentado aos meus pés, enrolando e desenrolando meus fios enquanto canto baixinho, para me ocupar com alguma coisa até Merek chegar. Tento agir normalmente, mas não consigo lembrar como é ser normal. Tenho medo de acabar entregando nosso plano ao olhar demais para Lief ou sorrir sem parar, sendo que eu deveria estar sofrendo pela morte de Dorin e furiosa com Merek.

A batida estrondosa na porta da torre chega cedo demais, mas também mais tarde do que eu queria.

– Está pronta? – pergunta Lief, e eu assinto, ajeitando o cabelo.

Ele me deixa, e me concentro em regular minha respiração, sem saber direito por que estou sentindo este pânico repentino.

– Sua Alteza, o Príncipe – diz Lief, e eu fico de pé, baixando a cabeça respeitosamente.

– Twylla. – Merek entra no quarto. – Espero que tenha desfrutado de uma boa noite de descanso.

Sem pensar, olho para Lief, que está parado na soleira da porta, e Merek se vira para seguir meu olhar.

– Espere lá fora. – Ele o dispensa com um aceno de mão, antes que eu consiga abrir a boca para liberá-lo. – Está ficando ótimo – diz Merek ao observar a tela, quando a porta bate atrás de nós. – Fico feliz, porque, pelo menos nisto, fui útil para você. Mas pensei em pedir para você deixar seu trabalho um pouco de lado. O Salão de Vidro foi finalizado e queria saber se você gostaria de explorá-lo comigo. Podemos conversar lá.

– Não podemos conversar aqui?

– Claro que sim. – Ele franze a testa. – Mas esperava que você quisesse vir comigo. Ainda não vi o salão, e queria dividir esse momento com você.

– Não sei muito bem o que é o salão.

Ele retorce os lábios.

– É um presente, da minha mãe para mim. Assim que ela descobriu que eu planejava visitar Tallith, pediu que meu guarda enviasse a ela todos os textos tallithianos que vieram parar em Tregellan depois da queda do reino. Ela deve ter encontrado o projeto do Salão de Vidro original em um deles, e decidiu construir uma cópia aqui, como um presente de "boas-vindas" para mim. Algo para me atrair de volta. – Ele retorce o lábio outra vez, de maneira cruel. – Em termos práticos, é um salão de espelhos. Foram arrumados para distorcer a verdade, então, você pode ficar diante de um espelho, mas aparecer em vários. Ao ficar diante de outros espelhos, é possível ver a si mesmo de costas ou de lado ao mesmo tempo. Quer visitar? Comigo?

– Claro. – Ajeito a saia e sorrio para ele. – Parece intrigante.

Merek passa pela porta, e permito que minha expressão fique um pouco desanimada quando ele vira as costas para mim.

– Estou levando milady Twylla para o Salão de Vidro – informa ele a Lief. – Não precisamos da sua assistência. Voltaremos mais tarde.

– Quando, Vossa Alteza? – pergunta Lief, e tanto Merek quanto eu ficamos paralisados.

– Perdão? – A voz de Merek sai fria, incrédula, e eu encaro Lief, que me ignora, com os olhos fixos no príncipe.

– Quando milady voltará, Vossa Alteza?

– Isso é da sua conta?

– A segurança dela é sempre da minha conta, Vossa Alteza. É a única coisa que é da minha conta – responde Lief com tranquilidade.

– Posso lhe assegurar de que ela está segura comigo – diz Merek, com um tom de voz tão suave quanto o de Lief. – Você já lutou comigo, e acredito que eu não tenha me saído tão mal. Posso não ter derrotado você, mas tenho certeza de que consigo proteger milady. Ela vai ser minha esposa, afinal de contas. Twylla... – ele gesticula para que eu vá – ... as damas primeiro.

Hesito antes de fazer o que ele pediu, mas, quando não ouço seus passos atrás de mim na escada, percebo que ele e Lief estão travando uma batalha silenciosa de forças. Nenhum dos dois se mexe, ou fala. Apenas ficam parados, encarando um ao outro. A tensão entre os dois é rígida e perigosa, de onde sinto farpas saltarem, como se pressionassem minha pele. Quando o punho de Lief flexiona na direção do seu cinto, respiro fundo, e isso quebra o feitiço. Merek se vira de costas para Lief com uma calma impressionante, ignorando-o enquanto caminha até mim. Por cima do ombro dele, noto que a mão de Lief está trêmula. Merek sorri, e apesar da exaltação do conflito silencioso, seu rosto está plácido.

– Venha, Twylla – diz ele, e não tenho outra opção senão me virar e sair da minha torre, sem meu guarda, sozinha com o príncipe novamente.

Mais uma vez, estamos sem guardas, e os outros cortesãos fazem reverências e sorriem. É impressionante a diferença que faz ser vista com Merek. Quando estou na companhia dele, deixo de ser um monstro, e começo a assumir o papel de futura rainha deles. Estou titubeando por dentro, mas, por fora, retribuo os sorrisos, baixando a cabeça da forma mais graciosa que consigo, e durante todo o tempo fico imaginando se Merek vai fazer algum comentário sobre o comportamento de Lief... e como vou explicar isso a ele. O que Lief estava pensando ao atiçar Merek daquela maneira, quando, na verdade, ele lhe ofereceu a oportunidade perfeita de levar seu plano adiante? Mas Merek não fala nada, sobre Lief nem sobre outra coisa, enquanto seguimos na direção do Salão Nobre. Antes de alcançarmos as grandes portas de madeira que nos permitiriam entrar, Merek se vira para a esquerda, me guiando por um corredor que leva para a torre leste. Era lá que costumava ficar o infantário real. A torre leste inteira era dedicada a príncipes e princesas e às suas legiões de criados.

Diante da porta da torre, que é uma versão mais alta e grandiosa da minha, dois guardas fazem continências para o príncipe e nos reverenciam. Eles abrem a porta em silêncio, e Merek acena para que eu entre.

Há uma antecâmara tão pequena que mal cabemos juntos ali dentro, e fico incomodada com a proximidade de Merek quando a porta se fecha atrás de nós.

– Chegue para trás – diz ele, e obedeço, me encostando na parede de pedra. Ele se aproxima de um pedaço de tecido preto que pende do teto e o manuseia desajeitadamente, afastando-o para revelar outro cômodo. – Você primeiro.

Ele se afasta, me deixando entrar no Salão de Vidro.

Assim que entro, vejo meu reflexo. Levanto a mão para testá-lo, e me distraio com um movimento à minha direita. Sou eu de novo, e, quando me viro para olhar mais de perto, outro lampejo de movimento chama minha atenção, e lá estou eu mais uma vez, com as costas refletindo em outro espelho. Eu me viro de um lado para outro, dando passos para a frente e para trás, para ver onde vou aparecer, e que parte de mim conseguirei ver. Não consigo me conter e caio na gargalhada ao me ver em todos os lados para onde olho.

– Tem mais do que isto. – Estou cercada de Mereks. Cada Twylla que vejo tem um Merek atrás, e me viro para olhá-la, notando que cada uma de mim faz o mesmo. – Ande para a frente. Mantenha os dedos estendidos, para não esbarrar nos espelhos. O salão foi projetado para parecer um labirinto.

Ele demonstra isso, passando por mim com os dedos esticados diante do corpo.

Tenho certeza de que ele vai esbarrar em uma parede de vidro, mas isso não acontece. Ele apenas desaparece, como se tivesse entrado no espelho. Eu o sigo, e, de repente, vamos parar em outro cômodo, onde todas as paredes nos refletem.

– Pare – diz ele, e obedeço, com os dedos estendidos para a frente. – Veja.

Ele se vira para o lado e eu o imito, mas tudo parece igual. Lá estamos nós novamente, em todas as superfícies, vistos de todos os ângulos.

– Venha aqui. Fique parada onde estou.

Desconcertada, obedeço e ele toma meu lugar, me deixando ofegante. Deste ponto, não consigo me ver, há apenas o reflexo dele em todos os espelhos, e parece que Merek formou um círculo ao meu redor. Olho para o que acredito ser ele, e o príncipe sorri, dando um passo à frente e fechando mais o círculo.

– Pare – digo, sentindo um arrepio subindo pela coluna, e todos os Mereks balançam a cabeça.

– Você não sabe qual deles sou eu de verdade?

Ele se aproxima ainda mais e eu giro o corpo, começando a apontar, mas toda vez que aponto para o homem que acredito ser o verdadeiro Merek, ele nega com a cabeça.

– Merek, por favor – peço, girando tanto que nem sei mais por onde entrei na sala. – Não estou gostando disso.

– Você tem mais uma chance – diz ele.

Eu me viro lentamente, encarando todos os Mereks, à procura da entrada, para poder fazer minha escolha. Dou um pequeno passo para a esquerda, e lá está uma pequena fresta entre dois espelhos, cortada pelo canto do seu ombro.

– Aqui.

Aponto para ele, mas, ao fazer isso, noto um movimento atrás das suas costas, um cabelo preso na altura da nuca, um colete verde opaco e calça de couro. Arquejo, e Merek se vira, entregando sua posição e provando que eu estava certa, mas isso não me deixa contente.

Lief está no labirinto. Ele nos seguiu até aqui, e não há como se esconder, quando todas as superfícies revelam a verdade.

– Muito bem – diz Merek, mas ele franze a testa, com os olhos fixos no espelho. – O que foi?

– Quando me mexi, vi meu reflexo e levei um susto – digo, sem encarar seus olhos.

– Este lugar é mesmo desorientador – concorda ele. – Venha, ainda tem mais. Não vou mais enganar você. Pelo menos, não é a intenção – acrescenta, e eu o sigo, caminhando na frente com os braços estendidos.

Enquanto seguimos entre os vidros, espelhados por nós mesmos, tento convencer a mim mesma de que é impossível que Lief esteja aqui, pois ele precisaria ter passado pelos guardas, e nós o ouviríamos entrando.

Merek anda com um ar confiante. Apesar de suas palavras, ele não parece nem um pouco desorientado, e me apresso para alcançá-lo enquanto vagueio pelo salão, pelos cantos e fendas escondidos por toda a parte, com os olhos perscrutando sobre tudo. Os espelhos passam a impressão de que o salão é bem maior, embora eu saiba que não pode ser tão grande assim, e quando tenho um vislumbre do meu vestido, ou da mão de Merek, fico surpresa e giro o corpo para olhar melhor. Cada vez que faço isso, me deparo com meu rosto assustado.

– Gostou daqui?

Merek para em uma sala que parece se dividir em três caminhos diferentes.

– Não – respondo com sinceridade. – Acho que não.

– Eu gostei – diz ele. – É impossível existirem trapaças em um lugar como este, onde tudo é visível. Queria que a vida inteira fosse assim.

– Eu também – respondo rispidamente, depois mordo o lábio quando ele parece desapontado. – Perdão. Sei que não foi culpa sua. Sua mãe vai ficar feliz por você ter gostado.

Ele bufa.

– Sim, pelo menos ela vai poder parabenizar a si mesma por isso. Vou dar esse gostinho a ela.

Enquanto ele fala, Lief se materializa como um espectro atrás dele, e levo um susto, esticando os dedos.

– Você fica chocada com a maneira como falo da minha mãe, não é? – Merek interpretou mal meu gesto. – Mas sinto que posso ser sincero com você, depois das suas descobertas recentes. Sabe como ela é.

Concordo com a cabeça, muda, fingindo me virar para olhar meu reflexo, mas estou tentando localizar Lief, para descobrir em quais espelhos dá para vê-lo. Só consigo notá-lo à minha frente, atrás de Merek, mas sei que deve ser apenas um reflexo, porque também consigo enxergar a mim mesma e a Merek no espelho. Olhadelas rápidas para a esquerda e para a direita não revelam nada, e, quando Merek segue meu olhar, fica claro que ele também não consegue enxergá-lo.

– Twylla?

– Sim, perdão. São os espelhos...

– Somos tão parecidos, você e eu. – Merek dá um passo à frente, e, atrás dele, vejo o rosto de Lief se contrair, e seus dedos se aproximam lentamente do quadril, onde está a espada. – Nós dois com essas mães, essas prisões e esses papéis a desempenhar. Nunca tive ninguém com quem pudesse me abrir... Bem, isso não é verdade. – Ele sorri. – Eu costumava me abrir com meus professores e minhas babás, mas todos foram embora. Também sou solitário, Twylla – confessa ele baixinho.

Um movimento à direita me faz virar involuntariamente, e vejo Lief, o verdadeiro, parado em uma posição que faz com que o único espelho que o reflita seja o que está atrás de Merek. Os olhos do príncipe seguem os meus mais uma vez, porém, da posição em que ele está, tenho certeza de que a única pessoa que consegue ver sou eu.

Dou um passo à frente para impedir que Merek faça o mesmo e veja Lief.

– Não trouxe você aqui à toa – diz o príncipe.

Atrás dele, o rosto de Lief ecoa todos os reflexos do meu: ressabiado, assustado.

– Ah?

– Minha mãe... Ela não é uma rainha boa.

– Merek, você não deveria...

– Podemos conversar livremente aqui. Estamos sozinhos. E sei que você concorda. Venho observando você desde que voltei. Vi quando tentou salvar Lorde Bennel. Você sabe que ela não é uma rainha boa, mesmo que não diga isso em voz alta, que apenas pense, continua sendo traição, e continua sendo verdade. Ela anseia pela glória, mas quem paga o preço é o reino. Ela repreende e humilha meu padrasto. Mata os próprios amigos. É cruel e vingativa, e não faz bem a Lormere. Isso não pode continuar. Entende o que quero dizer? Vi muitas coisas desde que voltei e não posso, em sã consciência, permitir que isso continue, pelo bem da corte, ou de Lormere, ou de você. Minha mãe é um reflexo claro demais da criação que teve. E tenho medo de que ela seja louca, pois fala sobre pureza, legado, e... – Ele hesita. – Posso mesmo confiar em você?

Ele me encara, com um olhar investigativo, e prendo a respiração, assentindo.

– Pedi para que nosso casamento fosse adiantado. Minha mãe está enfraquecida, pela primeira vez, desde que me lembro. Ela deixou meu padrasto a desafiar publicamente, e não questionou a liberdade que dei a você sem a permissão dela. Se nos juntarmos, talvez a gente possa fazer isso de maneira amigável. Chegou a hora de atacar. Precisamos nos casar logo, para assumir o trono. Não posso fazer nada enquanto não estiver casado. E preciso agir.

Eu o encaro. Lief também me olha, e me sinto impotente.

– Mas... seu dia da colheita...

– O que importa? – diz ele, se aproximando de mim. – Nós dois somos adultos, e sempre soubemos que isso aconteceria. O que estamos esperando? Você já sabe a verdade sobre a Daunen, e não há mais por que continuar com as mentiras. Quero me casar com você agora.

Ele sela sua declaração com um beijo.

Capítulo 18

Ele é tão frio, tão frio comparado a Lief. Seus lábios roçando nos meus parecem os de uma estátua, tão diferentes de Lief e do calor que crepita entre nós quando nos tocamos. Merek se afasta de mim, com a cabeça inclinada, e me observa. Meus olhos se apressam para os espelhos. Lief não está mais lá. Onde foi parar?

– Perdão, Twylla.

Desvio o olhar.

– Tenho algum poder de decisão nesse plano, Merek?

– O que quer dizer? Estamos prometidos um ao outro, praticamente casados. Você estava lá, ofereceu a si mesma para mim. O casamento é só formalidade.

Quando não respondo, ele semicerra os olhos.

– Sente tanta repulsa de mim, Twylla? Sou tão nojento assim?

Abro a boca para protestar, mas ele não me deixa responder.

– Não minta para mim – continua Merek. – Acha que não percebo que você se preocupa mais com seus guardas, tem mais respeito por eles, do que pelo seu príncipe? Você não foi a única manipulada e usada. Nunca tive opção sobre o meu destino.

Há um ano, ou até mesmo há uma lua, talvez eu tivesse me sentido diferente. Mas agora não.

– Não é assim que eu queria que as coisas começassem entre nós – acrescenta. – Eu sabia que seria difícil contar a verdade para você, mas imaginava que fosse ficar feliz em descobrir que não era o que acreditava ser... uma assassina.

– Você não pode simplesmente dizer que não me quer? – pergunto, desesperada. – Não pode me recusar?

Ele agarra meu braço, me obrigando a encará-lo.

– Rezei por você – diz ele, enfurecido. – Não acredito nos Deuses, mas isso não me impediu de rezar por você. Todas as noites, durante onze anos, me deitei na cama e implorei para que os Deuses trouxessem você para mim, e permitissem que eu a mantivesse comigo. Sonhei com você. Ouvi você cantando, e fiquei feliz que seria você. Se preciso mesmo ter uma esposa, e, acredite em mim, não tenho opção, então prefiro que seja alguém que não é da minha família. Eu me mataria se não fosse assim. Passei os últimos dois anos esperando para voltar aqui, para finalmente poder estar com você. Você vai ser minha esposa, e fico muito feliz com isso. Quero que seja você. Sempre quis que fosse você.

Ele me solta e volta a encarar o espelho, antes de falar, com a mesma calma de antes:

– Você está visivelmente assustada com tudo isso, e é culpa minha. Foi obrigada a lidar com muita coisa recentemente. Vou pedir para os guardas a acompanharem até seu solar, para que descanse antes desta noite.

– Esta noite? O que vai acontecer esta noite?

– Marquei um banquete, em homenagem ao adiantamento da data do nosso casamento. Quero que seja anunciado agora, enquanto minha mãe está enfraquecida. Quero anunciá-lo formalmente. Depois, você pode se mudar para o solar real, e se preparar para se tornar minha noiva.

Ele caminha pelo Salão de Vidro, segurando meu braço e me puxando junto, nos guiando de volta, através da cortina.

– Sinto muito por ter apresentado a situação para você dessa maneira. – Ele faz uma pausa diante da porta, e eu o encaro. – Vou ser um bom marido para você, Twylla. Vou me esforçar para facilitar as coisas ao máximo. – Ele ergue a minha mão e beija o dorso, depois a roça na sua bochecha, com dedos tão frios quanto seus lábios. – Agora é a hora certa. Precisamos atacar agora, enquanto as garras dela estão retraídas. O reino precisa que a gente faça isso. Vejo você mais tarde.

Merek abre a porta e me entrega para dois guardas com expressões severas, que o reverenciam. Eu me esqueço de fazer uma reverência quando nos afastamos. Acho que isso não importa mais.

Não sei onde Lief está, se continua no Salão de Vidro ou se já saiu. Se permaneceu lá, ouviu tudo o que Merek disse.

Quando a porta da minha torre se abre, me deparo com meu guarda.

Não há brilho em seus olhos, e quase não o reconheço. A pele ao redor dos seus olhos embaçados está vermelha, seu cabelo está despenteado. Os guardas vão embora, e ando lentamente em sua direção. Ele me observa, indiferente, gesticulando para que eu passe direto enquanto fecha a porta. Subo a escada, ouvindo seus passos atrás de mim, lentos, estáveis, em contraste absoluto com meu coração.

– Lief... – digo, assim que entramos no quarto.

– Acho que devo começar a chamar você de "Vossa Majestade".

Ele faz uma reverência debochada. Minha expressão fica desanimada e finalmente começo a chorar.

Eu faria qualquer coisa para ser reconfortada por ele, mas Lief não oferece isso. Fica parado acima de mim, me encarando com frieza enquanto choro.

Quando minhas lágrimas secam e Lief continua sem se mexer, não me resta alternativa senão dar as costas para ele. Vou até a bacia para lavar o rosto, e então ele me abraça, enfiando o rosto no meu pescoço. Ficamos parados assim, com minhas costas contra seu peito e seus braços me envolvendo com força até que sinto uma umidade. Quando me viro, seu rosto brilha sob o peso das lágrimas, e meu coração se despedaça quando vejo como ele parece mal e abatido.

– Eu ia me casar com você. – Sua voz sai rouca.

Meu coração fica mais leve com suas palavras, mas se retrai ao tom da sua voz, e fico dividida entre a alegria e o terror.

– Você ainda pode se casar comigo – sussurro, estendendo as mãos para ele. – Ainda podemos fugir... Vamos agora.

Ele balança a cabeça.

– Não temos tempo suficiente, Twylla. Teríamos horas, no máximo.

– Mas, depois de hoje à noite, não teremos tempo nenhum. Precisamos ir esta noite. Não posso me casar com ele. Não posso ficar com ele.

– Ele beijou você – diz Lief lentamente.

– Não queria que tivesse me beijado.

– Fiquei com vontade de matá-lo.

– Vamos embora, Lief. Isso não vai mais importar.

– Twylla, ele é um príncipe. Não posso superar isso.

– Você já superou!

Nesse instante, ele me puxa para seus braços. Quando nossas bocas se encontram, sinto gosto de sal nos lábios dele, e não importa quantas vezes eu os limpe com meus beijos, o sal sempre retorna, e não sei se ele vem das lágrimas dele ou das minhas.

– Deve ter um jeito – digo. – Somos espertos. Não somos deste castelo. Sabemos viver lá fora. Você encontrou a passagem? É tudo de que precisamos. Podemos ir embora. Vamos conseguir.

Ele acena com a cabeça, me soltando e se virando de costas para mim. Eu o observo ajeitar os ombros e prender sua respiração trêmula, até controlá-la. Depois de se acalmar, ele se volta para mim, e vejo em seus olhos o brilho do homem que amo.

– Amanhã à noite. Vamos amanhã, então. Vou mandar um recado para minha irmã, para ela se preparar.

Fico desapontada, e balanço a cabeça.

– Não podemos. Depois do banquete, ele planeja me mudar para o solar real, onde devo me preparar para o casamento. Precisa ser hoje à noite.

Ele fica pálido.

– Podemos correr esse risco? Enquanto todos estão se preparando para um banquete?

– Podemos correr o risco de ficar aqui e perder essa oportunidade?

Ele me puxa de volta para seus braços, me curvando em seu corpo, me protegendo.

– Ele não pode ficar com você – murmura em meus lábios. – Você é minha, minha Twylla, meu amor. Não vou desistir de você, não importa quem ordene isso. A rainha, o príncipe, ou qualquer um.

– Não quero me casar com ele – afirmo.

– E não vai. Prometo. Mesmo que eu tenha que sacrificar minha vida.

– Não diga isso – suplico. – Não fale assim.

– Se descobrissem sobre nosso relacionamento, você não poderia se casar com ele.

– E você estaria morto.

– Mas talvez matassem você.

– Eu iria querer que me matassem! Não posso voltar agora, não há para o que voltar.

Ele não protesta quando o levo em direção à cama.

Algum tempo depois, estamos deitados com as pernas e os braços entrelaçados, respirando baixinho; sua respiração se torna a minha respiração. Nossas peles estão úmidas, e grudamos um no outro, como se nada pudesse nos separar. Meus membros estão pesados e instáveis, e a luz evanescente do entardecer me deixa com vontade me enroscar nele e dormir. Lief esfrega os lábios na minha testa e eu sorrio, jogando a cabeça para trás, até meus olhos encontrarem os seus.

– Não era exatamente esta fuga que eu tinha em mente – diz ele baixinho. – Não que eu esteja reclamando, é claro. Você está bem?

– Muito bem. – Sorrio, e minha pele esquenta quando ele retribui meu sorriso. – Quanto à fuga, acho que vamos conseguir ir embora depois do banquete.

– Você pensou sobre isso? – Ele se apoia no cotovelo, me encarando com as sobrancelhas erguidas. – Quando foi que pensou sobre isso?

Ele esboça um sorriso.

Fico vermelha outra vez com a sugestão dele, e me esquivo.

– Não foi durante. Foi há pouco, enquanto estávamos deitados aqui. Se durante o banquete eu alegar que estou com dor de cabeça, posso pedir para me retirar. Vamos fugir enquanto eles celebram. De manhã, estaremos a quilômetros de distância, e eles não farão a menor ideia disso. Quando descobrirem, será tarde demais para nos impedir. Pelo menos, é o que espero.

Eu o observo refletir sobre minhas palavras.

– Venha.

Ele desenrosca as pernas das minhas e me puxa para fora da cama, jogando um casaco de pele sobre meus ombros. Fico envergonhada, puxando o casaco para me cobrir, mas basta olhar para seu rosto, para a esperança e alegria que ele expressa, que me esqueço disso e se torna fácil segui-lo.

Ele me conduz até a janela, parando atrás de mim com os braços ao redor da minha cintura e apoiando o queixo no meu ombro. Depois aponta para o sol se pondo sobre as árvores.

– Olhe, aquela é a Floresta do Oeste. Nossa nova casa fica além, em algum lugar lá longe.

Assinto, me apoiando nele.

– E vamos esta noite. Tudo termina esta noite.

– Tudo começa esta noite – corrijo.

– Tudo começa esta noite – concorda ele. – Mas, enquanto isso, precisamos nos preparar para o banquete. Quer que eu peça água para você?

– Não, obrigada.

Não quero tomar banho, porque quero manter o cheiro dele na minha pele.

– Quer que eu saia, para você se vestir?

Fico com vontade de pedir que ele fique e me ajude, mas acabo concordando com a cabeça.

– Não vou demorar – digo.

– Estarei lá fora quando precisar de mim.

Lief se vira para me beijar, e deixo de bom grado que ele faça isso. Quando abro os olhos outra vez, o quarto está visivelmente mais escuro.

– Pode ir – digo. – Daqui a pouco estarei pronta.

Ele faz uma reverência para mim da porta, e seus olhos ardem ao encontrarem os meus. Tento ignorar a dor que sinto quando ele sai, fechando a porta com delicadeza.

Esta noite, o vestido vermelho cai bem em mim. Minhas bochechas continuam rosadas e o vestido as complementa, portanto, em vez de ser inundada pela cor, eu a domino. Estou exultante de animação: meus olhos brilham e minha pele está límpida. Tenho a impressão de que o que fizemos está escrito por todo meu corpo, mas não dou a mínima. Deixe a corte acreditar que estou feliz em me casar com Merek.

Deixe-os pensar que é por isso que não consigo parar de sorrir, por isso que tem um fogo ardendo dentro de mim. Depois desta noite, estaremos longe daqui.

Quando Lief entra para me acompanhar até o Salão Nobre, ele fica comicamente boquiaberto ao olhar para mim, e não consigo conter um sorriso de deleite. Giro com delicadeza para ele, e noto o vestido rodar ao meu redor. Quando me jogo em seus braços e lhe dou um beijo, ele ergue as mãos e aninha meu rosto. Ele me segura com tanto cuidado, tanta gentileza, que me assusta, e me aperto contra ele, à procura do conforto do seu corpo. Ele me solta rápido demais, com os olhos novamente sombrios, contendo uma promessa que embrulha meu estômago.

– Vamos ficar aqui mais um pouco – peço.

– Por quê?

Ele sorri, e dou um tapinha nele.

– Porque assim que sairmos deste quarto, você precisa agir como meu guarda, e eu preciso ser a Daunen Encarnada. Quero passar mais um tempo sendo apenas Twylla e Lief.

– Depois desta noite, seremos Twylla e Lief onde estivermos.

– Eu sei. – Olho para ele, exultante. – Então, posso treinar mais um pouco?

Ele inclina a cabeça para o lado, mordendo brevemente o próprio lábio.

– As pessoas dançam nesses banquetes que vocês frequentam?

– Às vezes.

– Então é melhor você cantar alguma coisa, ou como vamos conseguir dançar?

O mundo se enche de cor quando ele me segura nos braços, e minha alma emana alegria. Começo a cantar baixinho "Digno e Distante", e ele me gira pelo quarto. Depois apoia uma das mãos na minha cintura e a outra no meu ombro, e coloco as minhas nos seus braços. Durante a canção, o mundo é perfeito, como deveria ser, e eu não poderia estar mais feliz. Começo a rir no meio da música, enquanto minha saia esvoaça atrás de mim, e ele sorri, começando a cantar de onde parei, com sua voz engraçada e desafinada. Terminamos a canção juntos, e ele apoia a testa na minha, sentindo o cheiro um do outro enquanto as batidas dos nossos corações se acalmam.

O sentimento de alegria permanece enquanto andamos até o Salão Nobre, seguindo os lordes, as damas e os outros cortesãos, e ao entrarmos no coração do castelo. Todos vestem suas melhores roupas. As joias em cima dos ricos vestidos de seda refletem a luz das velas, e os homens caminham rigidamente, com calças que quase nunca usam. Todo mundo está conversando, espalhando animação, as mãos pairando no ar feito mariposas enquanto conversam, e nos corredores dá para sentir o gosto picante da antecipação. Tudo parece ainda mais adorável para mim, até o rosto rígido da Lady Shasta me parece mais amigável. Depois desta noite, nunca mais precisarei olhar para ela.

Ao nos aproximarmos da porta, todos se afastam, como se eu já tivesse sido coroada. Todos os cortesãos murmuram meu nome, me reverenciando quando passo.

Merek espera na porta, com um diadema dourado entrelaçado nos seus cachos escuros e uma faixa cerimonial púrpura e bronze perpassando de forma orgulhosa um gibão de veludo. Ele me oferece o braço de forma triunfal, e toda minha alegria se esvai. Merek e eu seguimos para a mesa real, passando pelas mesas dos cortesãos, que se levantam e fazem reverências. Ele puxa uma cadeira para mim à direita do rei, e me permito dar um pequeno sorriso para o príncipe.

Eu me viro e reverencio o rei e a rainha antes de me sentar. Toda a família real está vestindo suas roupas de gala: o rei e a rainha exibem as coroas sobre a cabeça e cachecóis de pele no pescoço. O cajado do rei está apoiado na sua cadeira. Para minha surpresa, é a rainha quem parece feliz; o rei está pálido, pois certamente ainda está se recuperando da febre. Embora eu esperasse que fosse de outra forma, é a rainha quem olha para mim, exultante, orgulhosa como qualquer mãe estaria, quando me sento ao lado do rei. Merek apoia a mão brevemente no meu ombro, antes de se sentar ao lado da rainha, que se inclina e beija a bochecha do filho. Ele enrijece, antes de abrir um sorriso tenso, e a rainha se volta para mim, sorridente.

Vasculho o salão, à procura de Lief. O laço que sinto que há entre nós me atrai para ele, e o encontro em pé ao lado do corredor que leva ao solar real. Ele retribui meu olhar por um segundo, antes de desviar os olhos, fixando-os calmamente no salão, enquanto me deleito com o calor desse gesto. Permito que o criado me sirva vinho e tomo um pequeno gole, acenando com a cabeça para os cortesãos que sorriem para mim. Todos sabem por que estamos aqui, isso está claro. Seus rostos estão repletos de felicidade, e todos parecem ansiosos e prontos para nos brindar, tão diferente da última vez que nos reunimos aqui. Pelo canto do olho, noto o rei estender o braço para tocar a mão da rainha, e ela permite que ele a toque, se virando para sorrir para o marido. Ela está mesmo mais fraca, ou talvez tenha simplesmente aceitado o que está acontecendo.

Comemos e bebemos, e o salão se enche de alegria quando tocadores de alaúde e harpa atravessam os corredores entre as mesas, entoando as canções do reino, as que costumo cantar. A rainha e o rei cochicham enquanto comemos, tão baixo que não consigo ouvir o que dizem, mas fico impressionada com o fato de estarem sendo tão carinhosos um com o outro. Talvez as coisas em Lormere estejam melhorando, afinal, e talvez eles nem precisem de mim. Quando a rainha oferece um bocado de capão do próprio prato para o rei, sorrio ao imaginar que logo mais vou poder fazer o mesmo com Lief. Só quando percebo que Merek está olhando e sorrindo para mim, volto a encarar o prato e a comer.

Quando arrisco olhar para Lief, noto que seu olhar está fixo em Merek. Ele o encara com olhos semicerrados e impiedosos, parecendo não se importar em ser notado.

Como um sinal, os músicos param de tocar e todos se voltam para a mesa real. Trocando olhares, o rei e a rainha se levantam, e o salão fica em silêncio. Percebo que Lief me encara, e retribuo seu olhar, sentindo uma ardência nos olhos ao tentar comunicar a ele como quero estar longe daqui, ao seu lado.

– Agradecemos a presença de todos aqui conosco esta noite – começa o rei. – Como sabem, Lormere foi construída com as mais nobres tradições, as quais nos mantiveram fortes e justos através da nossa gloriosa história. Derrotamos muitas ameaças, tanto distantes quanto recentes. – Ao ouvir isso, olho para Lief novamente, contendo um sorriso, porque sei que nós dois pensamos em Tregellan. – E nós sobrevivemos.

– E vamos continuar a sobreviver, e, mais do que isso, prosperar. – A rainha assume o discurso, de onde seu marido parou. – Hoje, vislumbramos o futuro.

Ela sorri, e a corte sorri junto.

– Como sabem, os Deuses foram muito bondosos ao me presentearem com um filho e uma filha, mas decidiram levar nossa amada Alianor. A princípio, fomos tomados pelo desespero, sem entender o que havíamos feito para ofendê-los. Mas os Deuses têm planos que nós, mortais, raramente compreendemos, e, quando eles tomam algo com uma das mãos, devolvem com a outra. Assim, nos presentearam com Twylla, nossa Daunen Encarnada, tão próxima dos nossos corações quanto qualquer filha. Durante anos, ela tem morado conosco, ansiosa, como todos nós, pelo dia em que se casaria com Merek e se tornaria nossa filha de verdade.

Nesse instante, Merek se levanta e se aproxima de mim, então também fico de pé, permitindo que ele coloque a mão em cima da minha, como fizemos há muito tempo, quando ficamos noivos.

– É nosso grande prazer anunciar que esse momento acontecerá antes do final do ano. – A rainha sorri para nós. – No último dia da colheita deste ano, meu filho Merek fará dela sua esposa, dando início a uma nova Idade de Ouro.

O salão irrompe em uma explosão de comemorações e gritos jubilosos. Cálices são erguidos e bebidas são consumidas com vigor. Merek me guia para a frente da mesa, acenando com a cabeça para a corte e sorrindo para mim. Atrás de nós, o rei e a rainha permanecem de pé, orgulhosos e exultantes, e olho para Lief.

Mas ele observa algum ponto além de mim, encarando o rei com a testa franzida. Aos poucos, a corte inteira faz o mesmo. Eu me viro para descobrir o que estão olhando.

O rei está paralisado ao lado da rainha, com um sorriso retorcido e a boca escancarada, como se fizesse uma careta. Assim que Merek e eu começamos a nos mexer, ele desaba, caindo em cima da mesa com um estrondo terrível, agitando as mãos e derrubando o cálice no chão, depois tombando ao lado do próprio copo.

E, então, a gritaria começa.

Capítulo 19

Os gritos desaparecem tão abruptamente quanto começaram. Os guardas se apressam para o estrado, desembainhando as espadas, como se o rei estivesse sendo atacado e precisassem defendê-lo. Mas, assim que começam a cercá-lo, ele tenta se levantar, sacudindo as mãos para eles. Por força do hábito, me afasto quando os guardas se amontoam ao nosso redor, e Merek agarra meu braço, me puxando de volta para trás da mesa e se posicionando como um escudo entre o restante do salão e eu. Tento olhar por cima do seu ombro para encontrar Lief, mas não consigo. A rainha se ajoelha ao lado do rei, com a mão em sua testa. Ele fala algo para ela, baixo demais para que eu possa ouvir, e os dedos de Merek apertam meu braço com mais força, o suficiente para me fazer arquejar. Abaixo de nós, o restante da corte observa, com as bocas parecendo buracos escuros em seus rostos pálidos, e mãos sobre os corações, encarando o estrado, imóveis como um quadro.

Dois dos Guardas Reais tentam ajudar o rei a se levantar, mas ele ainda não consegue, e são obrigados erguê-lo, aparando suas pernas com os braços. O rei parece envergonhado enquanto os guardas o carregam para fora do salão. A rainha os encara, tapando a boca com a mão, antes de baixá-la. Ela lança um olhar lancinante para Merek, depois segue o rei. O príncipe me encara com olhos semicerrados, depois solta meu braço.

– Fique aqui – ordena ele. – Não coma nem beba nada, mas fique aqui enquanto as outras pessoas também ficarem. Não deixe transparecer que há algo errado. Faça todo mundo acreditar que não é nada grave, e que devem prosseguir com o banquete. Só vá embora quando o restante da corte tiver ido, e siga direto para sua torre. Entendeu?

Concordo com a cabeça, atordoada, e ele sai do salão imediatamente, me deixando sozinha no estrado, cercada de guardas, com todos os olhos da corte voltados para mim. Fico paralisada, encarando a corte de volta.

– O rei está se sentindo indisposto – digo, com a voz trêmula. – Com a graça dos Deuses, não é nada grave, e Sua Alteza, o Príncipe Merek, insiste que permaneçamos aqui para continuar a celebração.

Todos me encaram desconfiados, e retornam aos seus lugares, mas ninguém come ou bebe. Eles sussurram entre si, lançando olhares soturnos para mim, e me sento, dolorosamente ciente do meu isolamento no estrado, depois de os guardas terem se afastado. Observo os restos do banquete, e os criados perto das portas, como se estivessem preparados para fugir, e sei que as outras pessoas no salão querem fazer o mesmo, incluindo eu. Não demora muito para que o primeiro escape. Não sou rainha, e eles têm muito menos medo de mim do que dela.

– Vou me retirar para rezar pela saúde do rei, milady – anuncia Lady Shasta ao ficar de pé, e metade da corte assente e se levanta junto com ela.

Olho para a porta e encontro Lief parado ali, me encarando com a testa franzida.

– Vou fazer o mesmo – respondo, me levantando imediatamente e descendo da plataforma, andando tão depressa que a corte precisa se dispersar para sair do meu caminho até a porta.

Ouço alguém murmurando "veneno". Os sussurros me seguem para fora do salão, e noto que, apesar da urgência que eles têm para rezar, ninguém sai atrás de mim. Lief assume seu lugar ao meu lado, com uma expressão severa.

– Agora? – pergunta ele baixinho, e balanço a cabeça, voltando para minha torre em um silêncio de pavor.

– Quando? – questiona Lief, ao virarmos a última esquina. – Twylla?

– Merek me disse para ir direto à torre – digo, quando ele abre a porta.

– De que importa o que ele disse? Talvez esta seja nossa melhor chance – diz ele, me seguindo escada acima. – Todo mundo estará com a atenção voltada para o rei, e... – Ele se vira, ao ouvir a porta da torre abrindo novamente atrás de nós. – Quem está vindo?

Como ninguém responde, Lief me empurra pelos últimos degraus e me segue para dentro do quarto, desembainhando a espada e encarando o vão da porta. Mas é Merek quem entra, passando direto por nós e se apoiando no parapeito da janela, de costas para o quarto.

– O que houve? – pergunto. – É o rei?

– Fique na porta, do lado de fora – ordena ele a Lief. – Não deixe ninguém entrar.

Lief olha para mim e aceno com a cabeça. Eu o observo fazendo uma reverência tensa, me lançando um olhar penetrante ao fechar a porta.

– É importante para mim que você esteja feliz, Twylla. E segura – começa Merek, ainda de costas para mim, assim que ouvimos o clique da tranca. Suas palavras parecem ensaiadas, o que estranhamente me faz lembrar da sua mãe e dos seus votos pela minha segurança.

– Estou segura, Merek. Segura e feliz.

– Não.

Ele balança a cabeça, antes de se virar para mim, e minha respiração fica presa na garganta. Com exceção dos dois pontos corados em suas bochechas, seu rosto está pálido como o de um cadáver, e seu cabelo está desarrumado, como se ele o tivesse puxado. Sou tomada pelo medo, que parece arranhar minhas entranhas e me faz sentir vazia. Ele se aproxima de mim, segurando minhas mãos, e me esforço para não me retrair.

– Você não entende. Tenho que pedir que faça uma coisa por mim. Por nós.

Balanço a cabeça, confusa, e ele puxa minhas mãos outra vez.

– É importante. Vai parecer terrível, mas você precisa fazer isso, ou então... – Ele não conclui a frase.

– Merek, pode me dizer o que está acontecendo, por favor? Você prometeu me contar a verdade. Qual é o problema? O que está acontecendo aqui?

Ele me encara, passando a língua nos lábios antes de voltar a falar.

– Acho que minha mãe envenenou o rei. Na verdade, tenho certeza disso.

Pisco depressa, tentando compreender suas palavras.

– Não estou entendendo.

– Parece que o apelo do meu padrasto por clemência para Lady Lorelle foi a gota d'água. Os dois nunca foram verdadeiramente apaixonados, mas ela não podia permitir que ele ofuscasse seu poder. E agora isso... Duvido que ele sobreviva a esta noite. Você estava lá, viu o estado dele.

– É a febre, com certeza. Deve ter sofrido uma recaída. Ele precisa de descanso, de tempo...

– Acho que ele nunca teve febre. Acredito que ela tenha errado a dose da primeira vez, e tentou de novo hoje. Ele não vai resistir até o amanhecer, Twylla.

– Que tipo de veneno? Será que foi oleandro? – pergunto, sentindo os pelos da nuca se arrepiando, mas ele balança a cabeça.

– Não faço a menor ideia, mas vou escrever para os meus contatos tregellianos, contar os sintomas, para ver se eles sabem qual pode ser a causa.

– Merek – digo baixinho –, de onde está vindo tudo isso?

– Ela está cansada porque ele não é o marido e o rei que precisa que ele seja. Acho que ela planeja se casar novamente.

– Com quem?

– Comigo.

Eu o encaro, sentindo uma grande repulsa.

– Como assim? Como pode dizer uma coisa dessas?

– Porque ela disse isso.

Ele tapa a própria boca, como se pudesse pegar suas palavras de volta e prendê-las lá dentro, como se dizê-las em voz alta tivesse roubado alguma coisa dele.

Durante toda minha vida, em todas as Devorações e execuções, nunca vi alguém parecer tão perdido.

– Eu a ouvi dizendo isso. – Ele baixa a mão e continua: – Eu a segui até o quarto para onde meu padrasto foi levado e fiquei esperando do lado de fora, para ouvir o que ela diria. E ela contou para ele. Disse que pela manhã tudo estaria acabado, e que, depois que ele estivesse morto, só sobraríamos ela e eu. E que ela sabia o que isso significava, sabia o que precisaria ser feito. E que não seria pior do que se casar com o próprio irmão.

Fico paralisada, encarando-o.

– Merek, isso é... loucura.

– Não sou o louco aqui! – grita ele, dando um passo para trás e estremecendo com o barulho repentino. – Foi ela quem disse, Twylla. Foi ela quem disse. Ela é a louca, Twylla. Não eu. Ela quer que dois filhos da linhagem assumam o trono. É o que sempre quis. Reconstruir a Idade de Ouro de Lormere: irmã e irmão, rei e rainha. Mas meu pai morreu, Alianor morreu, e não nasceu mais nenhuma criança. Não percebe que ela odeia o rei por isso? Nunca conseguiu amá-lo completamente, pois ele é apenas seu primo, mas o fato de não ter sido capaz de dar a ela uma meia-irmã para mim significa que ele falhou. Por isso, vai se livrar dele, abrindo caminho para se casar comigo. Ela não pode manter o trono sem um rei ao seu lado, e sou o último membro da linhagem. Ela vai se casar comigo.

Eu me afasto dele, me apoiando na escrivaninha.

– Mas eu continuo aqui. O que ela planeja fazer comigo? Também pretende me matar? É assim que ela abriria caminho?

O olhar de Merek fica mais feroz.

– Não esperei para ouvi-la anunciar seu assassinato. Assim que ela confirmou os planos que eu já suspeitava que tivesse para mim, vim direto falar com você.

– Confirmou? Então você já considerou essa hipótese?

– Suspeitei por um tempo... Ela falava coisas sobre como seria o futuro de Lormere sem estar sob o governo da nossa linhagem, duvidava da própria capacidade para ser rainha, e da escolha que fez em me forçar a me casar com alguém tão diferente de nós... Tentei contar isso no Salão de Vidro para você, mas, naquela hora, pareceu muito melodramático. Mas agora meu padrasto está morrendo, e tenho certeza de que ela é a responsável. A rainha desferiu o primeiro golpe, Twylla.

– Você precisa contar para alguém. – Eu me afasto dele, indo em direção à porta. – Ela não pode fazer isso, não pode assassinar o rei. É traição.

– Contar para quem? – pergunta ele, me puxando de volta. – Quem tem mais poder do que ela? Quem pode detê-la?

Encaro Merek, e, pela primeira vez, me pergunto se ele também é um pouco louco.

– Então, o que podemos fazer? Será que ela pretende me envenenar, ou... – De repente, penso em uma coisa, surge uma fagulha de algo parecido com esperança. – Ou será que a rainha vai obrigar você a me abandonar para se casar com ela? É isso que você veio me pedir?

Se ele me abandonasse, eu estaria livre para me casar com Lief.

Merek contorce o rosto, esticando a pele sobre as maçãs, e fica boquiaberto, abrindo a boca num gemido silencioso, com um olhar inexpressivo e desolado.

– Se eu a abandonasse, talvez ela não a matasse – diz ele, em tom de derrota. – Pelo menos, você estaria segura. Mas isso acabaria comigo. – Ele me observa, com os olhos arregalados. – Eu me jogaria desta torre. Casar com minha própria mãe? Casar com *ela*? – Ele estremece. – Por isso, preciso pedir sua ajuda. Porque não tenho mais nada, nem ninguém.

Olho para ele, para seu rosto suplicante e desesperado.

– Não tenho o direito de pedir nada de você. Sei disso – continua ele. – Sei que é estranho pedir para você se aliar a mim, e para confiar em mim depois de todos os segredos que escondi de você, ainda mais em uma situação como esta. Mas demonstrarei minha gratidão a você todos os dias, durante o resto da nossa vida, se você me ajudar. Qualquer coisa que quiser, é só pedir.

– O que quer que eu faça? – pergunto.

– Precisamos nos casar assim que meu padrasto morrer. Se eu tiver uma esposa, posso assumir minha coroa e oferecer a sua, e poderemos colocar minha mãe em algum lugar onde ela não consiga machucar ninguém.

– Mas ela vai me matar – digo. – Vai me matar antes de conseguirmos organizar o casamento.

– Não se formos rápidos. – Pega minha mão outra vez, pressionando-a no peito dele. – Se agirmos antes que ela se dê conta do que estamos planejando. Podemos até fingir que queremos adiar o casamento, em respeito ao meu padrasto. Isso vai tirar minha mãe da nossa cola. Ela não vai precisar machucar você enquanto acreditar que o plano dela está progredindo. Mortes demais levantariam suspeitas. Não precisaremos levar essa farsa adiante por muito tempo.

As paredes do quarto se fecham ao meu redor.

– Quando? – pergunto.

– Amanhã à noite. Preciso chamar um padre no qual possamos confiar, mas conheço um. Não haverá cerimônia. Só eu, você e as testemunhas. – Ele me encara com olhos esperançosos. – Sei que estou pedindo para você cometer traição – acrescenta. – E, acredite em mim, sei que não tenho o direito de te pedir nada. Mas é nossa única chance, Twylla. Precisamos acabar com isso imediatamente. Porque, se demorarmos muito, nós dois acabaremos mortos. Precisa ser amanhã.

Amanhã. Se eu concordar, nunca serei livre. Mas e se eu não concordar? A rainha vai se casar com Merek, e vai me matar para conseguir isso. Acho que ela faria qualquer coisa para manter a coroa. Se eu ficar, perderei Lief, e perderei a mim mesma, mas se eu for embora... Merek vai se matar. Sei que vai. Consigo ver a verdade nos olhos dele, e, se eu me recusar a me aliar a ele, talvez ele faça isso esta noite mesmo, antes que qualquer coisa possa acontecer. Eu seria sua assassina, uma verdadeira carrasca. Eu iria embora sabendo que com isso estaria assinando sua sentença de morte. Ele morreria para que Lief e eu pudéssemos ficar juntos. A vida dele pela nossa.

Merek atravessa o quarto e segura minhas mãos, depois se ajoelha, abraçando minha cintura e encostando a bochecha na minha barriga. Quando baixo o olhar, ele me encara de volta, com olhos escuros cheios de terror. Ele se parece tanto com a mãe.

– Por favor, Twylla – insiste ele baixinho. – Não vou conseguir sem você.

– Merek...

Antes que eu consiga continuar, a porta se abre com força, e um guarda enorme, corado, se arrasta para dentro do quarto, tentando afastar Lief. Merek se levanta, com o rosto completamente pálido.

– Perdão, Sire – diz ele, ao se ajoelhar, e Merek olha para mim, com os olhos tão arregalados que consigo ver a parte branca ao redor das íris escuras.

– Do que você me chamou? – pergunta ele para o guarda, com a voz sufocada, e Lief para de puxar o outro guarda ao se dar conta do que significa aquele cumprimento.

– Eu precisava vir. Sua Majestade, a rainha, insistiu – revela o guarda, ofegante. – O rei está morto. – Ele ergue os olhos, em expectativa, e suas palavras me agridem em ondas que se chocam com meus ouvidos. – O rei está morto – repete ele, quando não fazemos nada além de encará-lo feito idiotas. – O rei está morto.

Merek me encara novamente, com uma expressão miserável, abatido e desesperado, torcendo o colarinho da própria túnica com os dedos, como se formasse um laço ao redor do pescoço.

Dever ou escolha. A vida dele ou a minha.

Como em transe, me ajoelho diante de Merek, completando a proclamação:

– Vida longa ao rei.

Depois, assinto para ele uma vez, e seu rosto se tranquiliza, as linhas de expressão desaparecem, e ele expira. Ele me levanta nos braços, e, enquanto meu coração se despedaça, sussurra no meu ouvido:

– Obrigado.

Desvio o olhar, incapaz de dizer algo, e Merek segura minha mão e a beija.

– Obrigado – repete ele, virando-se para o guarda. – Vamos deixar a milady sozinha, para que ela possa rezar – diz ele, e o guarda faz uma reverência antes de segui-lo para fora do quarto.

Lief olha de um lado para outro, da porta para mim.

– Não vamos embora, não é? – pergunta ele, inexpressivo.

– Lief...

– Você me prometeu. Disse que nunca ia se casar com ele. Você me escolheu.

Deuses, me ajudem.

– Lief... – Minha voz falha, e não consigo me forçar a dizer as palavras que quebrarão a promessa que fiz para ele.

Não posso abandonar Merek. Se eu fugir, ele vai se matar. Sua morte seria nossa maldição. E não apenas nossa, mas de toda Lormere. Se fôssemos embora, todas as almas que moram aqui estariam amaldiçoadas. Lormere se tornaria Tallith, um reino perdido. Mas Lief nunca entenderia isso. Ele acena com a cabeça e me dá as costas.

– Por favor! – imploro. – Você não pode me deixar.

– Não me peça para ficar aqui e assistir ao seu casamento com ele – diz. – Não pode ter tudo, Twylla.

– Não quero tudo. Quero você!

– Então, venha comigo. – Agora é a voz dele que falha, e sinto meu coração estremecer, como se fosse saltar do meu peito e parar nas mãos dele.

– Não posso.

– Por quê? O que mudou, Twylla? O que foi que ele falou para você?

Balanço a cabeça, tentando encontrar uma maneira de explicar para ele o pedido que Merek me fez, e por que não posso recusar. Mas outra vez as palavras ficam presas na minha garganta, e eu o encaro, muda.

Ele fica me olhando por muito tempo.

– Então, é adeus.

Ele se vira e me deixa.

Uma hora depois, quando a porta se abre outra vez, espero que seja ele, enfurecido e exigindo uma explicação. Mas é Merek, com os olhos ainda brilhando.

– Twylla?

Ele corre para o meu lado. Não me movi desde que Lief me deixou. Ele me conduz delicadamente até a cama e me coloca sentada. Ele sai do quarto, voltando um instante depois com um cálice, que bebo sem questionar. Pela queimação na minha garganta, percebo que é conhaque. Eu deveria ter imaginado que seria algum tipo de bebida alcoólica.

– Você está bem? – pergunta ele, e me viro para encará-lo.

Pareço desanimada, todo o meu corpo está mole e dormente, como se não estivesse mais sob o meu controle. Estou vazia; não há mais nada dentro de mim.

– Fale, minha querida.

Sua querida. Eu me fecho, abatida pela tristeza, e seus braços serpenteantes me envolvem. Os braços errados, o cheiro errado, o homem errado.

– Minha mãe foi rezar no lago. – Ele contorce a boca, e eu estremeço quando nós dois percebemos pelo que ela foi rezar, e por que escolheria um lago de fertilidade como local de prece. – Já avisei para ela que, diante do que aconteceu, queremos adiar o casamento. Ela aceitou. Disse que podemos esperar o tempo que precisarmos, que Lormere entenderá.

Assinto, tentando me sentar direito.

Ele afasta o cabelo do meu rosto, um gesto tão afetuoso que faz novas lágrimas brotarem em meus olhos.

– Sei que assustei você mais cedo com o que disse, mas vai ficar tudo bem, juro. Vai ficar tudo bem, como planejamos. Preciso me casar com você, Twylla. Depois, seremos coroados, e estaremos seguros.

Fecho os olhos, abrindo-os imediatamente quando o rosto chocado de Lief surge diante das minhas pálpebras.

– Sua mãe já foi convocada – continua Merek. – Depois que ela tiver Devorado e o rei tiver sido cremado, podemos nos casar. Assim que tudo estiver resolvido, você não vai precisar temer mais nada. Estaremos livres.

Meu soluço é alto e o surpreende. Balanço a cabeça, me virando para o outro lado para tentar me recompor.

– Quer que eu busque alguma coisa para te acalmar? – pergunta ele.

Balanço a cabeça mais uma vez, respirando fundo. Fiz minha escolha, e permiti que Lief fosse embora sem mim. Fiz isso a mim mesma.

– Perdão – digo.

– Não há o que perdoar. Sei que tudo o que fiz estes últimos dias foi lhe causar tristeza, mas, daqui a alguns dias, estaremos seguros. Assim que eu for coroado, conseguirei controlar minha mãe.

Enquanto ele fala, finalmente me dou conta do significado das suas palavras anteriores.

– Minha mãe está vindo?

– Ela é a Devoradora de Pecados, e isso precisa acontecer. Gostaria de vê-la?

Nem hesito.

– Não, acho que não. Não adiantaria nada. Minha vida agora é aqui.

– Comigo – acrescenta ele, sem tentar esconder seu triunfo.

Capítulo 20

Todas as janelas do castelo serão tapadas; todos os espelhos serão drapeados com tecido preto. No Salão Nobre, a bandeja de prata que costuma ficar em cima das mesas será guardada, substituída por uma de latão; qualquer superfície com potencial reflexivo será embotada e coberta. Os criados e serventes trabalharão a noite inteira para preparar os mantos, vestidos e túnicas pretos, ajustando-os apressadamente, para que a gente possa usar de manhã.

E enquanto o castelo se prepara para enlutar o rei, Merek fica no meu quarto, falando mais uma vez sobre o que quer fazer, o que poderíamos alcançar juntos. Depois de horas, finalmente imploro para que me deixe descansar, e ele segura meu rosto.

– Perdão, meu amor, é claro que você precisa descansar. Peça para seu guarda trancar a porta da torre depois que eu sair, e diga que não deve abrir para ninguém além de mim.

– Ele foi embora – digo sombriamente. – Precisou voltar para seu vilarejo.

– Então, vou ser seu guarda até assumirmos o trono. – Merek beija minha cabeça. – Desça comigo agora e tranque a porta. Venho buscar você de manhã.

Faço o que ele pede, tentando não tremer quando sua mão gelada aninha minha bochecha, em um gesto de despedida. Paro, com os dedos no ferrolho. Se eu trancar a porta, Lief não conseguirá voltar. De repente, me lembro do seu rosto antes de ter ido embora. Ele não vai voltar. Deslizo o ferrolho, recolocando-o no lugar, e subo lentamente os degraus até meu quarto.

O sono não vem. Passo a noite lembrando cada palavra que Lief me disse, me perguntando se ele me odeia agora. Dizem que quando um membro é amputado, ainda é possível senti-lo, como um fantasma, e essa é a minha sensação nesse momento. A forte sensação de que ele não foi embora apenas temporariamente, e sim para sempre, me deixa apavorada. Eu o desapontei, e desapontei a mim mesma, e mesmo sabendo que fiz a coisa certa não me sinto reconfortada de modo algum. Fico sentada na janela, com o rosto encostado na cortina, até o sol nascer, quando posso tomar banho e colocar meu traje de luto. Espero Merek aparecer, para que seja meu guarda, como disse que faria, mas ninguém surge. Nenhuma criada traz meu café da manhã, ninguém vem me proteger, ou me indicar para onde devo ir. Fico esperando ao lado da janela, observando o sol que sobe cada vez mais, e ninguém aparece. Brinco com a ideia de ficar aqui, imaginando como seria se alguém me encontrasse anos depois, apenas uma pilha de ossos debaixo da janela.

Mas então sinto raiva de mim mesma, deste sentimentalismo piegas. Eu *escolhi* isto. Por isso, me obrigo a ficar de pé e ajeitar meu vestido de luto, e a sair da minha torre sem a escolta de um guarda, pela primeira vez desde que cheguei no castelo.

*

Estou preparada para o medo e a desconfiança dos outros cortesãos, e talvez até para a crueldade deles, pois estou desprotegida e minha reputação me precede. Parte de mim até questiona se eu não gostaria disso, como um bálsamo para a agonia que sinto em saber que *ele* se foi. Pelo menos provocaria uma nova dor à qual me agarrar. Mas os corredores estão vazios, e me parecem vastos, tão extensos quanto o oceano sobre o qual meus irmãos costumavam falar. Flutuo por ali como restos de um naufrágio, longe da terra, de casa e de uma âncora. Não há nada para me atar. Nada para me guardar. Quando chego ao solar real e sou anunciada pelos guardas na porta, Merek me espera com a rainha, tendo se esquecido da sua promessa.

– Sua mãe está aqui – diz ela, fixando os olhos em mim.

– Twylla não quer vê-la. – Merek fala por mim. – Ela não vai para a Devoração.

A rainha olha para mim.

– Infelizmente, você será obrigada a ir. É o preço de se casar com alguém da família real, Twylla. Às vezes, precisamos fazer coisas dolorosas. Deixamos nossas necessidades de lado pelo bem maior.

Sinto algo pesado e pedregoso no meu peito ao pensar no que já deixei de lado pelo bem maior, e tudo por causa dela.

– Entendo, Vossa Majestade – respondo inexpressivamente.

Ela assente.

– Preciso me trocar. É melhor começarmos cedo – diz ela. – Os cozinheiros já prepararam o banquete. Quando a Devoração terminar, encontraremos o culpado por isso e o executaremos.

– Você faz alguma ideia de quem pode ter sido? – pergunta Merek, com a voz controlada, embora seus olhos estejam severos.

– Um tregelliano – responde a rainha, e meu coração acelera. – Quem mais desejaria assassinar o rei de Lormere? Faz tempo que venho suspeitando de que eles não são tão pacíficos quanto dizem ser, e agora estou convencida disso. Você mesmo disse, Merek, que o conhecimento que eles têm de medicina e ciência é muito mais avançado do que o nosso. E agora sabemos por que nunca quiseram compartilhar isso com a gente. Pelo visto, planejam usar esse conhecimento para o mal, ou pelo menos no que diz respeito a Lormere. É um ato de guerra, Merek. Eles mandaram alguém aqui para matar todos nós, e não aceitaremos isso. Se é uma guerra que querem, é uma guerra que terão.

Lembro que Lief me disse que sabia que a Praga-da-manhã era mentira porque os tregellianos tinham um conhecimento extenso sobre venenos, e cerro os punhos. Todos sabem disso. É plausível culpar um tregelliano.

– Não podemos bancar uma guerra agora, mãe – diz Merek. – E não há prova de que foi um tregelliano.

– A prova está no próprio veneno – dispara a rainha. – Os tregellianos sabem tudo sobre venenos; é uma arma de covardes.

Merek olha para mim e franze a testa.

– Talvez seja melhor conversarmos sobre isso mais tarde – sugere ele, e a rainha abre um sorriso sinistro.

– Pretendo não falar sobre mais nada até que tudo em Lormere volte ao normal.

Depois de dizer isso, ela sai da sala, e o balanço da saia pontua sua ameaça.

Percebo Merek me observando, enquanto encaro a rainha.

– Você se saiu bem – diz ele baixinho. – Ela não desconfia de nada.

– Ela nem está fingindo o luto, não é?

Merek sorri, depois cai na gargalhada, e o som é absorvido pelas cortinas.

– Por que faria isso? Ela acredita estar prestes a viver a própria Idade de Ouro. Não se importa com nada além da coroa e da glória.

– Será que o povo vai acreditar que foi um tregelliano que matou o rei?

– Espero que sim. Você duvidaria dela se eu não tivesse contado o que ouvi? – pergunta Merek, e volto a pensar em Lief. Sinto uma dor no peito. – Além disso, é melhor para nós se ela acreditar que enganou a todos. Podemos vingar a morte do meu padrasto mais tarde.

Eu o encaro, ainda sem conseguir acreditar totalmente que a rainha matou o marido e planeja se casar com o próprio filho para continuar no trono.

– Vamos mandá-la embora, assim que tudo isso tiver acabado – sussurra ele. – Há uma ordem de mulheres enclausuradas ao pé das Montanhas do Leste. Ela pode morar lá. Longe de nós.

Ele se serve de uma taça de vinho. Nós dois ficamos em silêncio, perdidos nos próprios pensamentos, até a rainha voltar, com o rosto coberto por uma mantilha de renda preta, que mal disfarça o brilho de seus olhos. Merek se levanta e dá a impressão de que vai me oferecer o braço, mas se vira para a mãe quando balanço a cabeça. A rainha assente para mim, e eu os sigo.

Não venho a esta parte do castelo desde que estive aqui quando criança, para a Devoração do antigo rei. Fica além das casernas, em uma galeria subterrânea perto da torre norte. É um local tranquilo, sepulcral e completamente diferente do desconforto que sinto por dentro. Não consigo me aquietar: transito entre a dor de cabeça e o medo, entre a perda e o pavor. E nada disso tem a ver com o pobre rei falecido.

Minha mãe está esperando, vasta e serena, diante do caixão. Ela sempre foi capaz de lotar o local com sua presença, e não só por causa do seu tamanho. Há algo no seu comportamento que obriga as pessoas a prestar atenção a ela, e mesmo aqui, com a presença de um príncipe e de uma rainha, é ela quem comanda. Está de pé, com as pernas afastadas e os braços cruzados, vestida de preto como sempre. Havia me esquecido do quanto ela é alta. Observo seu rosto, tentando encontrar alguma semelhança com o meu. Mas não encontro nada. Ela não olha para mim quando entramos, apenas encara o caixão. A tampa foi coberta com o brasão real, e em cima há uma pequena seleção de comidas, muito menor do que havia para o rei anterior, ou para Alianor. Minha mãe não vai gostar disso.

Seguimos em fila ao longo da parede e ocupamos nossos lugares nos bancos. E, então, a Devoração começa. Minha mãe trabalha da mesma maneira de sempre: lenta e metodicamente. Três mordidas no pão, depois um pequeno gole de cerveja, um bocado de presunto, e mais cerveja. Ela é uma Devoradora de Pecados robusta, encarando a refeição com a dignidade silenciosa de um cavalo Shire no campo. Observo a pele do seu antebraço balançar quando ela o estende para pegar uma maçã do outro lado do caixão. O ruído crocante da mordida é agonizante, mas ela não se importa com isso, e olha de uma porção para outra, enquanto organiza sua refeição.

Ela sempre começa com os pecados menores, como mentiras, trapaças e palavras raivosas, movendo-se lentamente, em uma espiral, em direção aos maiores. Durante as Devorações extravagantes, eu costumava me preocupar que ela ficasse cheia antes de chegar aos piores pecados, mas isso nunca aconteceu. Era como se os pequenos apenas abrissem seu apetite para os mais terríveis. O rei não tem nenhum pecado terrível, só normais. Minha mãe costuma preferir uma variedade maior.

Enquanto a observo na labuta, sou tomada por uma calma. A rotina da Devoração continua familiar e reconfortante, mesmo depois de tantos anos, porque é algo que eu conheço, algo que não pode e nem vai mudar. Ao longe, à minha direita, a rainha está inquieta; suas mãos se agitam no colo, e seus dedos se contorcem uns contra os outros, feito enguias. Minha mãe, em contraste, parece se mover ainda mais devagar, e então me dou conta: é exatamente isso que ela está fazendo. A rainha usa seu corpo para tentar acelerar a Devoração, e minha mãe usa o dela para desacelerar o processo. Não vai permitir que a rainha comande isto, afinal, a morte é seu domínio, e a Devoração vai proceder no ritmo que ela quiser. Fico atordoada ao reparar nisso. Eu sabia que minha mãe era poderosa, mas não tinha ideia de que ela era tanto assim, que, dentro do castelo da própria rainha, ela tivesse o poder de fazer do tempo seu criado, e que as únicas vontades que obedece são as da Devoração. Seja qual guerra for travada, minha mãe será a vitoriosa, desde que cumpra seu papel, e ela vai cumprir, porque vive para isso. Por meio do meu desespero, uma pequena porção de esperança é cortada, porque, quer eu goste ou não, sou filha da minha mãe, e se ela consegue se afirmar aqui, também vou conseguir. Eu a usarei de exemplo, e serei como ela. Cumprirei meu papel, mesmo que isso me custe muito. E, assim, serei vitoriosa.

Merek olha para mim, com uma expressão indecifrável, depois volta a observar minha mãe trabalhando. O tempo alterou um pouco a aparência dela, fazendo surgir uma mecha ou outra de cabelo grisalho, e linhas visíveis ao redor dos olhos quando ela os aperta para conferir quanta cerveja falta.

Imagino como minha irmã deve estar agora, quando noto, assustada, que ela não está presente. Como uma Devoradora de Pecados em treinamento, ela deveria estar aqui com minha mãe, observando solenemente a cerimônia, como eu costumava fazer. Olho bruscamente para Merek, mas ele mantém os olhos fixos no caixão.

Apesar da sua lentidão, que com certeza é intencional, ela não demora muito para terminar a refeição e a Devoração termina em uma hora. Assim que acaba, a rainha se levanta e vai embora, sem dizer uma única palavra para nenhum de nós dois.

Minha mãe olha para mim e para Merek, depois completa o ritual.

– Agora vos ofereço alívio e descanso, caro homem. Não desças por alamedas ou por nossos prados. E, pela vossa paz, penhoro minha própria alma.

Ao ouvir essas palavras, estremeço, como sempre fiz, e Merek tira imediatamente uma moeda de prata da bolsa e oferece a ela. Minha mãe aceita, escondendo-a nas dobras do vestido, antes de fazer uma reverência para o príncipe e se virar para ir.

– Não vai cumprimentar sua filha? – A voz dele me surpreende, ecoando dolorosamente nas paredes de mármore da cripta.

Minha mãe se volta para mim, me encarando de cima a baixo, lentamente.

– Ela não é minha filha, Vossa Majestade. Sua mãe deixou isso bem claro no dia em que a levou. Como é mesmo que a chamam agora? "Daunen Encarnada"?

Um sorriso débil e debochado se forma em seus lábios.

– Onde está Maryl? – pergunto, de repente.

Minha mãe me avalia, como se conseguisse enxergar meus pecados, a marca das mãos de Lief no meu corpo, depois contrai os lábios.

– Ela está morta. Ficou doente, com febre, e faleceu.

Não há nenhuma tristeza em seu olhar quando ela me conta isso.

– Quando foi que aconteceu?

– Há duas colheitas – diz ela. Depois se vira para Merek: – Isso é tudo, Vossa Alteza?

Merek agarra minha mão com força, confirmando o tom de deboche que imaginei ouvir na voz da minha mãe.

– Vá – diz ele, e é o que ela faz.

Há duas colheitas. Maryl está morta há dois anos. E ninguém me avisou.

Assim que minha mãe sai, me viro para Merek.

– Você sabia disso? – pergunto.

– Não, é claro que não – responde ele. – Eu estava viajando, Twylla. Você sabe disso.

– Mas sua mãe sabia, não é? – sibilo.

Ele olha para mim e confirma lentamente com a cabeça.

– Provavelmente. Twylla, por favor – diz ele, quando abro a boca. – Hoje, não. Perdi o único pai do qual me lembro, e não podemos fazer nada que a irrite agora. Estamos tão perto, minha querida. Teremos tempo o suficiente no futuro para puni-la por seus pecados.

Ele segura minha mão, hesitante, e a aperta, depois a larga e vai embora.

Eu o encaro, chocada com sua insensibilidade. Como ele pode desdenhar da minha perda dessa maneira, ainda mais porque também acabou de perder alguém? Tento me lembrar do rosto da minha irmã, e descubro que não consigo... eu a perdi completamente. Durante metade do tempo que passei aqui, ela estava morta. Tenho trabalhado como uma escrava, obedecido e me resignado a todo tipo de coisa, porque achei que estava tornando a vida dela melhor, mas ela nem sequer estava viva para usufruir desses benefícios. Ninguém me contou. Ninguém achou que eu me importaria em saber.

Mas é claro que não imaginaram, porque nunca deixei claro para ninguém que me importava.

Nunca lutei de verdade por ela. Eu poderia ter me esforçado mais para vê-la, pedido a Merek, ou ao rei. Quantas vezes perguntei como ela estava, pedi para alguém descobrir, subornei ou assustei alguma pessoa para fazer isso? Fui capaz de usar minha reputação para conseguir fatias extras de bolo, mas não para descobrir como minha irmã estava. Nunca tentei mandar um recado para ela. Fiquei sentada, com pena de mim mesma, sentindo saudade dela, mas nunca tomei nenhuma atitude para tentar mudar isso.

Eu queria tanto ir embora da casa da minha mãe e não ser a Devoradora de Pecados. Então, fui embora, sabendo que minha irmã de sete anos teria que assumir meu posto, enquanto eu morava em um castelo. Eu a sentenciei a todo o horror que eu odiava, e me convenci de que não havia mal nisso, porque pelo menos eu estava assegurando o envio de dinheiro para ela. Menti para mim mesma e fingi que minhas atitudes serviam a um bem maior, e, durante todo esse tempo, lamentei a perda dela e me afundei em autocomiseração. Mesmo hoje, me esqueci de que ela devia estar presente, e só me lembrei no final.

Sacrifiquei minha irmã pela oportunidade de ser uma princesa. Fui gananciosa, egoísta, e escondi isso por trás de uma máscara de dever piedoso e resignação por causa da função que precisava desempenhar. Uma função que escolhi em detrimento dela.

Sou mais filha da minha mãe, e mais filha da rainha, do que jamais imaginei.

E, pela primeira vez, sinto algo além de mera resignação em me casar com Merek. Mereço isso. Mereço ter que ficar aqui e levar tudo adiante. É meu destino. Finalmente entendo. Está na hora de parar de desejar o que não posso ter, e de apenas fazer o que estou aqui para fazer. Vou me casar com Merek e virar rainha. É exatamente o que mereço.

Enquanto o corpo do rei é cremado, Merek bebe, a rainha permanece sentada, fazendo longas listas e anotações em um livro com capa de couro, e eu a encaro, morrendo de vontade de gritar com ela, de agredi-la. Ela deve ter se divertido muito ao me ver vagando pelo castelo, deprimida, com uma expressão desapontada e olhos mareados, me esgueirando pelas sombras como um fantasma e me escondendo nas saias dos Deuses, com saudade de algo que não existia mais. Ela sabia muito bem que eu era covarde. E encorajava isso. E, por esse motivo, eu a odeio mais do que nunca.

Imagino a expressão dela quando Merek colocar a coroa na minha cabeça. A coroa dela. Minha irmã está morta e Lief foi embora. A rainha tomou tudo de mim, e vou fazer o mesmo com ela. Vou tomar a única coisa que valoriza, e então ela vai saber o que é sofrer.

Quando o sino toca, anunciando o fim da cremação, a rainha dá de ombros, como se estivesse tirando um manto pesado, antes de se levantar e se servir de um pouco de vinho. Ela bebe lentamente, depois fica de pé outra vez.

– Preciso mandar algumas correspondências – diz ela, olhando para Merek. – Preciso que você inclua seu selo ao lado do meu. Ordenei a prisão de todos os tregellianos do reino.

Fico tão chocada que dou uma guinada para a frente, e Merek ergue os olhos da sua taça de vinho. Lief. Não, ele foi embora ontem à noite. Já deve ter atravessado a fronteira, e estar longe do alcance dela.

– Vou encontrar o assassino e vingar a morte do rei – continua a rainha, parecendo não notar meu terror. – Twylla, infelizmente, isso significa que você terá trabalho em breve.

Olho para a rainha, confusa, até me dar conta de que ela quer dizer que terei que trabalhar como a Daunen. Merek não contou a ela que sei que a Praga-da-manhã é uma farsa. Quer que eu encoste em homens que ela já envenenou, homens inocentes.

– Eu ficaria feliz em punir quem assassinou o rei – respondo com frieza. – Será um prazer enorme.

A rainha olha para mim com curiosidade, antes de assentir.

– Só lamento que meu marido tenha precisado morrer para você perceber seu valor – diz ela, e não sei se é a paranoia ou um sexto sentido que me permite detectar um tom de ameaça em suas palavras. – Peço licença aos dois. Tenho muitas coisas para resolver. – Ela se levanta e se dirige à porta, antes de virar. – Seu guarda, Twylla. É tregelliano, não é? Onde ele está?

Merek responde por mim:

– Ele precisou voltar para sua terra. Vou garantir a segurança de Twylla. Considerando que temos um envenenador à solta, não confio em mais ninguém, além de mim, para essa tarefa.

– Ele foi embora? Que estranho – comenta a rainha. – Que estranho o único tregelliano no castelo ter ido embora logo após a morte do rei.

Ela sai sem olhar para trás outra vez, e minha mandíbula dói com o esforço que preciso fazer para não sair gritando atrás dela. Mais uma vez, agradeço em silêncio, a quem quer que esteja ouvindo, por Lief estar bem longe daqui.

– Estou agradecido – diz Merek, se virando para olhar para mim, com a cabeça inclinada.

– Pelo quê?

– Por fazer o que pedi. Sei que deve ter sido difícil.

– Como você disse, teremos bastante tempo depois.

– Depois desta noite, teremos uma vida inteira.

Ele sorri. Embora eu não tenha comido nada, meu estômago se revira.

– Eu gostaria de descansar um pouco – digo cautelosamente. – A noite passada foi longa, e preciso de tempo para me preparar para esta noite.

– Você deveria mesmo descansar – concorda ele. – Vou acompanhá-la até seu quarto. Acho que, por enquanto, é melhor você ficar lá, longe da minha mãe. Mandei um recado para um padre que conheço de Haga. Vou procurá-lo perto do Portão de Água hoje à noite. Depois entro em contato com você. Estamos quase lá, Twylla.

Ele segura minha mão e me acompanha até a torre oeste, aceitando as condolências dos poucos cortesãos que encontramos pelo caminho. Porém, não falamos mais nada, de vez em quando ele aperta meus dedos delicadamente.

Ele me segue para o quarto, conferindo embaixo da cama e atrás das cortinas, até ter certeza de que a rainha não está escondida ali com uma faca.

– Tranque a porta – lembra antes de sair, e é o que faço.

Mas, quando ouço seus passos se afastando, abro o ferrolho. Se a rainha quiser vir, que venha. Estarei pronta para recebê-la. No caminho de volta para o meu quarto, passo pelo dormitório de Dorin e Lief. Os pertences de Dorin ainda estão em um baú ao lado da cama dele; um soldadinho de chumbo e uma faca. Pego a faca. Sim, que ela venha. Tenho dívida com ela por causa de Maryl. E por minha causa.

Mas toda minha bravata desaparece quando entro no quarto e a mão de alguém tapa minha boca. O agressor me arrasta para dentro e fecha a porta com força, e balanço loucamente a faca, gritando na palma da mão que tenta me silenciar. De repente, a mão me solta e, diante de mim, aparece meu guarda perdido, com os olhos ardentes, mordendo os lábios e me encarando de volta. Largo a faca no chão, e todos os pensamentos nobres sobre a aceitação do meu destino somem da minha cabeça.

Nós nos encaramos, os dois tentando cautelosamente desvendar as intenções um do outro.

E então, nossos corpos se encontram, sem saber quem se mexeu primeiro, quem puxou o rosto do outro para perto do seu, cientes apenas do desejo dentro de nós, de como é certo estarmos juntos, enquanto a alma do rei segue para onde quer que as almas sigam, para o Reino Eterno, ou para lugar nenhum.

Capítulo 21

Mais tarde, nos deitamos juntos no chão do meu quarto, enroscados no tapete vermelho debaixo da cama. Seus dedos deslizam pelas sardas do meu ombro, como se ele mapeasse os céus no meu corpo, unindo--os em linhas e formas espirais. Eu o observo se concentrar nessa tarefa, que faz surgir uma curva na sua bochecha quando ele descreve uma forma que o agrada, e franze de leve as sobrancelhas quando não consegue juntar os pontos da maneira que queria. Nenhum de nós falou absolutamente nada até o momento, pelo menos não por meio de palavras. Fico procurando uma maneira de avisar que ele precisa ir embora, porque, se a rainha o encontrar aqui, ele será levado para a sala infernal no subsolo do castelo, onde os guardas o torturarão com facas. Mas, se eu avisar, talvez ele obedeça, e não posso passar por isso outra vez.

Ele olha para mim, inclinando-se para a frente e me beijando, antes de se sentar.

– Precisamos decidir o que vamos fazer – diz ele. – Não posso deixar você, isso está claro, e, se eu continuar aqui, não vou conseguir ficar longe de você, o que significa que você trairia o rei.

– Você precisa ir embora – digo baixinho, finalmente encontrando minha voz. – A rainha está falando para todo mundo que um tregelliano envenenou o rei. Se você ficar, será preso, e vão te interrogar.

– Então, venha comigo. Assuma o controle da sua vida e venha comigo. Achei que fosse isso que você queria. – Ele contorce a boca ao tentar encontrar as palavras de que precisa. – Não posso ficar aqui, independentemente das maluquices que a rainha está espalhando por aí. Não posso ficar e ver você se tornar mulher de outro homem. Sim, ele vai ficar magoado, e, sim, virão atrás de nós. – Ele está falando depressa. – Mas não acha que com certeza vale a pena, pela chance de ficarmos juntos? Acredito na gente; acredito que meu destino é ficar com você, e que o seu é ficar comigo. Eu preferiria morrer do que viver sem você. E se não sente o mesmo, se... – Ele coloca delicadamente um dedo sobre meus lábios quando tento interrompê-lo. – Se não sente o mesmo, vou entender e irei embora. Nunca mais vou perturbar você. Mas, pense, por favor. Você vai conseguir ficar aqui com ele, se eu levar seu coração comigo?

Tento desviar minha cabeça do seu olhar fixo, mas ele não deixa, erguendo meu queixo e me obrigando a encarar seus olhos.

– Está na hora de você tomar uma decisão – diz ele baixinho. – Chega de fazer o que ele quer, ou o que eu quero, ou o que a rainha quer. Precisa escolher o que *você* quer. Ele ou eu. Seja qual for sua decisão, não vou discutir. Não vou fazer você se sentir culpada por isso. Prometo. A escolha é sua... desde que seja eu.

Seu sorriso é desolador: afetuoso, esperançoso e assustado.

– Eu sabia.

A voz rígida da rainha nos afasta. Ela é emoldurada pela porta, com o rosto pálido, exceto pelas manchas vermelhas como sangue nas bochechas.

Lief tenta tapar meu corpo com o seu para me poupar da vergonha de ser vista pelos guardas atrás da rainha. Enluvados, eles agarram suas espadas desembainhadas e as direcionam para nós dois. Não consigo fazer nada exceto continuar deitada debaixo dele, nua e paralisada. Não. Isto não pode estar acontecendo.

A rainha nos observa furiosa, com o rosto iluminado tanto pela raiva quanto pelo triunfo.

– Levantem-se. Cubram-se – ordena ela.

– Pelo menos dê privacidade para a gente poder se vestir – pede Lief, com os braços estendidos, como se isso pudesse afastá-los.

– Que direito você tem de exigir minha consideração? – questiona a rainha. – Você envenena meu marido, dorme com a noiva do meu filho, e ainda me pede boa vontade?

– Eu não matei... – começa Lief, mas a rainha ergue o tom de voz, abafando a dele.

– Todos nós já testemunhamos sua vergonha. Não existem roupas suficientes para esconder os crimes que cometeram aqui. Vocês dois estão presos por traição, por conspirar contra o trono de Lormere. Vistam-se depressa ou serão levados do jeito que estão.

Lief abre a boca para protestar, mas os guardas se aproximam e eu choramingo, apavorada com a possibilidade de que a rainha me arraste pelada pelo castelo. Lief volta sua atenção para mim, mas não consigo me mexer, então ele vira as costas aos outros para me levantar, ainda tentando me esconder o máximo que pode. Minhas mãos estão trêmulas, e ele é quem coloca meu vestido em mim, me arrumando como se fosse minha criada. Por cima do ombro dele, noto que todos os guardas desviaram o olhar. Mas a rainha assiste a tudo, com um sorriso estampado, como se estivesse se divertindo com minha humilhação.

– Eu te amo – sussurra ele, ao amarrar os laços do meu vestido.

Quando estou toda coberta, Lief também se veste, virando-se desafiadoramente para a rainha ao fazer isso. Ele se mexe devagar, de forma deliberada, colocando as peças de roupa de maneira inversamente sedutora. Quando ele se curva para pegar o cinturão da espada, ela faz um gesto, e os dois guardas se aproximam. Antes que qualquer um de nós dois consiga gritar, um dos guardas atinge a nuca de Lief com o punho da espada, e o observo, apavorada, desabar no chão. Assim que ele cai, dois guardas começam a chutá-lo, trazendo suas botas para trás, depois golpeando as costelas e a coluna de Lief.

– Não, parem!

Encontro minha voz e meu equilíbrio e voo na direção deles, mas a rainha agarra meus braços, me forçando a assistir aos guardas espancarem Lief na minha frente. Cada gemido dele me faz gritar e me contorcer, mas ela me segura com uma força que me surpreende. Um dos guardas sorri para mim da porta, cerro os dentes para ele, ainda me esforçando para me soltar das garras da rainha.

– Chega – diz ela, em um tom entediado, quando Lief para de gemer e grunhir, finalmente ficando inconsciente. – Levem o assassino daqui.

Eles detêm Lief pelos braços e o arrastam para fora do quarto.

– Esperem lá fora – ordena ela aos dois últimos guardas, que fazem reverências e se afastam, fechando a porta ao saírem. Quando estamos sozinhas, ela me joga para longe e eu tropeço, caindo em uma poça de sangue. Ofegante, olho para a rainha, reunindo o máximo de ódio que consigo. Ela fica parada, me analisando, me observando de cima a baixo.
– Você é tão idiota – diz ela, por fim. – Teve a chance de se casar com um príncipe, e jogou tudo fora pelo filho de um agricultor. Mas é melhor assim. Você seria uma péssima rainha, faz escolhas terríveis.

– Nunca pude escolher nada – disparo.

– Você é uma tola, Twylla. Sempre teve escolhas – diz ela, fervendo de raiva. – Escolheu vir para cá e abrir mão da sua casa e família. Você escolheu virar amiga do filho de um criado, transformando tanto você quanto ele em um risco para o meu reinado. E escolheu dormir com seu guarda, o homem que assassinou meu marido. Você o ajudou? Ele lhe ensinou os costumes tregellianos? É por isso que consegue tocá-lo sem que ele morra?

– Ele não fez nada disso! Foi você. Sei que foi você. E sei sobre a Daunen, sei tudo sobre a Praga...

Meus gritos são interrompidos pelo tapa que ela me dá, o que faz meus ouvidos zunirem.

– Mais quantas traições você planeja cometer hoje? – pergunta ela, chiando e olhando para a porta, então percebo que a rainha está fazendo um espetáculo para os guardas, que provavelmente conseguem nos ouvir, para tentar manter sua história viva até o final.

– Você... – começo a dizer, mas ela ergue a mão para me silenciar.

– Haverá um julgamento – continua ela. – Diante da corte inteira, vou assistir a você confrontar o que fez e o que falou. Traiu a confiança que o reino tinha em você. Vai morrer pelos crimes que cometeu, e seus pecados não serão Devorados. Mesmo assim, isso não será castigo suficiente por ter se entregado a outro homem, enquanto meu filho planejava o casamento com você. Enquanto meu filho amava você.

Minha raiva diminui com essas palavras, e tenho que desviar os olhos. Não consigo mais suportar o ardor no olhar dela, seu julgamento me dominando e me condenando.

– Durante algum tempo, esperei que você fosse boa o bastante para meus dois filhos – diz ela, com a cabeça inclinada para o lado, enquanto me observa. – Tenho dois filhos, sabe – continua. – Meu filho biológico e minha filha por herança. Mas Lormere é tão minha filha quanto Merek. Acalentei este país, da mesma forma que mimei meu filho, e você falhou com os dois. As coisas chegaram a este ponto por culpa sua. E um dia Merek vai perceber isso. Guardas! – grita ela, mas é o príncipe quem abre a porta, e sou completamente tomada pelo pavor.

– O que significa isto?

Ele olha para a mãe, depois seus olhos se direcionam para mim, com uma expressão enevoada pela preocupação, antes de se voltar novamente para a mãe.

– Pergunte para ela.

A rainha me empurra para a frente e eu caio aos pés de Merek.

– Twylla? – pergunta ele baixinho.

– Conte para ele! – grita a rainha. – Confesse o que fez.

Não consigo suportar a ideia de revelar para o homem diante de mim o que fiz com ele, o que planejara fazer.

– Chega, mãe. Ordeno que se explique.

– Ela... – o dedo levantado da rainha é uma maldição – ... estava com o próprio guarda. Aqui. No dia em que nos despedimos do seu padrasto. Eu os encontrei nus aqui. Ela traiu você.

Olho para Merek, notando a raiva em seu rosto se transformar em angústia.

– Não, não é verdade. Twylla, isso não é verdade, é? Você não fez isso, não depois de tudo o que conversamos. De tudo o que eu falei para você.

– Perdão. – É tudo o que consigo dizer. É o bastante.

Ele tapa o rosto com as mãos, em um gesto de derrota que me condena.

– Eu sabia – diz ele. – Claro que eu sabia que ele estava apaixonado por você. Até um cego teria visto isso. Mas você... Achei que você entendesse. Pelos Deuses, como sou idiota! Achei que você estivesse comigo.

– Merek, por favor...

Meu apelo é interrompido pela rainha, que avança na minha direção mais uma vez, com a mão erguida. O segundo tapa ecoa pelo quarto e sou jogada para o lado, levando a mão ao rosto e sentindo a bochecha queimar.

– Não se atreva a se dirigir ao meu filho pelo nome, sua vadiazinha – sibila ela. – Como ousa trazer um amante para o meu castelo, e depois implorar a ajuda do meu filho?

Merek segura o braço da mãe, detendo-a. Ele me encara com frieza, com a mesma expressão inescrutável de quando voltou para Lormere.

– A fumaça do funeral do meu padrasto ainda paira no ar. Esta manhã, você ficou ao nosso lado durante a Devoração. À noite, você se deita com seu guarda no castelo onde estou enlutado – diz ele baixinho. – Você está sendo acusada de traição contra o trono de Lormere. – Ele repete as palavras da mãe. – Não pode haver misericórdia. É o preço que se deve pagar pelo que fez comigo.

Ele se vira e deixa o quarto, mas ainda consigo ver seus ombros tremendo antes de sair.

– Sabe o mais me impressiona, Twylla? – pergunta a rainha. Sua voz se transforma num sussurro, em um tom íntimo, quase maternal. Desvio os olhos da porta e a encaro. – É que você fez isso a si mesma. Você o perdeu e me deu o que eu sempre quis, e não precisei fazer quase nada. Não poderia ter sido melhor. Isso merece uma comemoração, não acha?

Não falo nada. Apenas a observo.

– Já sei – diz ela. – Não vamos enforcar você pelos seus crimes. Vamos caçar você. Eu mesma a levarei para a floresta.

– Não...

– Sim. Vou mandar a corte inteira nos acompanhar. – Ela assente para si mesma. – Acho que vou obrigar você a primeiro assistir aos cães devorarem seu amante. Talvez eu jogue vocês dois juntos lá, e então veremos o quanto ele te ama. Acha que ele vai tentar proteger você das mordidas dos cachorros, enquanto estiverem arrancando seu coração? – Ela ri enquanto eu estremeço. – Deveríamos fazer uma aposta. Não seria divertido? Quão longe você acha que vai chegar antes de derrubarem você? Quanto tempo acha que vai levar até ficar de joelhos? Espere, tenho uma ideia... Sabe o que meu pai costumava fazer? Ele fazia um talho nos calcanhares dos miseráveis que estávamos caçando. Ele os cortava e os largava em meio às árvores. Depois, lhes dava uma hora para tentarem escapar. Rohese aboliu essa prática, alegando que oferecia aos cachorros uma vantagem desleal, mas talvez este seja o momento perfeito para retomarmos.

Ela se inclina para a frente e seu medalhão tallithiano cai no meu rosto, e tudo o que consigo ver é o flautista com as três estrelas sobre sua cabeça, enquanto ela sussurra outra ameaça no meu ouvido.

– Estou ansiosa para ver vocês dois rastejando.

Ela se levanta e deixa o quarto.

– Levem-na embora – ordena, ao sair.

Grito, com a voz abafada, enquanto os guardas se aproximam de mim e me levantam bruscamente, arranhando minha pele com as luvas ásperas. Minhas pernas estão fracas demais para me manter em pé, e eles precisam me carregar e arrastar para fora do quarto e depois pelos degraus.

Os corredores estão ladeados de cortesãos, lordes e ladies, e até pajens e criados, todos são testemunhas da minha derrota. Não falam nada, nenhuma zombaria nem recriminação; ninguém cospe em mim. Apenas observam, como sentinelas silenciosas, enquanto sou arrastada até o primeiro andar, passando pelas casernas e seguindo para as masmorras.

O guardas me empurram para uma pequena cela úmida, e caio em cima dos juncos podres no chão. Quando a porta se fecha com um tinido e a chave é virada de forma definitiva na tranca, minha boca se abre e grito em silêncio. Minha respiração sai do meu corpo com violência, então agarro a palha e soco o chão. Quando desabo na escuridão, não há nada além de medo, dor e perda.

*

Há pouca luz dentro da masmorra, a única fonte de iluminação é o brilho tênue da tocha no corredor. É silencioso, exceto pela água gotejando ocasionalmente do teto abobadado. Não há gritos, nem os meus, que abafo, com o punho enfiado na boca.

Não vejo guarda nenhum do lado de fora, então chamo baixinho entre as barras de ferro da porta:

– Lief? Lief, você está aí?

Sinto o cheiro antes de ver seu movimento, a cela se enchendo com seu odor de túmulo, quando o instinto me faz encolher na parede. Sua forma aparece, perfilada entre as barras: pernas longas e musculosas, uma cabeça chata que se vira para mim, com uma boca que se abre, exibindo uma grande quantidade de dentes. Ao me encolher na pedra fria, banhada no meu próprio suor, ele se joga nas grades, e não consigo conter um grito rouco. Um ruído metálico ressoa pela cela quando a criatura se choca contra a porta; choraminga, lutando brevemente com as correntes que, então, noto ao redor do seu pescoço. Em seguida me encara através das grades com olhos desalmados e vazios, depois se vira e se esgueira para longe. Pode se dar o luxo de ser paciente. Sou uma presa cativa. Por trás do som do sangue correndo em meus ouvidos, consigo escutar a criatura se acomodando novamente em algum canto úmido, e mais uma vez enfio o punho na boca, para conter outro grito.

Encaro a escuridão, me esforçando para ouvir algum movimento. O mais silenciosamente possível, passo a outra mão pelos juncos úmidos, e fico arrepiada ao sentir a viscosidade pútrida. Quando um pedaço de junco se parte e se aloja sob a unha do meu polegar, quase grito de novo, mas basta um grunhido oportuno do cachorro para me silenciar. Fico paralisada pelo que parece ser uma eternidade, depois arranco a farpa e volto a vasculhar, levantando um punhado atrás do outro de juncos podres, à procura de algo que possa usar como arma. O pânico ameaça me dominar novamente, mas me esforço para permanecer calma. A criatura não consegue me alcançar através das grades, mas isso não amaina a sensação de que alguém a poderia deixar entrar, se quisesse.

Derrotada, me encosto na parede, e meus pensamentos se voltam para Lief, detido em algum lugar. Meu coração se acelera outra vez quando me dou conta de que talvez ele esteja inconsciente ou morrendo em decorrência da surra que levou dos guardas. Se realmente tratam os prisioneiros como meu guarda me contou, espero que ele esteja mesmo morrendo. Eu não suportaria ouvi-lo fazendo aqueles barulhos. Não quero que ele se torne um grito. Ele estaria melhor morto.

E talvez já esteja. Por minha causa.

Escolha. Foi o que desejei durante anos, o que idealizei como um sonho inatingível, e, por mais que seja doloroso admitir, a rainha tem razão. Tive escolhas, mas, por não gostar delas, não as reconheci. Fui agente do meu próprio sofrimento, sucessivas vezes. E agora arrastei Lief comigo. Eu me lembro da rainha se inclinando sobre mim, a imagem do flautista do seu medalhão marcada no meu cérebro, enquanto ela me dizia que estava ansiosa para nos ver rastejando.

Sozinha no escuro com meus pensamentos, sou tomada por uma calma estranha, apesar do odor do cachorro. Minhas lágrimas secam e meu coração desacelera, regularizando o ritmo. Amanhã, neste mesmo horário, eu não existirei mais. Tudo o que sou e já fui deixará de existir. Será que meu fantasma e o de Lief se encontrarão na Floresta do Oeste e vagarão juntos entre as árvores? Será que vai sobrar o bastante de nós para que um reconheça o outro? Será que minha mãe vai ficar triste ao saber que morri? Será que a morte vai ser muito dolorosa? Eu me lembro da história que Lief me contou sobre o Príncipe Adormecido. Os cães da rainha vão arrancar meu coração, como dizem que o Príncipe Adormecido faz com suas vítimas. Não culpo de jeito nenhum a mãe de Lief por não ter contado a ele a história inteira. O Príncipe Adormecido. Por alguma razão, não consigo tirar o conto da cabeça, nem o Portador e a maneira como ele leva as meninas para seu pai. Penso em todas as garotas que precisaram morrer para que ele pudesse acordar. Meninas como eu, arrancadas das suas casas e levadas para um castelo em ruínas para alimentar um monstro. Fui arrancada da minha casa e levada para um lindo castelo, para servir de marionete a uma monstra. E, apesar de não acreditar mais nos Deuses, me flagro rezando para eles.

Caída no chão, começo a cochilar, e meus pensamentos se embaralham, com Príncipes Adormecidos, cachorros e Deuses se revezando para rir de mim nos meus sonhos. Vejo um homem grisalho de coroa fazer uma reverência a uma Deusa amortalhada de preto. Vejo um Deus com uma flauta nos lábios, tocando enquanto cães tentam morder seus calcanhares e estrelas cadentes passam acima de sua cabeça. De repente, estou totalmente acordada, sentada reta, encarando as paredes da cela.

Na primeira caçada depois do retorno de Merek, ele perguntou para a rainha sobre o medalhão que ela usava, feito com a moeda que ele trouxera para ela de Tallith. Ele disse que ali havia a imagem de um flautista, que ela alegou ter apagado, para tornar a moeda lormeriana. Mas eu vi o flautista no medalhão. Não tinha sido lixado. Estava bem ali, diante do meu rosto: um flautista, com três estrelas cadentes no céu acima de sua cabeça. O que Lief disse sobre solaris? O que são solaris? Nunca pensei em perguntar. Será que são estrelas cadentes?

De repente, meu sangue gela.

Não, não são estrelas cadentes. São cometas. Vi cometas na noite em que Dorin morreu, três incendiaram o céu escuro. Três cometas. Três estrelas no medalhão.

No dia seguinte, o da caçada, Dimia e eu ouvimos uma melodia no pátio, que Lief não foi capaz de escutar. A melodia de uma flauta.

A última vez que vimos Dimia antes de ela ir embora.

Será que ela foi embora por causa da música? Será que seguiu o Portador?

Lief me contou que, em uma das antigas versões da história, o Príncipe Adormecido acordaria de vez se o Portador lhe levasse uma menina enquanto houvesse solaris no céu. E que o Portador poderia ser convocado por um totem, se alguém tivesse um e fosse capaz de reconhecê-lo. A rainha tem um medalhão com a imagem de um flautista; um flautista que não estava lá antes, mas que com certeza está agora, com um halo de cometas.

O medalhão é o totem, só pode ser.

A rainha convocou o Portador.

Capítulo 22

Eu me levanto e ando de um lado para outro na cela, arrastando o vestido nos juncos secos, fazendo um farfalhar estranho. O cachorro tenciona a corrente ao ouvir meu movimento, mas não consigo me importar, não diante do que acabo de descobrir.

A certeza assenta no meu estômago, e seu peso é reconfortante, apesar de estar arrepiada. A rainha convocou o Portador, e ele veio. É por isso que ela esvaziou o castelo, e achou que eu ainda estava isolada na minha torre, fora do caminho. Ela o convocou quando sabia que os cometas passariam pelo céu. Tem gente que monitora eventos celestiais para ela, gente que monitora os movimentos de Næht e Dæg pelo céu. Por isso, organizou uma caçada, para afastar os homens. Depois, levou suas ladies para um lugar seguro, deixando apenas as criadas à mercê do Portador.

Levo a mão à boca para conter meu lamento. Dimia está morta. A pobre e inofensiva Dimia. E o pior é que, se a versão que diz que o

Príncipe Adormecido pode ser acordado quando solaris atravessam o céu estiver certa, então ele acordou para sempre. Mas por quê? Por que a rainha ia querer a presença dele? O que ela quer é Merek, não o herdeiro do trono de Tallith.

Vou para o outro lado da cela, ignorando o cachorro, que quase se enforca tentando me alcançar.

– Merek! – grito, golpeando as grades de ferro com os punhos, e, quando dói tanto que não consigo suportar, bato com as palmas abertas. – Merek! Chamem o príncipe... o rei! Por favor! Ei? Merek?

Continuo chamando, até minha garganta ficar rouca e minhas mãos latejarem de dor. Ninguém me responde. Nem sei se tem alguém aqui embaixo comigo. O cachorro já desistiu de me atacar há muito tempo, apenas me observa com olhos que indicam que já é tarde demais. Desesperada, desabo novamente no chão, me encolhendo e tremendo, embora não esteja com frio.

Talvez eu tenha pegado no sono, porque, quando abro os olhos, Merek está de pé diante de mim, sozinho, me observando do outro lado da grade. O cachorro está sentado quieto ao seu lado, e Merek segura frouxamente sua coleira. Não ouvi os movimentos de nenhum dos dois, e isso me assusta mais do que o olhar inexpressivo do príncipe. Continuamos em silêncio. Minha boca está seca de medo diante da possibilidade de que ele possa abrir a porta e deixar a fera entrar. Quando ele sai do meu campo de visão, meu estômago fica embrulhado, mas ele reaparece sem o cão.

– Você estava me chamando – diz ele, inexpressivo.

Eu me levanto, com os membros rígidos e doloridos por causa do chão de pedra.

– Merek... Vossa Majestade... A rainha convocou o Portador. – A calma na minha voz me surpreende.

Ele ergue uma sobrancelha.

– Como?

– A rainha convocou o Portador, de Tallith. O filho do Príncipe Adormecido. Ela o convocou e ele levou uma das criadas: Dimia. Aquela que você mandou me encontrar no dia em que Dorin morreu. Ela foi levada pelo Portador. Isso significa que o Príncipe Adormecido está acordado.

– Nunca imaginei que você tentaria apelar para a insanidade – diz ele com tristeza.

– Não estou apelando! Você precisa me ouvir. O medalhão que você deu para a rainha, a moeda de Tallith, a superfície estava lisa durante a caçada, lembra? Você perguntou se ela havia lixado o flautista e as estrelas, e ela disse que sim. Mas não está mais lisa, tem uma imagem agora. Eu vi, quando ela foi atrás de mim, e o flautista estava lá.

Merek desvia o olhar, com uma expressão enojada.

– O que está dizendo, Twylla?

– Ela convocou o flautista! Na noite antes da última caçada havia cometas no céu. Solaris. A história diz que se o Portador for convocado quando solaris passarem pelo céu, o coração devorado pelo Príncipe Adormecido fará com que ele acorde. Ela o convocou, esvaziou todo o castelo, e ele veio e levou Dimia embora. A rainha acordou o príncipe.

– E você me chamou aqui para isso? Para me contar que um conto infantil está se tornando realidade? Pelo amor dos Deuses, Twylla, você já fez demais, não? Não acha que já estou sofrendo muito? Meu padrasto foi envenenado e minha futura esposa foi... estava... Não desci aqui para isso.

– Então, por que desceu aqui? – pergunto, irritada.

– Achei que você... Achei que você tivesse alguma explicação. Achei que quisesse me ajudar a entender.

Inesperadamente, sinto meus olhos arderem com lágrimas. Ao observá-lo atentamente, noto que ele parece mais velho, mais cansado. E então me dou conta de que ele veio aqui atrás de uma explicação na qual possa acreditar. Ele quer me perdoar, mesmo agora.

– Mer... Vossa Majestade, sinto muito. De todas as coisas que eu queria, magoar você nunca foi minha intenção – digo baixinho.

Ele baixa a cabeça, em reconhecimento.

– Quero saber quando começou.

– No dia antes da última Narração – respondo em voz baixa. – No dia da caçada.

– Você ama ele?

– Sim – sussurro.

Ele pisca, com os lábios contraídos. Depois, desliza lentamente até o chão, sentando-se diante da minha cela, com as pernas cruzadas, feito uma criança. Por um instante, parece que sou eu quem está lhe concedendo perdão. Sinto o peso da minha vida antiga ao meu redor: a filha da Devoradora de Pecados, a concedente da paz e da absolvição.

– Eu ainda me casaria com você. – Ele não consegue olhar para mim ao falar isso, apenas encara os próprios tornozelos. – Se disséssemos que ele forçou você a isso, que obrigou... – Ele para.

Eu me sento também, e estendo o braço para fora da grade para segurar a mão dele, sentindo mais uma vez que é ele quem está tentando redimir os erros, não eu. Ele não estremece, nem se afasta, e começo a falar:

– Merek, ele não fez isso – digo, da forma mais delicada que consigo.

– A corte não precisa saber disso – responde ele depressa. – Durante o julgamento, você poderia reivindicar que foi atacada por ele. Se disser isso, conseguirei perdoar você, e poderemos nos casar e esquecer tudo isso.

– E se eu me recusar?

– Então será julgada por traição e condenada à morte.

– Casar com você ou morrer? O que espera que eu responda?

– Diga que vai se casar comigo. – A sombra de um sorriso se forma no canto de sua boca.

– Ah, Merek – digo, esquecendo os modos. – Você não merece viver assim. Não merece uma esposa que se casou com você para salvar a própria pele, depois de te magoar.

– Sei que não mereço, mas é a esposa que quero. Você é a esposa que eu sempre quis – diz ele, e parece tão triste que um "sim" se formou na minha língua antes que ele terminasse de falar.

Mas não posso fazer isso, e ele nota no meu olhar.

– Você vai ser acusada de adultério e de romper o noivado – informa ele, sem olhar para mim. – Isso é traição ao reino, porque sou um príncipe. O guarda vai ser julgado por alta traição e regicídio.

– Regicídio? Mas ele não matou o rei, você sabe disso! Foi ela, você disse...

Merek grita e abafa minha voz:

– Você acha que me importo com isso? Realmente acha que me importo por qual motivo vão condená-lo?

– Mas ela vai sair impune. E vai se casar com você depois de matar Lief e eu. E o tratado com Tregellan...

E, então, compreendo toda a extensão do plano da rainha.

– Merek, você precisa me ouvir. Ela convocou o Portador e envenenou o rei para chegar ao Príncipe Adormecido: o último membro da família real de Tallith. Ela quer ter o próprio alquimista. Quer trazê-lo aqui e forçá-lo a produzir ouro, para que, depois de matar Lief e violar o tratado com Tregellan, tenha ouro o suficiente para financiar uma guerra. Você ouviu o que ela disse no solar, que o assassinato do rei por um tregelliano era um ato de guerra, e você falou que Lormere não conseguiria bancar uma. Mas daria se tivesse um alquimista para financiar. Merek, ela planejou tudo! Ela o criou para ser seu alquimista de estimação. Pergunte ao irmão de Dimia. Ela tem um irmão: Taul! O nome dele é Taul! Ele vai dizer que não sabe onde Dimia está! Você acha que ela deixaria o castelo sem falar com o irmão?

Ao dizer isso, tenho certeza de que é verdade. Sinto a veracidade das minhas palavras se assentando nos meus ossos.

– Chega, Twylla.

Ele se levanta, e vira as costas para ir embora.

– Merek, por favor! Ouça o que estou dizendo!

Ele olha para mim, com a boca contraída de raiva.

– Já ouvi demais – afirma ele. – Seu julgamento será amanhã de manhã. Reconcilie-se com o que você preza.

Ele inclina a cabeça uma vez e se vira, me deixando ajoelhada no chão. Espero até ter certeza de que ele foi embora, antes de permitir que as lágrimas escorram.

O tempo passa e, sem conseguir ver o sol, não faço ideia de que está amanhecendo até ouvir passos na direção da minha cela. Balanço o corpo para sair do meu estado de atordoamento, e me levanto, agarrando a grade. Respiro fundo quando dois guardas se aproximam da cela com passos sincronizados, um segurando uma tocha acesa e o outro, as chaves. A porta da cela se abre, e um dos guardas faz sinal para que eu saia.

Faço isso, dando um passo lento para a frente. Fiquei pensando a noite inteira, e sei o que devo fazer. Preciso revelar o plano da rainha para a corte. Mesmo que isso não me salve, preciso contar para eles. Com sorte, alguém vai acreditar em mim, e talvez ela possa ser detida. O guardas puxam meus braços para minhas costas e os amarram. E, antes que eu consiga detê-los, me amordaçam, amarrando um pano sujo na minha boca. Tento gritar, mas a mordaça funciona, e tudo o que consigo fazer é soltar um urro abafado, que ninguém vai ter como decifrar. Eles me puxam grosseiramente pelo cotovelo, por mais que estejam tomando o cuidado de não tocar na minha pele exposta, e me pergunto se a rainha planeja sustentar a mentira sobre a Daunen até o final.

Eles me carregam para longe da cela, para fora das masmorras, em direção ao Salão Nobre. A luz a céu aberto é tênue, uma iluminação matinal, e meu coração bate de forma violenta nas minhas costelas. Tudo está perdido.

Ao nos aproximarmos do Salão Nobre, as portas são abertas e sou arrastada para dentro. Como no julgamento de Lady Lorelle, os bancos estão enfileirados, todos voltados para o estrado, onde Merek e a rainha estão sentados. Ela se esforça para parecer soturna, mas o brilho em seus olhos a entrega. Ao seu lado, Merek parece um homem que já não tem mais motivo algum para viver, com a faixa cerimonial torta no ombro, o que a deixa estranhamente apoiada no peito, e o cabelo despenteado, como um halo selvagem, ao redor do seu rosto miserável. Pergunto a mim mesma o que ele vai fazer depois que Lief e eu estivermos mortos, e o plano da rainha estiver totalmente encaminhado.

Ao ser forçada a parar diante do estrado, ouço o som de alguém resistindo atrás de mim, então olho para trás e me deparo com Lief sendo arrastado para dentro. Ele também está amordaçado, seus olhos estão escurecidos e inchados. Parece que mal consegue ficar em pé depois da surra que levou, e me aproximo dele. Um dos guardas me puxa de volta, e posso apenas observar, enquanto Lief se esforça para permanecer em pé quando os guardas o soltam.

– Um dia triste para Lormere – diz a rainha, que não parece nada triste. – Conheço bem a tristeza. Durante minha vida, vi uma filha e dois maridos partirem para o descanso eterno antes de mim. Mas, mesmo assim, nenhuma dessas perdas se compara à devastação que senti ao flagrar a menina que chamávamos de Daunen Encarnada na cama com o próprio guarda.

Lief olha para mim, com os olhos cheios de tristeza, quando a corte fica alvoroçada.

– Como? – grita uma voz.

– Pelos Deuses! – clama outra.

– Daunen! – berra alguém.

– Daunen, Daunen, Daunen – ecoam os outros, até eu não conseguir mais suportar aquilo.

A rainha me olha triunfal, antes de erguer o tom de voz para falar acima do clamor:

– Sei que todos estão muito magoados por descobrir que fomos enganados por uma impostora, sei que não é fácil descobrir uma traição tão diabólica, mas todos precisamos saber. Precisamos testemunhar isso. Porque encontrei os dois, nus, no quarto dela, apenas horas depois do funeral do rei. Ela é culpada de adultério, traiu o príncipe e todos vocês. Todos nós. Mas isso não é tudo. Porque o homem com quem ela dormiu é quem assassinou o rei!

Um rumor baixo enche o salão, como um trovão, quando os cortesãos começam a conversar uns com os outros, e balanço a cabeça, tentando soltar a mordaça, para revelar a verdade a eles.

– Vocês viram o rei desabar durante o banquete. Ele foi envenenado. Morreu horas depois, em agonia. Porque esse homem, esse tregelliano – ela aponta para Lief – o envenenou. Ele é um espião enviado por Tregellan, e, se eu não o tivesse flagrado na cama com Twylla, tenho certeza de que também teria envenenado o príncipe e eu. Ele deve ter contado com sua sabedoria maléfica para conseguir usar a Daunen sem sucumbir ao veneno. Eles têm essa habilidade, os tregellianos. E, por mais que seja difícil admitir, suspeito que a garota também estava envolvida no esquema, que ela tenha encorajado as maldades dele e se oferecido como pagamento, tanto pelo antídoto do seu veneno quanto pelo assassinato.

Lief não dá um pio, encarando a rainha com um ódio escancarado, e sei que ele só está piorando as coisas ao nem sequer tentar reagir. Então, faço isso por ele, gritando contra a mordaça e tentando me soltar dos guardas.

Merek, que, até o momento, apenas encarava a porta, resoluto, golpeia a mesa com a mão, silenciando tanto os murmúrios da corte quanto eu.

– Twylla, esta é realmente a hora para teatralidades? – pergunta ele devagar, com os olhos fixos nos meus.

Teatralidades.

O que foi que ele disse mesmo, depois que cantei para seu padrasto?

Como é agradável passar uma tarde sem a necessidade de teatralidade, não acha?

Olho para ele, que afasta a faixa do peito, revelando uma pequena flor dourada. Um dente-de-leão. Então é por isso que a faixa estava pendurada de um jeito estranho: ele tentava esconder a flor. Merek pisca para mim, com firmeza, e eu compreendo.

Ele acreditou em mim, no fim das contas.

– Isto é um julgamento – continua o príncipe. – Não um espetáculo. Portanto, devemos nos portar de forma apropriada. Que entre a primeira testemunha – diz ele, e a rainha fica desapontada.

– A primeira o quê?

– A primeira testemunha. Convoquei um médico tregelliano para compartilhar seu conhecimento. Não vou permitir que digam que meu primeiro julgamento como rei foi injusto. Posso ser misericordioso.

Sorrio por trás da mordaça.

– De maneira alguma! – A rainha se levanta. – Ele vai defender seu compatriota. Estão todos unidos contra Lormere. Merek, não vou aceitar isso.

Lief se vira e olha para mim, com uma expressão confusa nos olhos. A corte atrás de mim está inquieta, e a rainha também consegue ouvir isso. Tenta intimidá-los com um olhar, mas há uma sombra de dúvida agora, e ela sabe. Ela solta um soluço alto.

– Está bem – diz a rainha. – Traga sua testemunha. Mas saibam – acrescenta para a corte – que a testemunha não será imparcial.

Os guardas abrem as portas, revelando um homem pequeno, de pele escura e cabelo preto e curto. Ele faz reverências para a rainha e para Merek, e, rigoroso, evita olhar para mim e para Lief.

– Doutor, não tenho nenhum cadáver para você examinar, mas todas as almas neste salão viram meu padrasto ter um colapso. Depois de um tempo, ele morreu. Vou relatar os sintomas, e, com base nisso, quero que ofereça à corte seu diagnóstico. Pode fazer isso?

– Sim, Vossa Alteza – responde o médico.

– Meu padrasto sentiu uma fraqueza repentina nas pernas. Perdeu o controle dos membros, e não conseguia caminhar ou se levantar sem ajuda. A fraqueza se espalhou pelo corpo inteiro, e lhe impossibilitou de falar. Ele morreu pouco depois.

O médico pigarreia e assente antes de falar.

– Vossa Alteza, ao que me parece, Sua antiga Majestade sofreu um incidente no cérebro. – A rainha se inclina para a frente, e o médico dá um passo para trás. – A corrente sanguínea para o cérebro pode ser interrompida, o que impede a pessoa de usar os membros. Pode até tentar, mas o corpo não vai obedecer. Acabará falecendo, pois o sangue não vai chegar onde é necessário.

– E como ocorre esse mal? – pergunta Merek.

– De maneira natural – responde o médico, e toda a corte arqueja. – Pode acontecer com qualquer um, a qualquer momento.

– Mentira! – grita a rainha. – Foi veneno!

– Duvido que ele esteja errado, mãe. É um médico. Então, seu diagnóstico é que a morte foi natural?

Merek se volta para o homem tregelliano, que está pálido.

– Sim, Vossa Majestade.

– Então, aceito seu diagnóstico especializado.

– Isso é um absurdo – diz a rainha, furiosa. – O veneno tregelliano produzido com cicuta causa paralisia dos nervos e asfixia. De seis a oito folhas bastam para derrubar um homem adulto. Esse tregelliano... – ela aponta para Lief – ... usou isso contra o rei, e aquele... – ela gesticula para o médico – ... está tentando acobertar o crime.

– Como sabe o que é cicuta, mãe? – pergunta Merek baixinho. Todos no salão ficam paralisados. – Onde aprendeu com tanta precisão que isso causa paralisia e asfixia? São palavras estranhas ditas por alguém sem qualquer formação em medicina, não acha?

Ele a encurralou.

A rainha hesita por tempo demais antes de responder:

– O herborista, Rulf, me mostrou uma passagem de um dos seus livros. Eu o consultei, por causa das minhas suspeitas, que ele confirmou. É daí que vem essa linguagem, é claro. Fiz uma citação direta.

– Me mostre seu medalhão.

– O quê?

– Mostre seu medalhão para mim e para a corte.

– Merek, esta não é a hora para...

O príncipe se inclina para a frente e puxa a corrente, tirando o pingente de onde estava escondido, dentro do corpete da rainha. Ela tenta se afastar, mas Merek não solta o cordão, forçando-a a ficar parada, com a corrente cravada na pele branca do seu pescoço, enquanto o filho examina o medalhão.

– Na caçada, depois que voltei, você me disse que havia lixado este medalhão, para deixá-lo mais lormeriano. – Ele o ergue, e consigo ver o flautista. – Mais tarde, Lorde Bennel me perguntou se eu havia encontrado o Príncipe Adormecido. Pouco depois, você ordenou a morte dele, de maneira ostensiva, por insultar Twylla. Esse foi o verdadeiro motivo, mãe? Ou foi por ele ter nos lembrado do Príncipe Adormecido que a enfureceu?

– O que está acontecendo? – sibila a rainha. – Você perdeu o juízo?

Ela se afasta bruscamente dele, e, por fim, Merek solta o medalhão, observando com frieza o objeto cair no vestido da rainha.

– Mandei uma equipe para Tallith. Eles devem voltar daqui a uma quinzena, e me dirão se encontraram o corpo de uma dama ao lado de um carro mortuário nas ruínas do Castelo de Tallith. Também alertei minha própria guarda para fechar meu castelo e me avisar caso uma criatura esfarrapada, com vestes antigas, tente entrar, à procura da sua amante. O boticário mudo que você mantém no subsolo do castelo foi detido para interrogatório, e os cômodos da rainha estão sendo revistados neste exato momento. Gostaria de chamar minha segunda testemunha, Lady Twylla.

Ele se volta para a corte.

Os cortesãos nem tentam mais manter a calma, e ouço o ruído de bancos sendo derrubados por pessoas que se levantam para me olhar, a acusada que virou testemunha. O guarda que está me segurando solta a mordaça da minha boca. Seu rosto tem formato de coração, como o de Dimia. É Taul.

Sinto o peso de todos os olhares do salão para mim.

– Twylla, você poderia, por favor, contar para a corte o que descobriu? – pede Merek.

A rainha parece estar quase se divertindo, e falo em alto e bom tom, espalhando minha voz de cantora por todo o salão.

– Você convocou o Portador. – Olho para a rainha, esperando o momento em que minhas palavras vão apagar seu sorriso debochado. – O colar que você usa é o totem dele, e, na noite em que solaris passaram pelo céu, você o chamou. No dia seguinte, você afastou todo mundo do castelo, para que ele pudesse fazer o trabalho. Eu ouvi a música. Vi uma criada ser encantada por ela. – A mandíbula da rainha treme, e eu continuo, falando lentamente, disparando cada palavra contra ela, como um faca. – Na noite em que o príncipe anunciou que ele e eu íamos nos casar, você envenenou o rei e tentou incriminar meu guarda, para começar uma guerra contra Tregellan. Você quer que o Príncipe Adormecido se torne seu alquimista de estimação, produzindo o ouro de que precisa para sua guerra. Para a nova Idade de Ouro de Lormere.

Não menciono a parte que ela quer se casar com Merek, e ele me olha com gratidão.

Assim que termino, a corte fica em um silêncio profundo. Isso foi melhor do que cantar.

Então a rainha fala:

– Você realmente espera que a corte acredite nas histórias infantis de uma vagabunda? Isso não passa de um conto de fadas. O reino inteiro sabe que o Príncipe Adormecido é um conto de fadas.

– E quanto à Daunen Encarnada? – reajo. – Será que eles sabem que é só um conto de fadas?

Sinto que a corte se empertiga ainda mais, tensa.

– Blasfêmia – sibila a rainha.

– Não existe Praga-da-manhã. Não existe Narração. Não matei ninguém – digo, finalmente. – Tudo isso não passa de invenção sua. Você sabe, Merek sabe, Rulf sabe. Tyrek morreu por isso. Lief não criou antídoto nenhum para a Praga-da-manhã, porque ela não existe. Não sou, nem nunca fui, venenosa. É tudo mentira, e sempre foi. Admita.

A altura dos urros de raiva e fúria da corte é impressionante, mas, mesmo assim, dá para ouvir os gritos da rainha.

– Você está louca. Pode ter enfeitiçado meu filho, mas não vai conseguir enganar a todos. O meu povo... – A rainha é interrompida quando um guarda, o mesmo que anunciou a morte do rei, entra correndo no salão, segurando um pequeno frasco de vidro. O salão fica em silêncio, e o ambiente se torna carregado e traiçoeiro.

– Perdão, Sire. – Ele ignora a rainha e derrapa até parar diante de Merek. – Isto foi encontrado no armário da rainha, dentro da caixa de joias.

Ele mostra o pequeno frasco de vidro, idêntico aos que eu costumava beber durante a Narração.

Merek assente, indicando que o guarda deve entregar o frasco para o médico, que cheira o conteúdo uma única vez e olha para o príncipe.

– Cicuta, Vossa Majestade. Diluída em licor de cereais.

– Isto foi plantado por alguém! – A rainha fica de pé. – Você está tentando me destituir, você e a vagabunda. Prendam o príncipe! – grita ela, mas os guardas não se movem.

– Eu não preciso destituir você. Seu marido está morto, você não pode manter o trono sem um rei. Deveria ter pensado nisso antes de matá-lo. – Merek encara a corte. – Acuso a antiga rainha de traição contra o trono de Lormere... meu trono – acrescenta ele, calmamente. – Alguém se opõe à acusação? Alguém capaz de oferecer provas da inocência dela?

A rainha está paralisada ao lado do filho. Ela nos encara, com os punhos cerrados, e, por um instante, tenho certeza de que vai tentar fugir, mas então ela estica os dedos e ajeita o vestido. Seus olhos endurecem, e ela os fixa em Merek.

– E como você vai governar sem uma rainha? Também não pode manter o trono sozinho. A não ser... – Ela lança um olhar malicioso e cruel para mim. – A não ser que planeje perdoar a meretriz e se casar com ela mesmo assim.

– Ela não cometeu nenhum crime – afirma Merek, com a voz um pouco trêmula. – Sou o príncipe regente de Lormere agora, pelo menos, e confirmo que nenhum crime foi cometido contra o trono.

A rainha ergue uma sobrancelha.

– Então, você ainda a quer? Por mais que eu tenha flagrado ela enroscada nele como uma cobra, enquanto ele...

– Silêncio! – grita Merek.

A rainha o encara, com as sobrancelhas erguidas.

– Você vai me pedir perdão, Merek. Por tudo isso, pela sua pirraça, suas palavras cruéis e seu plano maligno.

– Não, não vou pedir – diz Merek, com uma voz estranha e distante.

A rainha sorri afetuosamente para ele.

– Você precisa de mim, Merek – afirma ela. – O Príncipe Adormecido está vindo. Você precisa de mim para controlá-lo. Eu tenho o totem. E sem o totem, vai saber o que ele é capaz de fazer.

Merek olha para ela. A corte inteira olha para ela. Noto a rainha hesitar por um instante.

– O totem convoca o Portador – digo, sem saber ao certo se o que estou falando é verdade. – Fora isso, não tem mais ligação com o Príncipe Adormecido. Não tem o poder de controlá-lo.

– Não se atreva a falar comigo.

Ela gira e olha para mim, e dou um passo para trás. Mas minhas palavras bastam para Merek voltar a si, e ele agarra o medalhão novamente, puxando-o com tanta força que a corrente arrebenta. Os dois observam o medalhão balançar na mão de príncipe, e os dois reagem à atitude de Merek arregalando os olhos.

– Agora tenho o totem – diz Merek. – Então, se isso possui qualquer efeito sobre o Príncipe Adormecido, eu é que o terei. Eu é que vou conversar com ele.

– Ele vai massacrar você! – A rainha solta uma gargalhada maníaca. – Acha que pode negociar com ele? Acha que, por ter se sentado para jantar com o conselho de Tregellan, vai conseguir conversar com o Príncipe Adormecido? Faz quinhentos anos que ele está dormindo. Acordou e se deparou com mais nada! Tudo o que ele conhecia se foi, como sua família, seu reino. Ele não vai se sentar e tomar uma taça de vinho com você, seu menino tolo! Não faz a menor ideia de como governar um reino, muito menos defendê-lo de um monstro. Você precisa de mim.

– Não – diz Merek, com a voz morta. – Tudo de que preciso é que você saia de perto de mim. Do meu castelo. Da minha vida. Eu sentencio que você seja enforcada até a morte.

Suas palavras ecoam por todo o salão.

O sorriso desaparece do rosto da rainha, como manteiga quente escorrendo de uma faca.

– O quê?

– A pena por traição é a morte. Você sabe muito bem disso. – Merek não olha para ela enquanto fala.

– Você não pode me enforcar. Eu sou a rainha.

– Não. Minha esposa será a rainha. E você não será a minha esposa. Você é uma traidora.

– Sou sua mãe.

A corte permanece sentada, em silêncio absoluto, assistindo à discussão, e Lief e eu ficamos parados, observando-os. O guarda que me segurava me soltou, e, quando viro a cabeça, vejo que outros surgiram nas portas. Esperando.

– Você tem até o momento em que meus guardas retornarem com o corpo da menina para se reconciliar com o que fez. Assim que voltarem, seu tempo terá se esgotado. Levem-na para a cela – ordena aos guardas.

Eles se aproximam, cada um ansioso para ser o responsável por prendê-la, e fico satisfeita quando noto que é Taul quem puxa o braço dela para trás das costas. Ela volta a ser uma estátua, sem apresentar resistência alguma quando a tiram do estrado. A rainha não desgruda os olhos do rosto de Merek, mesmo quando ele desvia o olhar resolutamente.

– Desatem as mãos de milady e do guarda – diz o príncipe.

– Espere! – grita a rainha, enquanto meus pulsos estão sendo desatados. Todos nos viramos para olhar para ela e vê-la plantada na entrada do Salão Nobre, com os olhos ardendo de raiva. – Não sou a única vilã aqui, sou, Lief? Por que não conta para Twylla como veio parar aqui?

– Tirem-na da minha frente – ordena Merek, e os guardas arrastam a rainha para fora do salão. Sua risada alucinada zune nos meus ouvidos.

Olho para Lief, confusa, e fico sem chão. Ele está tão pálido que seus ferimentos brilham em contraste com a palidez da sua pele. Não parece um homem que acabou de se ver livre de uma punição. E sim um homem abandonado e condenado.

– O que ela quis dizer com isso? – pergunto.

Ele encara o chão, e, no meu peito, sinto uma pontada que reconheço como o princípio de um coração partido.

Capítulo 23

– Fora! – Merek se volta para a corte. – Todos vocês, nos deixem.

– O que ela quis dizer? – pergunto novamente para Lief, mas ele não olha para mim.

Dou um passo à frente, e Merek se move, saltando do estrado para me impedir de me aproximar de Lief. Ele me segura até o salão ficar vazio, exceto por nós três, isolados pelas portas fechadas.

Merek olha para Lief.

– O que minha mãe quis dizer, guarda? O que você fez? Você a ajudou a convocar o Portador? Ajudou a envenenar meu padrasto? Existe alguma verdade na acusação dela, de que um tregelliano foi responsável pela morte dele?

– Não – responde ele baixinho. – Não, juro que não tive nada a ver com isso. Com o rei ou com o Príncipe Adormecido.

– Então, o que foi, Lief? – pergunto. – O que ela quis dizer?

Ele balança a cabeça, e Merek o encara.

– Ou você nos conta, ou vou arrastar minha mãe de volta para cá, para que ela nos conte – diz o príncipe de forma severa. – De uma maneira ou de outra, vamos acabar sabendo.

Lief fecha os olhos, e parece que nós três prendemos a respiração.

– Eu estava trabalhando para a rainha – confessa ele.

– Mas eu já sabia disso. Ela contratou você para ser meu guarda – digo estupidamente.

– Não, Twylla. Fui contratado por ela para seduzir você. Para que você não pudesse se casar com o príncipe.

Como no momento em que Tyrek morreu, todo som e toda cor desaparecem, deixando apenas as palavras dele: *Fui contratado por ela para seduzir você.*

As palavras rodopiam sem parar na minha cabeça, e o sentido delas se embaralha. De repente, meus joelhos cedem e Merek me segura nos braços. Eu me ajeito, com uma das mãos apoiada no braço do príncipe, ao olhar novamente para Lief, o homem que amo.

– Ela contratou você para me seduzir?

Ele balança a cabeça uma vez, concordando.

– Para garantir que o príncipe não pudesse se casar com você.

– Não estou entendendo – digo baixinho.

Lief respira fundo e me encara.

– Eu te contei que era filho de agricultor, e isso é verdade, sou mesmo, e meu pai está morto. Mas meu bisavô não era do campo. Foi capitão do exército tregelliano, e minha família morava no castelo, como cortesãos do rei da época. Até a guerra. Ele foi morto por causa da guerra lormeriana.

Meus olhos se arregalam enquanto ele fala.

– Depois da guerra, houve uma revolta popular. O povo culpou o rei e o que restou do seu exército pelas perdas, iniciando um levante. A multidão capturou a família real e seus apoiadores, incluindo meu bisavô. Todos foram degolados, e minha bisavó foi obrigada a fugir para proteger a vida dela e do seu filho, que poderiam sofrer o mesmo destino. Ela teve que mentir sobre quem era para que meu avô ficasse em segurança. Minha bisavó se casou com um agricultor, de um posto bem abaixo do seu como dama da corte, mas ela não tinha escolha. Eles não tiveram filhos, então meu avô herdou a fazenda, depois meu pai. Tudo por culpa de Lormere.

– Não estou entendendo – digo lentamente, e Merek me segura com mais força.

Lief olha para um ponto à minha esquerda, sem conseguir mais me encarar nos olhos.

– Quando meu pai morreu, não tínhamos nada. Minha mãe mora em um casebre no fim do mundo, e minha irmã não pode sair de casa, porque o povo que vive lá... – Ele faz uma pausa, engolindo em seco. – É tudo culpa de Lormere. Se não fosse por sua rainha e a família dela, eu também teria crescido na corte. Eu teria me tornado erudito, em vez de aprender a ler escondido. Se não fosse por Lormere, o levante nunca teria acontecido. Eu seria como ele. – Lief indica Merek com a cabeça. – Por isso, vim até aqui para roubar o castelo. Eu planejava invadir e pegar tudo o que conseguisse, para levar para casa e vender tudo. Para devolver as riquezas para seu local de origem, ou pelo menos uma parte.

Seus olhos se voltam para mim por um instante, depois voltam a encarar o chão. Seus dedos se movem de forma inquietante ao lado do corpo.

– Eu queria o dinheiro. O bastante para recuperarmos a fazenda, para recomeçarmos a vida. Mas fui capturado e jogado na masmorra. Achei que estivesse morto; um tregelliano pego roubando do castelo. Mas então a rainha veio me visitar. Acho que alguém deve ter me relatado. Ela me ofereceu liberdade e muito dinheiro, se eu conseguisse me livrar de você. Tudo o que eu precisava era fazer você se apaixonar por mim e convencê-la a fugir comigo. A deixá-lo. E eu concordei. A rainha transferiu seu outro guarda, armaram uma prova e eu venci. – Ele dá de ombros, de maneira arrogante. – Eu teria ouro e minha vingança contra Lormere, tudo com ajuda da própria rainha.

Ergo a mão, para impedi-lo de continuar.

– Isso não pode ser verdade.

Lief contorce o rosto.

– Meu objetivo era convencer você a fugir, e, depois que tivesse concordado, eu avisaria quando e onde poderiam nos flagrar. Você cairia em desgraça, seria banida, e eu receberia meu dinheiro. Mas vi como o príncipe olhava para você, e soube que ele a perdoaria, que arrumaria um jeito de fazer você ficar. Ele ia vencer; ele é do tipo que sempre vence. Mas talvez ele não a quisesse mais se... se você não fosse uma donzela. Se não fosse pura, se alguém tivesse chegado antes dele. Se um plebeu tivesse você primeiro.

Saio correndo do salão, impulsionada por um instinto de autopreservação, enojada com o que ele disse. Corro cegamente pelo corredor, desabando, incapaz de evitar a agitação dentro de mim, tremendo enquanto vomito, depois cuspo no chão.

Uma mão fria toca minha nuca, e, pela primeira vez, dou valor à pele gelada de Merek, abrandando o fogo que arde dentro de mim. Lief me usou. Ele disse que me amava e compartilhou minha cama, enquanto planejava tudo isso, para acabar com a família real e conseguir sua vingança.

Eu me sento, e Merek olha para mim, limpando delicadamente minha boca com a manga da túnica. Meus olhos lacrimejam com o esforço que fiz para vomitar, e ele enxuga as lágrimas também.

– Tenho com você uma grande dívida de gratidão – diz ele baixinho. – Lormere inteira tem. Desculpe se fiz você achar que não acreditei em você, mas havia guardas me esperando nos corredores da masmorra. Não sabia a quem eles eram leais, por isso tive que fingir que achava que você estava mentindo. Um dos guardas era Taul, que confirmou o que você disse sobre a irmã dele. Durante o jantar, vi o colar da minha mãe, exatamente como você descreveu. Então, mandei chamar o médico que eu esperava que chegasse a tempo de salvar Dorin. Eu sabia que ela devia ter escondido o veneno em algum lugar, por isso prendi o mudo. Deve ter sido ele quem conseguiu o veneno para ela. Enquanto ela se preparava para o julgamento, meus homens foram vasculhar os quartos dela. Desculpe, mas não pude contar nada para você. Eu precisava que ela se atrapalhasse toda na frente de todo mundo, onde não seria capaz de negar, ou escapar, matando ainda mais pessoas.

– Ele mentiu para mim – digo, ignorando tudo o que Merek falou.

– Eu não fazia ideia sobre seu guarda. Sinto muito.

– Dorin – digo. – Se ele não tivesse sido picado, isso nunca teria acontecido. Ele nunca teria deixado Lief se aproximar de mim.

– Twylla... Não sei mais se ele morreu em decorrência de uma picada de abelha.

– O quer dizer?

– Não tenho certeza, mas suspeito fortemente que ele também tenha sido envenenado. Por ela. Para jogar você nos braços de Lief. Quando descobri que Dorin estava morrendo, um dos curandeiros contou que, durante um tempo, ele lutou bastante, e tinham certeza de que Dorin se recuperaria. Depois, ele piorou depressa. Não quis te falar isso na época. Mas agora acredito que ela o tenha envenenado.

Algo dentro de mim se transforma em gelo, em ferro. Foi tudo tão esperto.

– Se ela tivesse transferido Dorin, eu teria ficado abalada – digo, e minha voz parece vir de longe. – Eu não teria confiado em ninguém. Nunca teria baixado a guarda. Mas, com ele doente, e Lief oferecendo um ombro onde eu podia chorar... Por eu achar que Dorin confiava em Lief, então também passei a confiar nele.

– O que quer que eu faça? – pergunta Merek, e eu o encaro. – O que vai fazer você feliz?

– O corpo dela queimando, em um lugar em que eu possa assistir.

Merek fica boquiaberto.

– Estou falando sério. Ela foi capaz de acordar uma criatura quase morta para começar uma guerra. Ela matou meu guarda, seu padrasto, e inúmeros outros. Ela é louca.

Merek me olha como se eu fosse uma desconhecida.

– Mas não a enforque – acrescento. – Dê a ela uma dose de cicuta. Quero que ela saiba que está morrendo.

– Você não pode estar falando sério.

– Estou, sim, Merek. Estou falando muito sério.

E é verdade. Pela primeira vez na vida, desejo a morte de uma pessoa, e quero que sofra. No entanto, não importa o quanto ela sofra, nunca será o suficiente pelo que fez com Dorin, com Merek. Comigo.

– Por quê? – pergunto a ele. – Por que ela fez tudo isso? Por que simplesmente não me entregou para o Portador e se livrou de mim assim?

– Como ela poderia fazer isso? Acabou presa na própria armadilha. Ela passou anos convencendo o reino de que você era a salvadora, um símbolo de fé, enviada especialmente para ser minha noiva, a esperança de Lormere. Se você tivesse sido levada, o povo teria se revoltado, saído à sua procura. Eu teria ido atrás de você. Ela tornou você alguém significativo demais, importante demais para matar.

Penso no coitado do rei, que não era importante o bastante, apesar do seu título e da sua linhagem.

– Então, ela escolheu me desmerecer? Arruinar minha reputação?

Merek assente.

– Eu disse que o povo precisava de alguma coisa em que acreditar. Precisam depositar a fé em algo, e a colocaram em você. Ela precisava acabar com essa fé, para eliminar você dos planos da rainha. Se você tivesse morrido, durante qualquer momento, independentemente das circunstâncias, o povo teria acreditado que Lormere estava amaldiçoada e desamparada, e o país teria desmoronado. Usar os Deuses para controlar a população é uma faca de dois gumes. Mas, se fosse revelado que você não era a verdadeira Daunen, se descobrissem que os Deuses tinham abandonado você, ela poderia se livrar de você. Acalmaria a população com a novidade da descoberta da alquimia de Lormere, e jogaria você para os lobos.

Assinto, mal conseguindo acompanhar o que ele diz.

Merek continua:

– Eu lhe contei que ela me pediu para trazer de volta tudo o que encontrasse em Tallith. Suspeitei que ela estivesse atrás de conhecimento sobre alquimia. Achei que tentaria forçar os estudiosos daqui a aprender alquimia. Não vi nenhum mal nisso, como já falei, eu também queria esse conhecimento. Mas fui tão idiota que trouxe tudo o que encontrei para ela, inclusive o totem. Ela provavelmente estava esperando por isso, afinal seria muito mais fácil convocar um alquimista do que tentar decifrar os segredos da alquimia. Então, tudo o que ela precisava fazer era se livrar do meu padrasto, culpar Tregellan, se casar comigo e assegurar o futuro da linhagem real, além de usar o Príncipe Adormecido para produzir ouro.

Eu me envolvo nos meus braços, como se essa fosse a única maneira de evitar que eu me desfie de vez.

– O que devo fazer com o guarda? – pergunta Merek baixinho. – Ele cometeu traição, no fim das contas. Você é claramente a única inocente nisso tudo.

Isso não é verdade. Eu levei Lief para minha cama depois de visitar o Salão de Vidro com Merek. Então conto a verdade para ele.

O príncipe engole em seco, mas balança a cabeça.

– Você não é responsável por isso. Não passou de uma peça no jogo. Mas farei sua vontade, e, se quiser executá-lo também, vou sancionar seu pedido.

Não. O pensamento é imediato e intenso. Não consigo imaginá-lo morto. Sei o que ele fez. Ele mesmo me contou, com as próprias palavras, mas, apesar disso, não quero que ele morra, e não o odeio.

Porque ainda não acredito nele. Por mais que eu tente, não consigo. Meu coração grita que ele está mentindo, que ele não poderia...

– Que bem faria executá-lo? – pergunto. – O mal já está feito.

Merek cerra o maxilar.

– Seria uma pena justa para os crimes dele. A não ser... A não ser que fique provado que ele não foi bem-sucedido na sua missão.

– Como assim?

– Se, no fim das contas, ele falhou em nos separar. Se continuarmos no caminho que temos seguido nas últimas quatro colheitas...

Sorrio com tristeza.

– Preciso de você – diz ele. – O Príncipe Adormecido está vindo. E ela tem razão, não consigo enfrentá-lo sozinho. Precisei de você para deter minha mãe, e não tenho como lutar contra ele sem sua ajuda.

– Talvez ele não queira travar uma guerra. Vai ver só quer entender o que aconteceu com ele.

– Acredite em mim quando digo que nenhum príncipe descansaria em paz sabendo que seu castelo foi tomado. Nenhum homem, na verdade. Olhe só para o seu guarda, e o que ele fez porque perdeu uma fazenda. Imagine o que faria se todo seu reino fosse roubado. – Ele faz uma pausa. – Da última vez que o Príncipe Adormecido esteve acordado, nós nem existíamos, Lormere era apenas um punhado de povoados serranos. Agora, olhe para nós: cidades, vilarejos, uma capital e um castelo. Nós prosperamos. Somos tudo o que Tallith costumava ser. Você realmente acredita que ele não vai tentar tomar isso de nós? Que não vai acreditar que tem o direito de fazer isso? Você ouviu minha mãe: sem uma rainha, só poderei governar como príncipe regente. Lormere vai precisar que eu seja rei. Preciso ser como ele. Seja minha rainha, Twylla. Fique ao meu lado e governe comigo; me ajude a manter Lormere em segurança.

– Merek, as pessoas vão aceitar você como o rei, comigo ou não – digo, segurando a mão dele. – O que aconteceu aqui será mais do que suficiente para convencê-los de que os velhos costumes precisam mudar.

Os lordes vão apoiá-lo. As pessoas vão aceitar a mudança, desde que você seja sincero com elas. Conte a verdade. Diga que ele está vindo, e que precisam confiar que você protegerá todos.

– Devo contar tudo? Até a verdade sobre você e a Daunen?

Penso um pouco.

– Não. Deixe essa história morrer. Eles não merecem isso. – A cor se espalha pelas maçãs do seu rosto, e aperto seus dedos por um instante, antes de soltar sua mão. – Seja um rei tão bom que eles não precisem rezar para os Deuses. Não os decepcione. Diga que os ama, e que você e Lormere sempre os colocarão em primeiro lugar. Você não precisa de mim para isso.

– Mas eu quero você. – Ele sorri para mim. – Não só para me tornar rei. Eu sempre quis você. Apesar de tudo, você continua sendo a noiva que eu escolheria. Escolho você, de verdade.

Ele é tão honesto, tão sincero. Eu faria bem a ele, acalmando seu temperamento e aquecendo sua frieza. Ele precisa de uma rainha com quem possa conversar. Precisa de alguém para amar. Eu poderia ser essa mulher, e depois veríamos o que acontece em seguida. E se a guerra realmente acontecer, com certeza seria melhor enfrentarmos juntos. Lormere também é meu lar.

Aninho sua bochecha na palma da minha mão.

– Eu gostaria – digo cuidadosamente – de pensar um pouco. Gostaria de poder chegar a uma decisão minha, e só minha, não porque alguém me disse o que será, ou por isso permitir que eu me vingasse de alguém, ou provasse que alguma pessoa está errada. E não por causa da guerra. Se eu for até você, quero que seja porque estou te escolhendo, e por nenhuma outra razão. Não quero que você jamais duvide disso.

Por mais que ele pareça desapontado, assente.

– Esperei onze anos para ser salvo por você – diz ele baixinho. – Posso esperar um pouco mais, acho.

Salvá-lo. Ele achou que eu fosse salvá-lo. A ideia de ser uma heroína é tão atraente que quase digo a ele que aceito me casar.

– Então, o que faremos com o guarda? – pergunta ele mais uma vez, interrompendo meus pensamentos.

– Eu gostaria de conversar com ele. Depois, mandá-lo embora. Bani-lo de Lormere. Sob a pena de morte, caso ele retorne.

Merek afasta minha mão do seu rosto e beija o dorso dela.

– Você seria uma ótima rainha – murmura ele. – Estarei no jardim quando você tiver decidido.

Ele me ajuda a ficar de pé, conferindo meu rosto e ajeitando meu cabelo antes de permitir que eu volte para o Salão Nobre. Fecho a porta e me viro para encarar Lief.

Ele continua em pé diante do estrado, com as mãos entrelaçadas diante de si, como se estivesse paralisado desde que saí correndo do salão. Paro à porta, e nós dois nos olhamos de lados opostos do salão, avaliando um ao outro e competindo por domínio. Quando me canso da disputa, ando até um banco e me sento, esperando.

– Desculpe – diz ele, finalmente.

– Está se desculpando pelo quê?

– Tudo.

Assinto.

– Eu não sabia que ela me odiava tanto assim – digo.

Ele encara o chão antes de responder:

– Ela não odiava, pelo menos não sempre. Acho que ela odiava a si mesma.

Tento evitar, mas acabo olhando para ele.

– O que quer dizer com isso?

– Ela falhou. Achava que tinha sido amaldiçoada, sabe. Primeiro, a filha dela morreu, depois o marido. Então, ela não conseguiu ter mais filhos. Tudo o que queria era manter o trono e ser a maior rainha da história de Lormere. Ela odiava a si mesma por precisar de você.

Cerro os dentes antes de falar:

– E você sabia que ela planejava se casar com Merek no meu lugar? Ela contou isso enquanto vocês bolavam o plano? O próprio filho dela? A rainha planejava me depor para se casar com o filho. E iniciar uma guerra contra o seu país. Contra o seu povo. Ela contou para você que ia fazer isso? Lief, ela acordou o monstro de uma fábula, e agora todos estamos correndo perigo. O que faremos quando ele vier? Já pensou nisso?

– Eu não sabia. E não me importo com o que a realeza louca de Lormere, ou de qualquer outro lugar, faz – diz ele.

Eu me levanto e me inclino na direção dele, com as mãos contraídas feito garras do lado do corpo.

– O que fiz contra você para merecer isso, Lief? O que eu, Twylla, fiz contra você para que se empenhasse tanto em me arruinar? Ou eu era apenas um infortúnio da guerra?

– Eu não conhecia você quando tudo começou – afirma ele.

– E agora? Agora que me conhece de forma tão íntima? Pelos Deuses, Lief, eu acreditei em você!

Ele encara o chão, balançando a cabeça.

– Você destruiu meu mundo – digo para ele. – Não a casa real de Lormere, mas a mim. E fez isso enquanto fingia que me amava.

– Não menti sobre isso – afirma ele no mesmo instante. – Não menti sobre amar você. Não no final.

– Está mentindo para mim agora! – grito para ele.

Lief se aproxima de mim, e sei que, se me envolver em seus braços, apesar de tudo o que aconteceu, vou me entregar. Eu me mexo depressa, colocando um banco entre nós.

– Tentei contar para você no jardim do boticário, mas não consegui. Tentei contar todos os dias. Se tivéssemos fugido, eu teria confessado.

– Como pode mentir na minha cara?

– Acabei me apaixonando por você – insiste Lief. – Isso é verdade agora. Se não era antes, agora é. Não comecei muito bem, mas não traí você no final. Eu teria fugido com você. É o que eu queria. Voltei por você, não pelo ouro ou por vingança, mas por você.

– Como se atreve...

– É verdade – acrescenta ele depressa. – Tive idas e vindas com você. Quando fazia alguma coisa boa, eu me arrependia do acordo que tinha com a rainha e decidia rompê-lo. E quando você fazia algo como o que fez com Dimia, eu ficava ainda mais decidido. Mas quando vi o príncipe beijar você no Salão de Vidro, percebi que te amava, de verdade. E que eu queria todos os planos que havíamos feito. Com você.

– Ah, meus Deuses. – Agarro minha barriga, que se revira de novo quando lembro. – Tudo isso não passou de uma mentira. Foi por isso que você não quis fugir comigo naquela primeira noite! Precisava me arruinar primeiro. Arruinar minha reputação e garantir que a rainha conseguiria nos flagrar.

– Mas não fiz isso, porque me apaixonei por você! Ficamos juntos pela primeira vez aquela tarde, e não falei nada! Eu poderia ter traído você naquele instante, mas não foi o que fiz. Quando voltei, eu teria fugido com você. Estava pronto para isso!

– Mas você contou para ela! Ela nos flagrou! Ah, meus Deuses! – Resmungo ao me lembrar dos guardas que nos pegaram. Eles usavam luvas, para que pudessem encostar em mim. Foram para lá preparados para me prender. Por causa dele. – Você sabia que ela estava vindo. Você se deitou comigo sabendo que ela ia aparecer, que ia nos encontrar pelados daquela maneira. Você me humilhou.

– Não fiz isso! Eu tinha planejado largar você, deixar tudo para trás, mas não consegui. Voltei para levar você embora. Eu ia contar tudo. Não sabia que ela ia aparecer. Por favor, Twylla, você precisa acreditar em mim.

– Como posso acreditar em qualquer coisa que você diz? Você mente, estava mentindo o tempo inteiro. Essa é a única coisa sobre a qual você não mentiu.

– Mas você me ama, apesar disso. Assim como eu amo você, apesar de tudo. Podemos fazer isso dar certo, Twylla. Sei que não tivemos o melhor começo, mas com certeza o que conta é como terminamos, não é? Fique comigo.

Os olhos dele são tão grandes, verdes como o fogo das estrelas no céu de inverno, e dou as costas para ele, incapaz de sustentar seu olhar.

Um barulho no corredor nos assusta, e Lief aproveita a oportunidade para contornar o banco, me segurando.

– Twylla, minha Twylla. Vou oferecer a você o resto da minha vida. É sua, toda sua. Vou passar cada hora de cada dia, até o fim, compensando as injúrias que fiz a você. Mas preciso que me dê permissão para fazer isso. E, se a guerra é iminente, você não estará segura aqui, ele não pode te proteger. Eu posso, e é o que farei. Apenas me perdoe. Permita que eu prove meu amor por você.

Não, ele não pode fazer isso comigo. Não pode se arrepender e exigir meu perdão. Não agora. Pela primeira vez na vida, posso realmente escolher meu destino. Tenho todos os fatos, nada está sendo escondido de mim. Posso controlar meu destino; posso escolher o que vai acontecer em seguida. Mas que bela escolha, entre o mentiroso insensível que amo tolamente e o príncipe sofrido que acha que posso salvá-lo.

Volto a encarar os olhos de Lief.

E quem é que vai me salvar?

Epílogo

Nas histórias antigas, o herói é aquele que surge do nada, com a espada em punho e o rosto nobre, para matar o dragão e libertar a princesa. Nas histórias antigas, parece que a princesa nunca considera, antes de tudo, que deveria tomar cuidado para não ficar à mercê daqueles que desejam seu mal.

Não vivo em uma história antiga.

Quando o fogo apaga, e a luz do lado de fora está fraca demais para ler, coloco outra tora de madeira nas brasas incandescentes da pequena lareira. As chamas aumentam e lambem avidamente o novo combustível, então vou até minha pequena cozinha preparar meu jantar, nada elaborado: apenas pão e o queijo tregelliano cremoso e salgado que é produzido aqui. Como lentamente, espalhando o queijo no pão com uma das mãos e segurando o livro com a outra, enquanto continuo lendo. Ao terminar de comer, carrego distraidamente a bandeja coberta de migalhas até a lareira, mas paro quando a luz refletida ali atinge meus olhos. Fico encarando por um instante, observando a placa redonda de metal mudar de prata para ouro sob a luz do fogo, o que me faz lembrar de outra época, causando um calafrio na coluna. Afasto a bandeja da fonte de luz e volto para minha história, esquecendo o passado. Já li todas as histórias antigas: "Sangue Vermelho e Ouro Sujo", "A Bruxa do Inverno", "O Varulv Escarlate", e quero mais. Por mais que eu queira fantasias, coisas inventadas e impossíveis, não quero histórias que saltam das páginas para o mundo ao meu redor. Não quero nada como "O Príncipe Adormecido".

Merek disse que ia me escrever, e prometi que retornaria caso o Príncipe Adormecido chegasse a Lormere. Mas meses já se passaram e ele ainda não me mandou uma palavra sequer. Por via das dúvidas, presto bastante atenção às notícias de Lormere que chegam ocasionalmente e aos poucos ao vilarejo, embora o povoado que agora chamo de lar esteja localizado o mais longe possível de lá, antes da fronteira com Tallith. Ninguém aqui sabe quem sou, ou quem eu era, e é assim que quero que seja. Sou uma página em branco, uma tábula rasa.

Estou começando a acreditar que o Príncipe Adormecido finalmente morreu, que a maldição foi quebrada de alguma maneira, e que a história terminou de uma vez. Sei que é um pensamento otimista e um hábito que eu já devia ter abandonado, mas cada dia que passa sem notícias me faz sentir um pouco mais solta, um pouco mais livre. Um pouco mais feliz.

Alguns aldeões têm me convidado para jantar. Eles se preocupam com o fato de que moro aqui sozinha. Mas, por enquanto, é um prazer enorme ficar sozinha no meu chalé, com meus livros, fazendo exatamente o que quero. Aprendi que estar sozinha e estar solitária não são a mesma coisa. Antes eu vivia cercada de pessoas, e isso me deixava solitária, mas agora estou sozinha, e nunca estive tão satisfeita. Ultimamente, notei que passo o dia inteiro cantarolando uma melodia que nunca ouvi. Uma música nova. Minha. Preciso escrever partes da letra, quando surgirem na minha cabeça.

Fecho as cortinas para o mundo externo, sorrindo para meu jardim baldio antes que ele suma do meu campo de visão. Quando a primavera chegar, vai se encher de flores selvagens.

Estou enroscada na minha poltrona, lendo à luz da fogueira e das poucas velas que acendi. Minhas pálpebras pesam por causa do calor, e um pouco talvez por causa do vinho que tenho bebericado enquanto leio. Por fim, coloco o marcador entre as páginas e baixo o livro, decidindo que é melhor ir para a cama do que acordar de manhã com o pescoço dolorido e o livro cravado na costela. Respiro fundo para soprar algumas velas, mas, de repente, ouço alguém bater à porta, e fico paralisada.

Conheço essa batida. Durante uma lua brilhante e linda, em outro mundo, ouvi esse barulho todos os dias. *Toc, toc... toc*. Um som tão familiar para mim quanto o da minha própria voz.

Eu deveria sentir pavor, raiva, ódio. Essa batida deveria ser indesejável.

Mas o que sinto é esperança, quando todos os pensamentos de cansaço me abandonam e eu abro a porta.

Agradecimentos

Espero que tenha gostado de ler esta história. Se gostou, deve saber que as seguintes pessoas foram muito importantes para que este livro acontecesse:

Minha agente, Claire Wilson, da Rogers, Coleridge and White. Obrigada por tudo. Por TUDO mesmo. Você é simplesmente a melhor. Eu poderia usar todos os superlativos do mundo e ainda assim não chegaria perto de explicar como você é majestosa. Isso não estaria acontecendo sem você. E você, Lexie Hamblin, também é maravilhosa. Obrigada às duas.

Todos da Scholastic UK, especialmente a minha editora no Reino Unido, Genevieve Herr. Vocês defenderam esta história (e a mim) desde o início, então, digo com toda a certeza que nada disto tampouco teria acontecido sem vocês. Por isso, e por diversas outras razões, vocês são algumas das minhas pessoas preferidas. Assim como Sam Selby-Smith, por ter sido tão incrivelmente apoiadora; Emily Lamm, por um apoio editorial tão bom; Jamie Gregory, por ter me feito chorar com a linda arte da capa; e Rachel Phillips, minha assessora de imprensa tão paciente. Desculpa e obrigada.

Mallory Kass da Scholastic Inc. Ter uma editora que entende perfeitamente a história é incrível. Ter duas é um sonho completo. Não sei quem sacrificou a cabra para fazer com que isso acontecesse comigo, mas obrigada a você também! Sou tremendamente sortuda. Obrigada a todos na Scholastic Inc. pelo debate Time Lief x Time Merek. Adoraria fazer camisetas e medalhas. E quem sabe bandeiras. Ou adesivos de carro.

Agradeço a Robin Stevens, que me disse que esta história era uma história que valia a pena contar quando eu achava que era a pior coisa que alguém já tinha feito. Você estava certa. Gosto de estar nesta montanha-russa com você.

Agradeço a Liv Goldsmith, a primeiríssima pessoa que leu esta história e, também, a primeira que me enviou fortes palavrões sobre ela. Você me deixou muito feliz.

Agradeço a Jules Blewett-Grant, que arranjou espaço para mim na sua casa, na sua família e na sua vida, e que ainda por cima faz o melhor Yorkshire pudding do mundo.

Agradeço a Emilie Lyons, minha amiga mais perigosa, e a James Potter para o meu Sirius Black. Quando recebi a primeira prova de impressão deste livro, Emilie foi a Paris comigo, levamos a cópia para o topo da Torre Eiffel e bebemos champanhe. Ela também a derrubou um pouco de brie, mas já a perdoei por isso.

Agradeço a Jim Dean por perseguir implacavelmente uma prova de impressão, amá-la e depois ficar entusiasmado com isso. Muitas vezes. Fico muito feliz por ter conhecido você e, mais ainda, por sermos amigos. Mesmo que você seja da Lufa-Lufa.

Agradeço a todos os meus amigos. Todos vocês foram maravilhosos, mas queria agradecer especialmente a Adam R., Alexia C., Alice O.,

Catherine D., Denise S., Emma G., Gary M., Lauren J., Nichole K., Pe M., Rainbow R., Sophie R. e Stine S., por sua animação, entusiasmo e encorajamento, e por me fazerem rir até fazer careta. Tenho muito carinho por vocês. Queria mandar também um alô para Jeff Goldblum. Porque ele é Jeff Goldblum e isto é motivo suficiente.

Se me esqueci de alguém, me perdoem. Insiro na próxima vez. Isso não era para parecer uma ameaça.

Se você não gostou da história, fique à vontade para culpar todas estas pessoas. A maior parte da culpa é minha, mas este pessoal me apoiou e me encorajou descaradamente.

Uma nota final:

Se você conhece a Linguagem Vitoriana das Flores, talvez se interesse em reler as partes do livro em que as flores são mencionadas, para aplicar seu conhecimento.

Este livro foi impresso na Intergraf Ind. Gráfica Eireli
São Bernardo do Campo – SP.